やり直し令嬢は竜帝陛下を攻略中5

永瀬さらさ

23356

角川ビーンズ文庫

contents

キャラクター紹介
ラーヴェ
竜神。
魔力が強い者でないと姿を見られない
ジル・サーヴェル
クレイトス王国サーヴェル辺境伯の令嬢。
2度目の人生をやり直し中
ハディス・テオス・ラーヴェ
ラーヴェ帝国の若き皇帝。
竜神ラーヴェの生まれ変わりで“竜帝”とよばれる
やり直し令嬢は竜帝陛下を攻略中
5

ルティーヤ・テオス・ラーヴェ

ハディスの弟。
ラ＝バイア士官学校蒼竜学級の学級長。

フェイリス・デア・クレイトス

クレイトス王国第一王女。
ジェラルドの妹

エリンツィア・テオス・ラーヴェ

ラーヴェ帝国第一皇女。ハディスの異母姉。
ノイトラール領の竜騎士団長を務める

リステアード・テオス・ラーヴェ

ラーヴェ帝国第二皇子。
ハディスの異母兄

ロジャー・ブルーダー

ラ＝バイア士官学校蒼竜学級の
副担任。

ノイン

ラ＝バイア士官学校金竜学級の
学級長。

〜プラティ大陸の伝説〜

愛と大地の女神・クレイトスと、理《ことわり》と天空の竜神・ラーヴェが、それぞれ加護をさずけた大地。

女神の力をわけ与えられたクレイトス王国と、竜神の力をわけ与えられたラーヴェ帝国は、長きにわたる争いを続けていた——

本文イラスト／藤未都也

序章

机いっぱいに、プラティ大陸の地図が広がっている。

椅子《いす》で足をぶらぶらさせながら、羽根ペンを持ち、ジルは悩《なや》んでいた。

ジルは元軍人である。一度目の人生では軍神令嬢《れいじょう》と呼ばれていた。だから、戦略を立て、戦術を考えることには、慣れている。複雑なものは優秀《ゆうしゅう》な副官を頼《たよ》ったが、他人にまかせっぱなしだったわけではない。

何の因果か十六歳から十歳に時を遡《さかのぼ》って人生をやり直すことになり、現在は十一歳。二度目の十一歳として、その経験を大いに活用している。

何より、今はラーヴェ帝国《ていこく》の竜妃《りゅうひ》なのだ。十一歳だからできない、は甘えである。

(方針は正しいはずなんだ、自信はある)

問題は、この作戦を現実にするための戦術だ。

敵を見据《みす》えるように、ジルは机の地図をにらむ。

プラティ大陸は、霊峰《れいほう》ラキア山脈を中心に蝶《ちょう》の羽のように広がっており、ラキア山脈を国境として大きなふたつの国が隣《とな》り合っている。西側のクレイトス王国、東側のラーヴェ帝国。愛と大地の女神《めがみ》クレイトス、理《ことわり》と天空の竜神ラーヴェにそれぞれ守護され、神話時代からの因縁《いんねん》を持ち、何度か戦争もした、敵対国である。

だが最近、やっと和平に向けて動き出した。先月、クレイトス王国サーヴェル辺境伯の三女ジル・サーヴェルとラーヴェ帝国皇帝《こうてい》ハディス・テオス・ラーヴェの婚約《こんやく》が両国の承認《しょうにん》をもって正式にまとまったのは、その第一歩である。

クレイトス王国の王太子ジェラルド・デア・クレイトスもラーヴェ帝国への留学を希望し、帝都ラーエルムに滞在《たいざい》中と、滑《すべ》り出しは大変いい——実際は竜神の施《ほどこ》した結界と鉄格子《てつごうし》つきの賓客室《ひんかくしつ》でラーヴェ帝国の学者や有識者たちとお話をしている人質《ひとじち》だが、建前は大事だ。

とにかく、一度目の人生と違《ちが》い、今のところ開戦はふせげていると言っていい。

だが、油断はできない。長年の因縁や、それぞれ背負うもの。火種はあちこちにある。ハディスと共に帰郷したジルは、クレイトスの国境を守る生家と戦うことを覚悟《かくご》した。竜帝を守り、愛憎《あいぞう》の果てに女神にくだった歴代の竜妃の末路を知った。

そして改めて考えたのだ——自分はどんな竜妃になるべきか、と。

とりあえず形から入ろうと、ラーヴェ帝国に帰国してからは自室に『しつむしつ』なるものを作った。飴色《あめいろ》の丈夫《じょうぶ》な机も用意し、文房具《ぶんぼうぐ》もなくさないよう、置く場所を決めた。座り仕事をするならと、ふかふかのクッションももらった。

そろそろ形だけではなく、行動に移す段階だ。ジルは両腕《りょううで》を組んで、天井《てんじょう》を見あげる。

「タイミングだとは思うんだけど、それがなかなか……」

「ジル！　おやつの時間だよ！」

午後三時の時計の鐘《かね》とほぼ同時に扉《とびら》が開いた。満面の笑《え》みで入ってきたのは、この戦術の最大の難関となる攻略《こうりゃく》相手だった。

ハディス・テオス・ラーヴェ――現ラーヴェ皇帝にして、竜神ラーヴェをその身に宿し天剣《てんけん》を持つ、竜帝。たとえエプロンをつけていても、皇帝だ。帝城《ていじょう》で毎日欠かさずジルのおやつを手作りしていても、皇帝だ。

ハディスがワゴンを押してやってくる。のっているのはつやつやの赤い苺《いちご》がぎっしりのせられ、白いクリームをたっぷりと塗《ぬ》られたホールケーキだった。

「えっそれ、どうしたんですか!?」

「ふふ。嬉《うれ》しいお知らせがあるんだ。でも、ちょっと大きいかな？　食べられる？」

「食べる、食べます！　余裕《よゆう》です、ひとくちでいけます！」

急いでジルは地図やらペンやらを机の端《はし》によせ、ケーキを置く場所を作る。すぐに紅茶のカップと皿がふたつ並べられ、真ん中にケーキが置かれた。

「まだ駄目《だめ》だよ、切り分けるからね。でもいつもよりは、大きめにしてあげる。お祝いだからね。――実は、僕と君の結婚《けっこん》式の日取りが決まりました！」

「えっ」

完全にケーキに集中していたジルは、一瞬《いっしゅん》ぽかんとする。ハディスは赤らめた頰《ほお》に両手を当てて、言い直した。

「来年、君が十二歳になったら、結婚式を挙げます！」

「来年……十二歳……」

「ほら、僕、こないだ二十歳《はたち》になったでしょ？　会議でやっぱり皇帝に妃《きさき》がいないのは問題だって話になって、来年の僕の誕生日までにはなんとかしようってことになったんだよ。なら来年の僕と君の誕生日の間くらいがちょうどいいだろうって。君も十二歳ならぎりぎりいいんじゃないか、みたいな？」

政略結婚ならば、状況《じょうきょう》によっては一桁《ひとけた》の年齢《ねんれい》でもあり得る。ハディスとジルは政略結婚ではないが、かわりのきかない竜妃という立場を考えれば類似《るいじ》した状況だ。

「君が十四歳になるくらいまでは待たなきゃいけないかもって思ってたから、僕、もう嬉しくって！」

「……」

「これでやっと名実ともに僕ら、夫婦《ふうふ》だよ！　……ジル？　どうしたの、嬉しくない？」

風船がしぼむようにハディスが青ざめたので、ジルは急いで首を横に振《ふ》る。

「いっいいえ！　そうじゃなくて……十二歳……」

つぶやいたジルは、視線をさげて、自分の体を見る。どうだっただろう、十二歳。少なくとも一度目の人生ではやっと成長期にさしかかったところだった。つまり。

「――わたし、ウェディングドレス着るんですか!?　この身長と、体形で!?」

叫《さけ》んだジルに、今度はハディスがきょとんとする。

「えっ……う、うん……そうなる、かな」

「それって、写真とか撮《と》られたり、肖像画《しょうぞうが》とか描《か》かれたりしますよね」

「す、するかもね？」

「──だめです！　それなら陛下がウェディングドレス着てください！」

「なんで⁉」

　ハディスが仰天《ぎょうてん》するが、ジルだってそれどころではない。

「十二歳のわたしが着たって、おままごとみたいじゃないですか！　それなら陛下が着たほうがましです！　わたしが代わりにタキシード着ますから！」

「いやいやいやおかしいでしょ、誰《だれ》も僕の花嫁姿《はなよめすがた》とか見たくないと思うよ⁉」

「わたしが見たいです！」

　想像したら意外と可愛《かわい》い気がしてきた。

「なんならお姫様《ひめさま》抱っこもしてあげますから、陛下！　うちの実家じゃほぼわたしのお嫁さんになってたじゃないですか」

「ぎりぎりなってないよ！　いや落ち着いてジル。まずケーキを食べよう？」

「そうです、ケーキ！」

　大事なことを思い出したジルの目の前で、ハディスがケーキを切り始めた。いつもより少し大きめだ。そしてひとくち、宝石みたいな苺と一緒《いっしょ》に頬張《ほおば》れば、そこはもう天国だ。

「〜〜〜おいひい……！」

「よかった。結婚しても、こうして君にお菓子《かし》、作るからね」

ジルはつい、手を止めた。にこにこしているハディスを見ていると、結婚という単語が改めて脳内に広がる。

「け……結婚、するんですね。わたしと、陛下」

「そうだね。日取りも決まったからね」

なんだか恥《は》ずかしくなってきた。ケーキも甘くて、ふわふわしている。

「わ……わたし、頑張《がんば》って、いい奥さんに……立派な竜妃に、なりますね」

「君は今でも十分、立派な竜妃だよ。でも……そっかあ。来年からは名実ともに君は僕の奥さんか。お嫁さんとはまた違った響《ひび》きでいいね」

正面に椅子を持ってきたハディスも、ほわほわした表情で紅茶を飲み始める。

いい雰囲気《ふんいき》だ。はっとジルは気づいた。

(……今なら、切り出してもいいのでは)

どうもラーヴェはいないようだし、ふたりきりで話すいい機会だ。

「……陛下。相談があります」

「ん？　結婚式の細かいスケジュールならこれからだよ。とはいえ君は儀式《ぎしき》の流れを覚えるくらいだと思うけど……あ、でも刺繍《ししゅう》があるか」

「うぐっ……も、もちろん刺繍、頑張ります！　その前に、ラーデア領が気になっていて」

ラーデアは、竜妃の所領だ。ジルは竜妃という称号《しょうごう》の他《ほか》に、ラーデア大公という地位も既《すで》に持っている。

「ラーデアがどうかした？　復興は進んでるって報告、君にもしたと思うけど」

「わたし、ラーデアをこれからどんな街にするか考えたんです！　はい、これ」

　机の端によけた地図や文具の下から、書きかけの書類を引っ張り出す。受け取ったハディスは目をまたたいた。

「……『ラーデアふっこう計画』……最近あんまり外で訓練してないと思ったら、君、こんなもの作ってたの？」

「はい！　まだメモですし粗《あら》くて恥ずかしいんですけど……陛下にまず見てほしくて」

「えーなんだか僕も緊張《きんちょう》しちゃうな。なになに……ふふ、『料理がおいしいびしょくの街にする！』かあ。いいね、ラーデアはあまりこれといった特徴《とくちょう》がないからね」

　ハディスの同意に、ジルは身を乗り出す。

「そう、そうなんですよ！　南はレールザッツ、北はノイトラールにはさまれてるせいか、中《ちゅう》途《と》半《はん》端《ぱ》なんです！　国境に接してるのは一部ですけど、地理的にはレールザッツとノイトラールの後方支援《しえん》はもちろん、国境防衛の砦《とりで》になれるはずなのに」

「竜妃《りゅうひ》の直轄《ちょっかつ》領地ってなるとどうしても統率《とうそつ》者の不在期間が長いから、三十年、四十年かけた長期的計画が立てにくいんだろうね」

「はい。だから竜妃が不在でも今後、ラーデアが発展していくようにしたいんです！」

「ああ、それでここにつながるのか。『最強の士官学校を作る』――教育システムを作っちゃうってことだね」

「そう、そうです！」

言いたいことをわかってもらえた興奮で、何度も勢いよく頷《うなず》く。うん、とハディスは顎《あご》に指を当てて少し考えこんだ。

「国境に接してる街だ。平時は軍人を育てる美食の街。有事になれば育てた軍人と蓄《たくわ》えた食料が使える。未開拓《みかいたく》の土地をいっそ穀倉地帯にできれば……いい案だと思う」

「ほんとですか⁉」

「ノイトラールとレールザッツにとってもいい話だ。貿易が盛《さか》んなレールザッツと食材を売買して、旅行客も誘致《ゆうち》する。ノイトラールとは竜騎士《りゅうきし》団のノウハウを共有しながら、育てた人材を派遣《はけん》する。……ノイトラール公とレールザッツ公に先行投資と称《しょう》して金と人材を吐《は》き出させよう。姉上と兄上につなぎをとってもらおうか」

おお、とジルは目を丸くする。そこまで考えていなかった。一方で少し悔《くや》しい。

やっぱりまだまだ、ジルとハディスでは物事を見る目線の高さが違《ちが》う。

「何より君の発案っていうのがいい。頑張って、ちゃんとした計画書にしよう。数字も引っ張って、収支も出して……でもすごいな、君。こんなこと考えてたんだ」

「はい！　わたし早く、立派な竜妃になりたいんです。陛下の隣《となり》で同じ高さで世界を見て、物事を考えられる。そんな竜妃に」

ハディスが一瞬真顔になったあと、苦笑い気味につぶやいた。

「もう少し子どものままでいてくれても、僕はいいんだけどな」

「結婚式《けっこんしき》の日取りが決まったんですよ。急がないとだめです」

「そっかあ。そうだよね」

ハディスが自分の皿にあるケーキをひとくちぶん、フォークで切り取ってこちらへ向けた。

「はい、あーん」

「あーん！」

差し出されたケーキに飛びついたジルのご満悦《まんえつ》な顔を見て、ハディスが頬杖《ほおづえ》を突《つ》く。

「こうしてると可愛い子どもに見えるのに」

「もう、陛下はまたそういうこと言って。ごまかされませんよ」

「はい、あーん」

「あー……ち、違います。そう、もうひとつ相談があるんです！」

「じゃあケーキは食べない？」

「食べます！　食べてから言います！」

結局ハディスのフォークから食べる。笑ったハディスが、指を伸《の》ばしてきた。

「口にクリーム」

「じ、自分でとります！」

「ジルが冷たい……」

「だってさっきから全然、話が進まないじゃないですか！　へ、陛下はそうやって、なんか、すぐ……」

「すぐ？」

自分で口元を拭《ふ》きながらにらんだが、ハディスはすました顔で紅茶を飲んでいる。咳払《せきばら》いをして、ジルは肝心《かんじん》な話を切り出した。

「陛下、ライカ大公国って知ってますよね？　ラーデア領と湾《わん》を挟《はさ》んで、向かい側にある大きな島国です」

「そりゃ、うちの庇護《ひご》国だからね。突然《とつぜん》、どうしたの？」

あくまでジルはなんでもないふうを装《よそお》って話を進める。

「竜《りゅう》のことも魔術《まじゅつ》のことも学べる教育機関が整っていると耳に挟みました」

「ああ、あそこは東の海から流れ着いてきた連中に、海賊《かいぞく》退治のためにうちが竜を貸したことから始まった国だからね。ラーヴェ帝国《ていこく》に忠誠を誓《ちか》ったけれど、元が移民だからどうしても言語教育とか必要で、その流れで教育に力を入れてるんだよ」

「どの学校もとても水準が高いそうですね。士官学校も素晴《すば》らしいって聞きました」

ハディスが紅茶のカップをソーサーに戻《もど》した。さぐるような正面からの視線に、ジルも緊張した面持《おもも》ちになる。

「留学も盛んだとか。それでですね、陛下」

「とても嫌《いや》な予感がするから聞きたくない」

完璧《かんぺき》な愛想《あいそ》笑《わら》いで拒絶《きょぜつ》された。だがここでくじけてはいられない。

「聞いてください。わたし、ライカ大公国の士官学校に」

「聞かない！　結婚式の日取りが決まった日に、そんな話聞きたくない」

「さっきのわたしの計画、いい案だって言いましたよね」

「もう忘れた」

「ケーキ、あーんしてわけてあげますから」

「嫌だ聞こえない――――！」

ハディスが椅子《いす》を蹴《け》って立ち上がり、そのまま背を向けて走り出した。相変わらず、自分の嫌なことには察しがいいうえ、逃《に》げるのも早い。だがジルもいい加減、ハディスの追跡《ついせき》や捕獲《ほかく》に慣れてきている。

一気に部屋の出口まで飛び、全力で廊下《ろうか》を駆《か》け、ハディスの背中を追いかけた。

「わたしがケーキわけてあげるって相当ですよ、陛下！」

「それって相当僕が嫌がることをお願いしようとしてるってことでしょ！」

「当たりです、陛下！　さすがですね！」

「嬉《うれ》しくない！」

「おい、何を騒《さわ》いでるんだハディス！」

曲がり角から現れたハディスの兄が、ハディスの首根っこをつかまえた。素晴らしいタイミングだ。横にはジルの家庭教師のスフィアもいて困惑《こんわく》しているが、この際ハディスを足止めしてくれるならなんでもいい。

「そのまま陛下をつかまえててください、リステアード殿下《でんか》！　聞いてください陛下、三ヶ月だけでいいんです！」

「いやだ――――――！」

「――もう結婚式の日取りも決まったんですよ！」

耳をふさいで叫《さけ》んだハディスが、まばたいた。どうもかすかに聞こえているようだ。

「わたしは陛下が好きです!!」

突然の愛の告白に巻きこまれたリステアードとスフィアには申し訳ないが、この際、壁《かべ》になってもらおう。ここでハディスを仕留めなければ話にならない。

「愛してます！」

「今、愛してるって言った!?」

ハディスが耳をふさいでいた手を離《はな》す。よしいける。大きく息を吸った。

「だからわたしをライカ大公国に留学させてください！　ラーデアに学校を作るために！」

きっちり耳に届いた言葉に、ハディスが絶望的な顔をして膝《ひざ》から頽れる。

間に挟まれて遠い目になっているリステアードと、目を白黒させているスフィアにもかまわず、ジルは両拳《りょうこぶし》を握《にぎ》って自分の勝利を確信した。

第一章 竜帝夫婦の出国事情

奥には黒檀《こくたん》の執務《しつむ》机、壁際《かべぎわ》には本棚《ほんだな》、毛足の長い絨毯《じゅうたん》が敷《し》かれた真ん中には細長の猫脚《ねこあし》机を囲むように置かれた大きな応接ソファ。執務机の上には書類が積まれていたり雑然としたところもあるが、皇帝の執務室はとにかく広い。そのくせ機密情報を扱《あつか》うので、出入り口には警備もついている。ラーヴェ皇族の話し合いには格好の場所だ。

「つまり我《われ》らが国母《こくも》となられる竜妃殿下《りゅうひでんか》は、ライカに三ヶ月の短期留学をご所望《しょもう》か。いいだろう、手配する」

「ヴィッセル兄上――――――――！」

実務的な手続きに関して一番実権を握っている兄の即決《そっけつ》に、ハディスが絶叫《ぜっきょう》した。

「なんで、兄上！　ジルを止めてよ！　僕の味方でしょ⁉」

「もちろん、私はお前の味方だよハディス。だからお前のためならなんだってできる、たとえお前に恨《うら》まれてでも」

「兄上はいっつもそうだ！　そうやって僕の言うことちっとも聞いてくれない！」

「私だってつらいんだよ、ハディス。竜妃のことは残念だったね」

「わたしが死んだみたいに言わないでもらえますか」

「おや失敬。いてもいなくてもかまわないものだから、つい」

ジルがじろりとにらんでも、ヴィッセルはさわやかな笑顔《えがお》を保っている。

ハディスが泣き出しそうな顔で別の兄にすがりついた。

「リステアード兄上！　リステアード兄上は反対だよね？」

「確かに、結婚式まであと一年ないのに、三ヶ月とはいえジル嬢《じょう》が不在というのは……」

「だよね!?　困るよね!?」

「本当に困るか、リステアード？」

リステアードの背後から、ものすごい圧をヴィッセルが飛ばす。

「慎重《しんちょう》に答えろ、リステアード。この竜妃に、何か手伝ってもらうことがあるか？　むしろ邪魔《じゃま》だということがわからないほど、お前は無能か？」

「た、確かにジル嬢は儀式《ぎしき》的な作法や社交が苦手だが、そこまで言うほどでは」

「いないほうがいいと言えなくて、何がハディスの兄だ。ちょうどいいじゃないか、なんなら竜妃殿下が不在でも、結婚式は挙げておいてやろう。替《か》え玉を用意しておく」

「そんな結婚式、僕は嫌だよ！」

「わたしだって嫌ですよ！　三ヶ月ですから結婚式には十分間に合います！」

「ということで私は竜妃殿下の遠征《えんせい》に賛成だ。反対の者は？」

さっと挙手したのはハディスひとりだけだ。皇帝の執務室に招集された他《ほか》のハディスのきょうだいたち——長姉《ちょうし》のエリンツィアも、妹のナターリエもフリーダも、困った顔はしているもの手は挙げない。あからさまに悩《なや》んでいるのはリステアードくらいである。

満足げにヴィッセルが頷《うなず》いた。

「決まりだな」

「なんで⁉　おかしいよ、皇帝は僕なのに……えっ僕、皇帝だったよね……⁉」

「ジルおねえさまが、行きたいなら、行かせて……あげてもいいと思うの……」

応接ソファに座った最年少のフリーダがおずおずと意見を述べる。その横に座っているナタ
ーリエの表情はさめている。

「っていうか賛成も反対もないでしょ。ヴィッセル兄様が反対は握りつぶしますって顔してる
じゃないのよ……」

「ライカ大公国の士官学校は有名だからな、ジルが興味を持つのはわかる。私も行きたいくら
いだ」

エリンツィアも、ラーヴェ帝国軍の将軍らしい感覚で後押ししてくれる。

「リステアード、お前も興味があるだろう。ノイトラールの竜騎士《りゅうきし》団育成は素晴らしいと私も
自負しているが、同じばかりでは芸がない。ベイルブルグの参考にもなるんじゃないか」

「ベイルブルグ？　まさか、また何かあったんですか」

ジルの家庭教師スフィアの婿《むこ》がいずれ治めることになる領地、ジルにとっても縁《えん》がある街だ。

エリンツィアが首を横に振《ふ》る。

「違《ちが》う違う。リステアードが、ベイルブルグをどうにかしようと手を回してるんだ。最近、ス

フィア嬢ともよく話しているのを見かけ──」

「エリンツィア姉様！」

慌《あわ》てたナターリエに服の袖《そで》を引っ張って止められ、エリンツィアがまばたく。だがエリンツィア本人は自分が何を示唆《しさ》したか、わかっていない様子だ。

（……スフィア様って、お婿さんさがしにきてるんだよ……な……）

ベイルブルグをどうにかしたいならば、一番いい手段はスフィアと結婚《けっこん》してしまうことだ。ジルにもわかるその手段に、リステアードが気づかないはずがない。

微妙《びみょう》な沈黙《ちんもく》が、執務室中に広がった。

全員からの注視を受けたリステアードが、眉尻《まゆじり》をはねあげた。

「なんだ。僕は何も言ってないぞ」

「そうだよね、僕は何も聞いてないから。ヴィッセル兄上は？」

笑顔のわりには冷ややかな声でハディスが尋《たず》ねる。ハディスより完璧《かんぺき》な笑顔でヴィッセルが応じた。

「私も聞いていないよ、ハディス。もし、仮に、万が一、スフィア嬢に求婚だとかそんな大切なことを私たちに黙《だま》ってリステアードが進めているのだとしたら、大問題だ。叛意《はんい》があるに決まっている。何がなんでも潰《つぶ》してみせよう、絶対だ」

「は!?　な、なぜそうなるんだ」

「だよね！　全力で頑張《がんば》ろうね！」

「いや待て、別に隠していたわけではない。スフィア嬢の気持ちもある、安易なことは言えないだろう。何よりハディス、お前がクレイトスに行っていてばたばたしていたから」

「へー僕のせいだって言うの」

「違う、確定的なことが言えるまで報告を控《ひか》えただけだと言いたいんだ！　決してやましいことがあって黙っていたわけでは――」

「……わたしも、聞いて、ません」

弁明していたリステアードが、最愛の妹の声に凍《こお》り付いた。フリーダの横ではナターリエが額に手を当てている。

「エリンツィア姉様の馬鹿《ばか》……よりによってフリーダの前でばらすなんて」

「す、すまない。本当に気づいてなくて……そうだったのか……」

「わたしも、聞いて、ません」

繰《く》り返すフリーダの目が据《す》わっている。いつものおどおどした態度はどこにもない。毅然《きぜん》と顔をあげ、リステアードをたじろがせている。

「おにいさま、まさかスフィア様がお困りのところにつけ込んでいるのですか」

「な、なんてことを言うんだフリーダ。僕がそんなことをするわけがないだろう」

「でもスフィア様に何かしらお話を持ちかけていることは、否定なさらないのですね」

リステアードが頬《ほお》をこわばらせた。ハディスは小さく拍手《はくしゅ》しているし、ヴィッセルは面白《おもしろ》そうに見物している。合掌《がっしょう》しているエリンツィアの横で、ナターリエは遠い目をしていた。

「おにいさまはこうと決めたら強引《ごういん》なところがおありなので、まずご迷惑《めいわく》でないかわたしからスフィア様に確認《かくにん》をします」

「なっ……フ、フリーダ。いいか、これはお前が口を出すようなことでは――」

「は？」

冷たい目でフリーダに見返されて、リステアードが完全に固まった。

だんだんリステアードが気の毒になってきたジルは、そっと話題を変えてみる。

「あの……それで、わたしの、留学の話はどう……」

「そ、そうだ、それだ！　そうだったな、留学するなら準備をしないとな」

原因を作ったエリンツィアが急いでのってくれる。ナターリエもそれに乗じた。

「どこの学校に行くとか、もう決めてるの？」

「目星はつけてます。ただ、視察じゃなく現場を体験したいので、竜妃として迎《むか》えられることはさけたいんです」

「一般人《いっぱん》として出向きたいわけか。なら、なお好都合」

「はい？」

さりげなく割りこんできたヴィッセルの言葉に嫌《いや》なものを感じる。だが半眼を向けてもヴィッセルはさわやかな笑顔を崩《くず》さない。

「私が手配する。まかせておきなさい」

「少しも安心できないんですけど。なんですか、何かあるんですかライカ大公国」

「あいにく、何も――というわけでもないか。あそこには我々《われわれ》の兄弟がいる」

「えっ？」

「末の弟よ。ルティーヤ・テオス・ラーヴェ。母親がライカの姫《ひめ》だったの。だからライカ大公の孫ってことで、ずっとあっちにいて……ジルと同世代じゃないかしら」

驚《おどろ》いたジルに、ナターリエが教えてくれた。厳しい顔をしていたフリーダが、ぽつんとつぶやく。

「わたしの……もうひとりの、おにいさま……？」

「どうだかな」

意地悪く、ヴィッセルが鼻で笑った。

「皇位継承《けいしょう》権こそ放棄《ほうき》していないが、ほとんどライカで育った次期ライカ大公だ。ハディスはもちろん、私たちも面識はない。ラーヴェ皇族というより、ライカの王子様だ。だがそれもラーヴェ帝国《ていこく》の威光《いこう》があってこそ。果たしてラーヴェ皇族の血筋についての話を、ライカ大公国側はどうとらえたのだか」

ハディスは前皇帝と血がつながっていない竜帝《りゅうてい》だ。すなわち、ハディス以外の今のラーヴェ皇族は竜神の末裔《まつえい》として血筋を異にする。この事実は、半年ほど前に公表された。

「そもそも、あまりいい評判を聞かない。ラーヴェ帝国の皇子だということを笠《かさ》にきて、ずいぶんわがままに振る舞《ま》っているとか、いないとか。だが最近、その振る舞いについての苦情を聞かなくなった」

「……。いいことでは？」

「そうかもしれないな。ラーヴェ皇族の血統について公表されたあと士官学校に入れた、という報告を受けたのが最後だ」

無言でジルはヴィッセルを見た。ヴィッセルは正面から見返してくる。報告が言葉どおりならいい。だが、時期的にラーヴェ皇族を宮廷《きゅうてい》から追放したように見えなくもない。

ヴィッセルが留学に反対しない理由を悟《さと》ったジルは、嘆息《たんそく》した。

「つまり、わたしに同じ学校に入って、様子を見てこいと？」

「一石二鳥だろう？　竜妃《りゅうひ》だと名乗れば警戒《けいかい》される点も含《ふく》めて、君の希望にも適《かな》う」

「わかりました、いいですよ。そのかわり、ちゃんと手続きお願いしますね」

「いいだろう。だが君にはあともうひとつ仕事がある」

「まだあるんですか」

「その言い方はないだろう。私の大事な弟、君の大切な婚約者《こんやく》の説得だぞ？」

はっとジルは顔をあげる。いつの間にか部屋の隅《すみ》っこに移動したハディスが、膝《ひざ》を抱《かか》える格好で背を向けていた。

「僕を無視して勝手に話が進む……僕の味方なんてひとりもいない……」

うつろな笑い声にジルは焦《あせ》って駆《か》けよる。

「へ、陛下。ちょっとだけですから。すぐ帰ってきますから」

「三ヶ月は全然ちょっとじゃないよ！　ジルは僕とそんなに離《はな》れてて平気なの⁉」

「そ、そりゃさみしい、ですけど……」

「あとはふたりで話し合ってくれ。私は準備をする」

「陛下の説得も手伝ってくださいよ！」

思わず振《ふ》り返ったジルに、ヴィッセルが穏《おだ》やかに笑い返した。

「夫婦《ふうふ》の問題だ。馬に蹴《け》られたくはない」

ヴィッセルに続き、関《かか》わりたくないとばかりにハディスのきょうだいたちまで執務《しつむ》室から退散してしまった。丸投げされて、ジルは頭を抱えたくなる。

「……そんなに、行きたいの？」

ぽつんと尋ねられた。ジルはまごつきながら、ハディスと目の高さを合わせる。

「へ、陛下と離れたいわけじゃないんです。できるならずっと一緒《いっしょ》にいたいです」

そこは誤解しないでほしいと、言葉を選ぶ。

「でも、それには平時の功績が必要なんです。わたしはなまじ魔力《まりょく》があるから、陛下を守っていればいいってなっちゃいがちです。でも陛下を守ることだけにしか自分の価値を見出《みいだ》せなかったら、今までの竜妃たちときっと同じになっちゃいます」

ハディスを守っていればいいだけじゃない。歴代の竜妃に見せられた光景は、ジルにそう教えてくれた。

「だからわたし、色んなことをやってみようと思うんです。その結果、やっぱり陛下を守るのが一番大事だし、他《ほか》は誰《だれ》かにまかせようってなるかもしれません。でも、最初からやらないのとやってみて決めるのでは全然、違《ちが》いま——陛下？」

途中《とちゅう》で抱《だ》き寄せられたので、首をかしげた。ハディスが肩《かた》に額を押し当てて唸《うな》る。

「そう言われると、僕がお嫁《よめ》さんの活躍《かつやく》を邪魔《じゃま》する度量の狭《せま》い夫みたいじゃないか」

「……そんなことはないですよ、たぶん」

「たぶん？」

半眼でじとっと見つめられ、苦笑いを返す。すねられる前に、自分から手を伸《の》ばしてハディスの頭を両腕《りょううで》で抱えた。

「早く、立派な竜妃に——陛下のお嫁さんだって胸を張れるように、なりますからね」

「その言い方、僕が反対しても行くって聞こえる……」

「わかってるじゃないですか」

「わかってないよ、僕はお嫁さんの活躍を邪魔する度量の狭い夫だからね、どうせ！」

「そんな困ったところも可愛《かわい》くて好きですよ、陛下」

急にハディスが真顔になった。

「最近、君、僕を転がそうとしてない……？」

「そりゃあ陛下の奥さんになるんですから、転がせなくてどうしますか。それにわかってるんでしょう、陛下だって。わたしには功績が必要だって」

なんだかんだいって、ハディスは皇帝だ。さみしがり屋で愛を欲しがるけれど、情に流されて判断を誤ったりはしない。

「……わかってないし、わかりたくない。君がそばにいてくれるほうがいい」

ぎりぎりまで粘《ねば》るのは、ある意味困ったところだ。でも、それだけ一緒にいたいと願ってくれている証《あかし》だから、強くは言えない。

「でもね、陛下」

だから、そうっと内緒話《ないしょばなし》みたいに声を落とす。

「離れている間にきっと、お互《たが》い知らないこととか、また出てきますよね。やきもきしたり、不安になったり――それってちょっと、刺激《しげき》的じゃありません？」

「そういう、大人の火遊びみたいなこと言い出して僕を惑《まど》わすの、やめてくれる⁉」

「もちろん、浮気《うわき》はだめですよ」

「それ、完全に僕の台詞《せりふ》なんだけど……」

ハディスが深く長く息を吐《は》き出して、すねたように尋《たず》ねた。

「……三ヶ月？」

「はい。きっと、忙《いそが》しくってすぐですよ」

「ちゃんと連絡《れんらく》はしてくれる？　毎日欠かさず」

「手紙は苦手なので無理ですね」

「初手からその態度！　いや、書いてくれても毎日の献立《こんだて》な気がするんだけど……」

ぎゅっと、今度は強めに抱きしめられた。

「三ヶ月だけだからね。それすぎたら、僕が迎えに飛んでくからね。……なんで笑うの」

だって、竜《りゅう》に乗って迎えにきてくれるなんて、素敵《すてき》だ。

でも、黙《だま》っておこうと思った。よくわからないけれど、そのほうがいい。

「内緒です」

「なんなの、さっきからもう！　言っておくけど、僕は嫌《いや》なんだからね！　全面的に許したわけじゃないんだから！」

「わかってますよ。ちょっとの間、いい子で待っててくださいね」

「言い方！　あぁもうやだ、なんか恥《は》ずかしくなってきた……！」

耳まで赤くしたハディスが顔を埋《うず》めるようにすり寄ってくる。本気ですねられても困るので、その顔を覗《のぞ》きこむのはやめておいて、ジルは話題を変える。

「陛下もちゃんと頑張《がんば》ってくださいね。――今、帝城《ていじょう》にはジェラルド王子がいます」

女神《めがみ》の聖槍《せいそう》でもなければ打ち破れない強力な結界の中に閉じこめられているが、決して油断はできない。ジルだとて竜妃の神器なしに一対一でやり合うなら、勝率は低めに見積もったほうがいい相手だ。クレイトス王国とは身代金《みのしろきん》の交渉《こうしょう》が始まっているが、強引《ごういん》に取り返しにくる可能性がないわけでもない。今まで政務を回してきたジェラルドが抜《ぬ》け、悪評高い国王陛下がクレイトスの王城に戻《もど》ったらしいが、こちらが狙《ねら》ったような大きな混乱は起きていない。

何より本人が優秀《ゆうしゅう》で、頭が回る。閉じこめられているから何もできない、などと考えないほうがいい。神童というのは決して過大評価ではないと、元婚約者のジルは知っている。

「何かしてくるかもしれません。気をつけてくださいね」

「……」

「ちなみにわたしが今、好きなのは陛下ですからね」

ジルの初恋《はつこい》がジェラルドだと知っているハディスがわかりやすく不機嫌《ふきげん》そうな顔をしたので、先に釘《くぎ》を刺《さ》しておく。ハディスが舌打ちした。

「僕はそう簡単に転がされないからね。——言われなくても、監視《かんし》の目は緩《ゆる》めない。逃《に》げ出せばラーヴェがすぐ気づくよ」

「でもラーヴェ様だって陛下だって、まだ万全《ばんぜん》じゃないでしょう。それに……ナターリエ殿下《でんか》がジェラルド王子がいる塔《とう》に通ってるって聞いてます」

「そりゃあ、あの子はジェラルド王子と婚約する予定だからね」

そう言ってジルを抱《だ》いたハディスが、そのまま立ち上がり、ソファへ移動した。

「その話、消えてないんですか、やっぱり」

「何か問題でもある？　不満？」

いちいちめんどくさいな、と思って嘆息《たんそく》した。ハディスが衝撃《しょうげき》を受けた顔をする。

「今の反応、今日の塩対応の中で一番傷ついた……」

「陛下の余計な不安を癒《い》やすのは一日一回までです、きりがないので。……ナターリエ殿下はそれでいいのかなって思っただけです。無理してないかなって……」

首をひねりながらハディスがジルを抱え直した。ジルを膝からおろす気はないらしい。

「でも、表向き友好と謳《うた》っておいて、ラーヴェ皇族の誰《だれ》もジェラルド王子と面会しないっていていうのもおかしいしね。本人が進んでやってるなら止める理由はないよ」

「……ちなみに陛下は、ジェラルド王子と会って話す予定は」

「首を落とすときなら、顔くらい見てやってもいいかな」

大変素直で結構だ。これなら油断でジェラルドを逃がしてしまうことはないだろう。

だが、クレイトスに帰郷した際、ナターリエがクレイトス国王ルーファス――ジェラルドの父親から何かを預かっているのを、ジルは目撃《もくげき》している。中身がなんなのか、ナターリエは確信がないからと説明しなかった。

ナターリエを信じていないわけではないが、それでも不安が残る。

「大丈夫《だいじょうぶ》だよ。ナターリエは賢《かしこ》い子だから、ちゃんと自分の力量も役割もわかってる」

思いがけず優《やさ》しい声に、ジルは驚《おどろ》いて顔をあげた。ハディスは天井《てんじょう》を見あげる。

「こないだも信じてるからって僕に投げてきたし。エリンツィア姉上に似てきたのかなあ。本当に必要なことだけこっちに投げるから厄介《やっかい》だって、ヴィッセル兄上もリステアード兄上もぶつぶつ言ってたよ。ただ見極《みきわ》めは的確にできる子だし、フリーダがよく気がつく子だから、何かあれば僕らに相談して……え、何？　ジル」

ぎゅっと、広い背中に両腕を回して抱きついた。

このひとは、いつの間にこんなに穏やかに、きょうだいたちのことを口にするようになったのだろう。そういえば、クレイトスに帰郷した際も、ハディスはきょうだいたちを頼《たよ》った。

ああ、本当に、早く立派な竜妃《りゅうひ》にならなければいけない。このひとの周囲にジルよりも賢くて、頼《たの》もしくて、強くて、優しいひとたちがたくさん集まっても、一番このひとに必要なのは自分だと、自分で胸を張れるように。

　この思いをどうやったら伝えられるだろう。

「陛下、好き」

「今度は何、突然《とつぜん》!?　いいい、言っておくけど、僕だって簡単には――」

言葉だけではたりなかったので、背伸《せの》びして――どこにしようか迷ってから、ハディスの頬《ほお》に口づけた。さすがに唇《くちびる》に自分からいくのは恥ずかしいし、まだ早い。

　そうでなくても、ジルから積極的にしかけたのは初めてだ。やってしまってから心臓がばくばくしてきて、羞恥心《しゅうちしん》が噴《ふ》き出てくる。なのに、ハディスから反応がない。

　そこで、はっとジルは気づく。自分がこれだけ恥ずかしいのだ。

　当然の帰結として、ハディスは安らかな顔で心肺停止に陥《おちい》っていた。


　なんだかんだ、ジルはハディスを説得するのがうまい。どうせハディスが折れるだろう。廊《ろう》下《か》に出たきょうだいたちもナターリエと同じように思っているはずだ。

　だが、横に立った嫌みな兄が、意味深に自分を見おろしていた。

「何よ？　まさか夫婦《ふうふ》の会話に聞き耳でも立てろって言うんじゃないでしょうね」

「竜妃がライカ大公国に留学することをジェラルド王子に話して反応をみろ」

他《ほか》のきょうだいには聞こえない小さな声で、そう耳打ちされた。そのうえ、ナターリエが問い返す前に、さっさとヴィッセルは行ってしまった。説明する気はないらしい。

続いて無言で踵《きびす》を返したのはフリーダだ。歩調から無言の怒《いか》りがにじみ出ている。しかたなくナターリエはリステアードに声をかけた。

「少したてば頭も冷えるでしょ。あとで私が話を聞きにいくから」

「……頼む。本当にやましいことは何もないんだ」

「本当に？」

この兄に限って不埒《ふらち》な振《ふ》る舞《ま》いはないだろうと思いつつ念のため尋ねると、心外だと言わんばかりに眉間《みけん》にしわを作られた。

「僕がそんな卑劣《ひれつ》漢に見えるか」

正面から見返されて、無駄《むだ》な問いをしたと悟《さと》った。

この兄は外交上手だ。ノイトラール竜騎《りゆうき》士《し》団に紛《まぎ》れこみ、優秀な同期たちを根こそぎ引き抜いて自分の竜騎士団を作っておいて、まだ堂々とノイトラール竜騎士団に出入りするような、まっすぐ狡猾《こうかつ》になれる人物だ。ナターリエが駆《か》け引きして勝てる相手ではない。

「……スフィア様が可哀想《かわいそう》になってきたわ。絶対逃げられなそう……」

「なぜそうなるんだ。僕は何も無理《むり》強《じ》いしてはいない」

「いいわよ、どうせ最大の敵はヴィッセル兄様でしょ。せいぜい頑張って」

お茶友達のよしみでスフィアが取りなせばハディスは説得できるかもしれないが、ヴィッセルは違《ちが》う。嬉々《きき》としてリステアードの思惑《おもわく》を挫《くじ》こうとするだろう。

不穏《ふおん》な気配を感じ取ったのか、エリンツィアが声をひそめる。

「あまり派手に喧嘩《けんか》をするんじゃないぞ。巻きこまれるスフィア嬢《じょう》が気の毒だ。ただでさえ立場が複雑だろう。父親の件も含《ふく》め、ハディスの次はお前なんて、周囲にどう言われるか」

「そんなにか弱くないでしょう、彼女は。皇帝《こうてい》になったばかりでまったく味方のいなかったあの当時のハディスのお茶友達なんて役割を、立派にやってのけた女性ですよ」

言われてみればそうだ。ナターリエはエリンツィアと顔を見合わせた。

同時に、兄は生半可な気持ちではないとわかってしまう。そもそも、ベイルブルグという土《と》地柄《ちがら》を考慮《こうりょ》すれば、兄の手は上策だ。その目の付け方と優秀さが憎《にく》たらしい。おそらく、ヴィッセルも同じ気持ちだろう。かといって無闇《むやみ》に反対するのは、他人の優秀さを認められない自分の度量の狭《せま》さを露呈《ろてい》してしまうようで、ナターリエにはできない。

「……いい人選だと私は思ってるから、フリーダはなだめてあげるわよ」

「助かる」

「ただし！　私にも協力してよね、リステアード兄様」

せいぜい、駆け引きできるのはこれくらいだ。リステアードが顎《あご》を引いて考えた。

「まさか、ジェラルド王太子とのことか？」

「わかってるじゃない。何かあったときは協力して」

「もちろん、ハディスやラーヴェ帝国に必要とあればな」

了承《りょうしょう》しているように見せかけてさらっと牽制《けんせい》をかけてくるから、この兄は油断ならない。横からエリンツィアが話に割って入った。

「どうなんだ、ジェラルド王子は。落ち着いた様子で、あやしい動きもないと聞いているが」

「順調に交流を深めてるわよ、まかせて」

「……ほとんど会話がないと警備から聞いて――ぃたっナターリエ！」

「フリーダを怒《おこ》らせたままでいいのね？」

ナターリエに足を踏《ふ》んづけられたリステアードが、黙《だま》って引き下がった。ふんと鼻を鳴らして、歩き出す。向かうは帝城《ていじょう》の内廷《ないてい》から離《はな》れた一角にある、塔だ。

地上からは出入りできず、上空からも出入りできない。窓も当然ない。いざとなれば火事による不幸な事故を起こすためだという。唯一《ゆいいつ》の出入り口も昼夜問わず警備で固められている。最初こそ少し緊張《きんちょう》したが、今はもう慣れっこだ。自分の宮殿《きゅうでん》に入るような足取りで、幾重《いくえ》にも下ろされた錠《じょう》をあけてもらい、中に入る。

こんな生殺しのような複雑な檻《おり》に閉じこめられる人物は、政争に敗れたラーヴェ皇族だったり、大事な人質《ひとじち》だったりと、当然わけありだ。だから無骨で物騒《ぶっそう》な外装と違い、内装は宮殿と同じように整えられている。掃除《そうじ》も毎日入るし、水回りも整えられていて、広い。クレイトスの王城を取り仕切っていた彼には、狭いだろうが。

「今日もご機嫌《きげん》うるわしく、ジェラルド王子」

堂々と入ってきたナターリエに、鉄格子《てつごうし》の向こうでジェラルドは目線ひとつよこさず、本を読んでいた。ほとんど会話がないという兄の情報は誤りだ。正しくは目も合っていない。

だがここでむきになってはいけない。相手にしろとわめくのは、子どものすることだ。

ジェラルドは評判がいい。誰にでも物腰《ものごし》が柔《やわ》らかく、警備相手にも礼節を忘れず、自分の立場をわきまえ、無茶は決して言わず、配慮《はいりょ》すら見せる。話し相手の学者やら有識者は、そろってジェラルドの頭の回転の速さと態度を絶賛する。

そんな敵国でも完璧《かんぺき》な王子様が、ナターリエだけには挨拶《あいさつ》も返さず、ぞんざいな態度を取るのだ。いい傾向《けいこう》だ。そう思ってやることにする。相手はおよそ敗北という概念《がいねん》とは無縁《むえん》そうな完璧な王子様だ。竜妃とはいえ、あんな小さな女の子に人質にされて、内心では腸《はらわた》が煮《に》えくり返っているだろう。その本音を透《す》けさせる相手がナターリエしかいないのだと思えば、お可哀想である。

「何か困ったことはおありでない？　遠慮なく言ってくださいね」

施《ほどこ》しを与《あた》えるような言い回しも、矜持《きょうじ》の高い王子様にはさぞ屈辱《くつじょく》だろう。そう想像してぞくぞくする自分は、少しばかり性根《しょうね》が悪い女だったようだ。しかし、相手も眉《まゆ》をみじんも動かさず無視し続ける手練《てだ》れだ。屈服《くっぷく》までの道程《みちのり》は遠い。

いつもならこのまま鉄格子ごしに無言の時間をすごすところだが、本日はヴィッセルからの手土産《てみやげ》がある。面倒《めんどう》事はさっさとすませるに限る。

「竜妃も留学するんですって」

そしてこの王子様は、竜妃には反応する。案の定、端整《たんせい》な顔がこちらに向いた。

してやったりという優越感《ゆうえつかん》が半分、悔《くや》しさが半分だ。だが後者は見ないふりをして、反応する理由がジルなのか、竜妃《りゅうひ》なのかも考えないようにして、ナターリエは尋《たず》ねる。

「どこかわかる？」

「ライカ大公国だろう」

あっさり当てられた。なんでもない顔で、ジェラルドが淡々《たんたん》と述べる。

「女性の為政者《いせいしゃ》はすぐ教育に走る。功績をあげるのに耳触《みみざわ》りがいいからだろうな。教育こそ洗脳をうまく言い替《か》えた恐《おそ》ろしい武器だという自覚がないらしい」

「……士官学校を作りたいみたいだけど」

ちょっとジェラルドが目を見開いたので、しまったと思った。今、ジェラルドの中でジルの価値がまたあがった。

「なるほど。サーヴェル家のご令嬢《れいじょう》らしい発想だ。目的はあくまで国防。……つくづく竜妃というのは、竜帝《りゅうてい》の盾《たて》になるのがお好きだ。それで？」

「え？」

「ヴィッセル皇太子に、私にそう告げてみるよう言われたんだろう」

意味深に口角をあげて一笑《いっしょう》され、拳《こぶし》を握《にぎ》った。

今、あの嫌《いや》みったらしい兄とこの王子様は、自分を挟《はさ》んで何かさぐり合っている。

「あなたは間諜《かんちょう》には向かない。あなたの兄たちは、つくづくろくでもないな。同情する」

「ろくでもないのは認めるけど、あなたに言われる筋合いはないわ。そんなに自分が立派な兄だって言いたいなら、フェイリス王女に尋ねてみましょうか。どう返ってくるか楽しみね」

「……私はあなたの兄たちのように、妹を利用したりしない」

溺愛《できあい》しているというフェイリス王女のことにも反応する。

「つまり妹は頼《たよ》りにならないってことね。お兄さんにそんなふうに思われて可哀想」

「なぜそう悪意的に解釈《かいしゃく》する！」

「先に私の兄様たちを悪く言ったのはあなたでしょ！　ヴィッセル兄様はね、使えない人間なんて、はなから使おうともしないの」

ヴィッセルが何かをまかせるのは、それだけの能力と価値を認めた相手だ。

「だから私は兄様たちに伝えるだけよ、ジェラルド王子は竜妃の留学先がライカ大公国だってあっさり当てた。ついでに兄様たちはろくでなしで私を利用してるって評価されたから、もっと私を大事にしなさいってね！」

「……あなたは」

ナターリエの勢いに負けたのか、ジェラルドが先ほどの勢いをなくしてぼやく。

「なんというか、つくづくたくましいな……」

「ありがとう、クレイトス王太子妃にぴったりでしょう」

この世のすべてを諦《あきら》めたような無表情で見返された。そのまま謀略《ぼうりゃく》も諦めて人生を考え直してほしいところだ、なんなら結婚《けっこん》相手も再考してほしい。

「またくるわ」

ない。

「お気遣《きづか》いなく」

慇懃《いんぎん》無礼に返したジェラルドは、ナターリエを見送るでもなく本に視線を戻《もど》した。ナターリエも気にしていない素振《そぶ》りで、踵を返す。あの王子様は朴念仁《ぼくねんじん》だが、聡《さと》い。気づかれてはならない。

ナターリエがクレイトス王家の本当の家系図を見てしまったこと。封印《ふういん》されて読めないとはいえ、彼の母親が生前書いた日記を持っていること。それらをすべて兄に隠《かく》していること。

何もかも兄に委《ゆだ》ねる前に、何か自分にできることがないか迷っていると知られれば、容赦《ようしゃ》なくジェラルドはナターリエにつけ込んでくる。そのとき、ナターリエは自分がどうなるか自信がない。

（……ヴィッセル兄様に知らせなきゃ。ライカ大公国に何かしかけてあるんだわ）

だから自分がどうするか心を決めるまでは――決して、知られてはならない。

ヴィッセル皇太子といえば、仕事が早いので有名だ。

「いやだからって翌々日は早すぎないか⁉」

「さっさと出て行け、邪魔《じゃま》だ。おや間違《まちが》えた、いってらっしゃいませ竜妃殿下《りゅうひでんか》」

いきなり早朝、ヴィッセルに叩《たた》き起こされたと思ったら、馬で帝都《ていと》の外に運び出された。何事かとまばたいていたら、何もない草原に緑竜が待ち構えていて、この展開だ。

「荷物はこれ、生活費と紹介状《しょうかい》も入っている。家具や細かい日用品はライカで君が住む家にそなえつけてある。たりないものは現地調達しろ。あとはご希望どおり、鶏《にわとり》を使役《しえき》する魔獣《まじゅう》として、くまのぬいぐるみは魔具として登録しておいた」

馬からぽいぽい荷物を投げ渡《わた》され、まごつきながら受け取る。鶏――ソテーは投げられたもの軽《かろ》やかに着地してジルの横に立った。どれもジルが留学にあたり希望したことだ。

カミラやジークも随行《ずいこう》を希望したが、あくまで一学生として赴《おもむ》きたいので、断った。そのかわりソテーたちをつれていくことにしたのである。ジルが向かうのは竜の扱《あつか》いと魔術開発に力を入れている士官学校だ。クレイトスの魔術士官学校がそうであるように、魔獣などの使役獣や魔具といった魔術士に必要なものが登録でき、学内への持ち込みが許される。

ソテーは魔獣ではないが、竜神《りゅうじん》ラーヴェを突《つ》き回して育ったせいか、岩を砕《くだ》く脚力《きゃくりょく》を持つ軍《ぐん》鶏《けい》だ。最近は羽ばたきで木を切り裂《さ》いていたし、魔獣みたいなものだと希望を出した。ハディスぐまと名づけられたくまのぬいぐるみも、一見ただのぬいぐるみだが、竜神ラーヴェの血で魔術が仕込まれており、起動すれば射程内で動く者を殴《なぐ》り続ける兵器だ。敵味方の区別はつかないままだが、改良を重ね、王冠《おうかん》だけではなく可愛《かわい》い目からも熱線を出せるようになった。だがあくまでぬいぐるみなので、魔具である。

「……陛下はどうしてるんですか？」

荷物の入った鞄《かばん》をあけながらジルは尋ねた。さわやかにヴィッセルが答える。

「今朝は早くから会議があるからな。健気《けなげ》に君の朝食を作り置きしたあと、執務《しつむ》に入っているはずだ。ごねられても困る。事後報告にしておく」

「知りませんからね、わたし。陛下はすねたらしつこいですよ」

「君にそんなことを諭《さと》されずとも知っているが？」

上から目線で言い返されむっとしたが、ヴィッセルはハディスをあしらうのがうまい。

舌打ちして、鞄の中身を確認《かくにん》する。数日分の着替《きが》え、地図に紹介状が入っている封書《ふうしょ》、学校のパンフレットと制服、金貨は袋一杯《ふくろいっぱい》に、紙幣《しへい》は束で出てきた。あとは水と食料。帝都からは近いほうだが、ライカ大公国は海の向こうにある。海を渡る手前で一度足止めされるため、移動に二日はかかると聞いている。

運んでくれる緑竜は、少し離《はな》れた場所でそわそわと待っていた。あまり重いものは持たせられないし、待たせるのも悪い。

「……ありがとうございます、荷物。でもわたし、竜にひとりで乗ったことないですよ」

基本、竜は『乗せてもらう』ものだ。ジルは竜妃だが、竜にとって最上位の存在である竜神ラーヴェが竜に自由意志を認めているので、竜が嫌《きら》う魔力を持っているジルは脅《おど》しでもかけなければ竜に乗せてもらえない。非常事態でもないのに脅迫《きょうはく》したくはないし、この状況《じょうきょう》で誰《だれ》かに頼《たの》むわけにもいかないだろう。

レアという顔見知りの黒竜になら頼めるが、彼女はどこにいるかわからないし、何より竜の女王だ。気軽に乗り物扱いするのは不敬である。レア自身にも怒《おこ》られそうだ。

ともかく、誰か乗り手が必要だ。

ヴィッセルは馬にくくりつけておいた袋に手を突っ込んだ。

「問題ないだろう、これを持っていけば」

「っきゅう！」

「ロー⁉」

黒いボールを投げられたと思ったら、小さな金目の黒竜だった。目を瞠《みは》るジルの胸に、甘えてすり寄ってくる。

「そいつも魔獣として登録しておいた。蜥蜴《とかげ》が魔術で変異してこうなったんだ」

「い、いいんですかそれで⁉　竜の王ですよ⁉」

「冷静に考えろ。そんなに丸々していて、尻《しり》がでかくて、飛べもしない竜の王など、ラーヴェ帝国《ていこく》に存在するわけがない。存在したら恥《はじ》だ。蜥蜴の魔獣に決まっている」

滅茶苦茶《めちゃくちゃ》な言われようだ。だがローはジルと一緒《いっしょ》に行けるのが嬉《うれ》しいのか、べったりジルに抱《だ》きついて満足そうにしている。自分への悪評はどうでもいいらしい。

「そいつがいれば何かあった際、連絡《れんらく》もとれるだろう。竜の女王が飛んでくるからな」

「ロー、お前レアに許可は取ったのか⁉」

ジルがクレイトスに帰郷する際、ついていきたいローと行かせたくないレアがもめたのは記《き》憶《おく》に新しい。だがローは自慢《じまん》げに鼻を鳴らした。

「うっきゅん！」

「今回はラーヴェ国内のようなものだ。竜の女王には説明し、納得《なっとく》いただいている」

「ほんと根回しがお上手で！　でもローに知られたなら陛下にだってばれてるんじゃ」

「うきゅうきゅ！」

ぶんぶんローが首を横に振《ふ》った。ヴィッセルがさめた目で続ける。

「それはハディスの心で育っているんだろう。ならこの間置いていかれた分、仕返ししたいに決まってる」

「うきゅ！」

ローはそのとおり、と言いたげに胸を張っている。ジルは乾《かわ》いた笑《え》みを浮《う》かべた。ハディスといいローといい、ヴィッセルにうまくあしらわれすぎではないだろうか。

「レアが許可を出したのならいいか……戦場に行くわけでもないし」

「うきゅうきゅ」

「わかったわかった。じゃあ遠慮《えんりょ》なくつれていきます」

「蜥蜴を竜にできないか実験したら失敗した魔獣だからな。決して黒竜じゃない」

設定が細かい。

「じゃあ、行きますけど……」

つい視線が原っぱの向こうに見える帝都に向く。帝城《ていじょう》の高い尖塔《せんとう》が見えた。

やっぱりハディスに見送ってもらえないのは、さみしい。三ヶ月も離れるのだ。まだ先の話だと思っていた分、今になって戸惑《とまど》いが大きくなる。

「今更《いまさら》怖《お》じ気づくな、早く行け。さっさと行け。今すぐ行け」

だが情緒《じょうちょ》もへったくれもないヴィッセルの言い様に、かちんときた。

「わかりました行きますよ！　知りませんからね、陛下がどんなごね方をしても！　わたしは悪くないですからね！」

「安心して二度と帰ってくるな」

「せいぜい後悔《こうかい》しろ！」

口の減らない兄だ。ハディスに派手に泣きわめかれて困ればいい。鞄を背負い、ハディスぐまを脇《わき》に抱《かか》える。ソテーはばっちり横についてくるし、ローは器用に鞄の上を陣取《じんど》った。

緑竜に向かおうとしたジルは、ヴィッセルのうしろに見えたものに目を細めた。

帝都では珍《めずら》しくもない、竜が飛ぶ光景だ。でも、まっすぐこちらに向かっている。

「っぎゅ⁉」

ローが突然《とつぜん》、嫌《いや》そうな声をあげる。その頃《ころ》にはもう、こちらに飛んでくるものが目視できるようになっていた。緑の竜。その上に、ひとが乗っている。

「――っ陛下⁉」

「ジル、つかまって！」

ヴィッセルが振り返るのとほぼ同時に、地上ぎりぎりを飛行するハディスが手を伸《の》ばした。

思わずジルはハディスの手を取ってしまう。ソテーが飛び上がって浮いた足にしがみつき、ぐんとそのまま一緒に持ち上げられた。

「……っハディス、お前！」

「僕をだまそうとした兄上が悪いんだよ！　大丈夫《だいじょうぶ》、ジルを送ったら帰るから」

ジルを鞍《くら》の上に乗せて、ハディスが得意げに笑う。地上でこちらを見あげているヴィッセルは、嘆息《たんそく》したようだった。鞍に引き上げられたジルは、呆然《ぼうぜん》とハディスを見あげる。

「陛下、どうして……」

「だって、ヴィッセル兄上がジルの送別会を企画《きかく》しても、止めないんだよ？　出立日はまだ決まってないからいくらでも豪勢《ごうせい》にすればいいとか言って。あとこいつ」

「ぎゅ」

ハディスがうしろから腕《うで》を回してきたせいで、間にはさまったローが潰《つぶ》れた声をあげた。

「ジルがいなくなったらお前もさみしいだろって言ったら、にやにやしてるんだよ。これはもう、僕に黙《だま》って絶対何かあるでしょ。で、ラーヴェに君を見張ってもらってた」

「見送りくらいはしたいからな、俺も」

ぽん、と音を立てて目の前にラーヴェが現れた。

「あとローがライカ大公国に行って本当に大丈夫かって、レアから確認もきたしな」

「ぎゅ!?」

「竜神様をだまそうなんて百年早いんだよ。嫁《よめ》さんからの信用ないなーお前」

ジルとハディスの間から抜《ぬ》け出したローがすねた顔で、鞍の前を陣取っているソテーと並んで座る。まだ何かネタがあるのか、ラーヴェはローをからかって笑っていた。

ぽかんとしたあとで、ジルはなんだかおかしくなってきた。

「すごいです、陛下。わたし、用意が早くてびっくりしてただけでした」

「でも僕もこんなに早いとは思ってなかったから、ちょっと焦《あせ》って執務室のテラスから飛び降りて竜《りゅう》に乗っちゃった。リステアード兄上が泡吹《あわふ》いてたよ。帰ったらお説教かも」

「その前にヴィッセル殿下《でんか》とリステアード殿下が喧嘩《けんか》してそうです。陛下をだましたのと逃《に》がしたのとどっちが悪いかって」

「姉上が止めてくれるでしょ。あ、でも僕も帰ったら殴《なぐ》られるかな。姉上、そういうところ大《おお》雑把《ざっぱ》にまとめるからなぁ……」

「でも、よかった。嬉しいです」

少し体の向きを変えて、ハディスにすり寄る。もう帝城は見えなくなっていた。

「自分で決めたことですけど。でもやっぱり陛下には、見送ってほしかったので」

「……僕はそもそも見送りたくないんだけどな」

「不思議ですよね。お別れするって決まってるのに、あと一分でも、一秒でも、長くそばにいたいだなんて」

不合理さを訴《うった》えたつもりだったが、ハディスの何かに刺《さ》さったらしい。ふらりとよろけた体を、ジルは黙って支える。

「見送りでしょう。ちゃんと送ってください、陛下」

「わかっ……わかってるけど……っ最近の君は攻撃力《こうげきりょく》が高い！」

「陛下は三ヶ月の間、防御力《ぼうぎょ》を高めたほうがいいかもしれませんね。魔力《まりょく》だってその頃にはだいぶ戻《もど》ってるんじゃないですか」

「お、いいなそれ」

戻ってきたラーヴェが頷《うなず》く。ローは完全にすねてしまったらしく、丸まっていた。その前でなぜかソテーは立派な胸羽《むなばね》で風を受け止め続けている。

「防御力を高めるって、どうやってだ」

「わかんねーけど、目標があるほうが、お互《たが》い張り合いも出るってもんだろ」

「雑すぎる……僕は三ヶ月の間、ジルの身長が少しでも伸びることを考えただけで息が止まりそうになるのに、どうしろって言うんだ」

「そういうとこをどうにかしろって言ってんだよ。まあいいや、邪魔《じゃま》しないでやる」

片眼《かため》をつぶって、ラーヴェが姿を消した。

顔を見合わせたジルとハディスは、なんだかおかしくなってふたりで噴《ふ》き出した。


「リ、リステアード殿下！　ハディス様がジル様の留学を儚《はかな》んで飛び降り自殺をしたというのは本当ですか！」

「なぜそこまでいった!?　あ、いや」

つい大声で突《つ》っこんでしまってから、執務《しつむ》室に飛びこんできた相手が誰《だれ》か気づいて、リステアードは咳払《せきばら》いをした。

「すまない、スフィア嬢《じょう》。ハディスはテラスから竜に飛び乗っただけで、大事ない」

「ま、まあ……わ、私こそすみません。驚《おどろ》いてしまって……ハディス様ならあり得るかもしれないと、つい」

青ざめて震《ふる》えている求婚《きゅうこん》相手の中で、リステアードの弟はいったいどういう情緒の持ち主になっているのだろう。やりかねない子どもっぽさがあるのは認めるが。

「ですが、なぜそんな無茶をなさったのでしょう。実は先ほどヴィッセル殿下から、本日のジル様の講義は必要ない、留学の準備もあるから当分お休みだと言われたのですが……」

「……ならジル嬢はライカ大公国に向かったのでしょうね、おそらく」

この騒動《そうどう》の原因がわかった。スフィアが頬《ほお》に手を当てる。

「ず……ずいぶん急に決まった、のですね？」

「……申し訳ない。あなたにはあとできちんとジル嬢の予定を連絡《れんらく》するよう申し伝えます」

「わ、わかりました」

聡《さと》い彼女は、話せない事情があるのだろうとそれだけで引き下がってくれる。リステアードもきちんと状況《じょうきょう》がわかっているわけではないので、こういう気遣《きづか》いには助けられる。

「振り回してしまって申し訳ない。三ヶ月の間の給金も手配します」

「こ、講義がお休みですのに、そういうわけには」

「休みなのはこちらの都合です。こういうことは遠慮すべきではないですよ、スフィア嬢。正当な権利を主張しなければ、悪《あ》しき慣例ができる。どうしても気が咎《とが》めるなら、ジル嬢が戻ってきたとき、すぐに妃《きさき》教育に入るための準備期間だとでも思ってください」

「……」

「スフィア嬢？」

ぎゅっと鳩尾《みぞおち》のあたりで手を握《にぎ》ったスフィアが、顔をあげた。

「……なら三ヶ月の間、フリーダ殿下の家庭教師をつとめるというのは、どうでしょうか」

「は？」

突然の申し出の意図がわからず、間抜《まぬ》けな声をあげてしまう。それからはっとした。

「まさか、フリーダに何か言われて……!?」

「い、いえ」

「そ、そうですかよかった。あの子に限ってないとは思いますが……では、他《ほか》の誰かに？　ハディスたちはあなたの立場を考えて黙っていると思うのだが……話が漏《も》れましたか」

「い、いいえ。大丈夫です」

スフィアはひたすら首を横に振《ふ》るばかりだ。なんだか安心できない態度に、リステアードは繰《く》り返した。

「急がずとも、僕はあなたの決意が固まるまで、できるだけお待ちします」

レールザッツ公を後ろ盾《だて》に持つ皇兄が求婚すれば、どんな綺麗《きれい》事を並べようが断れない命令に等しい。リステアードが止めても周囲は圧力をかけるだろうし、断っても理不尽《りふじん》な扱《あつか》いを受けるだろう。ただでさえスフィアには、父――ベイル侯爵《こうしゃく》の反逆という傷がある。

（……いやまあ、皇帝《こうてい》と皇太子が許可しない展開はあるが……）

だがそれもスフィアがとれる選択肢《せんたくし》ではない。リステアードが示せる誠意は、スフィアの心が決まるまで時間を引き延ばすくらいだ。

「フリーダも僕が説得します。あなたが無理をして、気遣うことはありません」

「私がフリーダ殿下の家庭教師になるというのは、ご迷惑《めいわく》でしょうか？」

唐突《とうとつ》に笑顔《えがお》で尋《たず》ねられ、ついリステアードはまばたいた。

「そ、そういうことは、ないですが……」

「でしたら、ぜひお願いしたいのです。フリーダ殿下もお断りにならないと思います」

この微妙《びみょう》な圧は、勘違《かんちが》いだろうか。困惑《こんわく》しつつ、リステアードは再度確認《かくにん》する。

「……あの、やはりフリーダが、何か……？」

「いいえ。フリーダ殿下は私を気遣ってくださっただけです。もし困っているなら自分が力になる、無理に結婚《けっこん》することはないと昨日、仰《おっしゃ》ってくださいました」

「で、ですよね？　いえ、あなたにほぼ拒否権《きょひ》はないという話には変わりないのですが……」

「ええ。フリーダ殿下は聡明《そうめい》な御方《おかた》です。ご存じのうえで、そう仰ったのでしょう」

ほのかな笑みをたたえるスフィアは、感動しているようにも見えた。

「私、それで気づいたのです。迷っている場合ではないのだ、と」

なのになぜだろう、冷や汗《あせ》が背中に浮《う》き出てくる。

「どうかお許しいただけませんか、リステアード殿下」

「……あの、本当に、いったい、何が？」

「許可しよう」

　ノックもなく執務室に入ってきたのは、ヴィッセルだった。

「フリーダの家庭教師だな。ためしに三ヶ月でいいだろう」

「ヴィッセル兄上！　そんな勝手に」

「フリーダは断らない、というベイル侯爵令嬢《れいじょう》の言い分が本当か興味もある」

　そこから聞いていたのか。だがリステアードが文句を言う前に、スフィアが頭をさげた。

「有り難《がと》うございます、ヴィッセル皇太子殿下」

「汚名《おめい》をそそぐためにもせいぜい皇兄殿下をたらしこむことだな、ベイル侯爵令嬢」

「兄上！　僕が持ちかけた話だと――」

「精一杯《せいいっぱい》、つとめさせていただきます」

　ふわりとスフィアが微笑《ほほえ》む。見事なまでの、淑女《しゅくじょ》の対応だった。優雅《ゆうが》に頭をさげ、スフィアは退室する。扉《とびら》を閉める動作まで完璧《かんぺき》に隙《すき》がなかった。

　呆然《ぼうぜん》としているリステアードを、ヴィッセルが鼻で笑う。

「お前は馬鹿《ばか》なのか？　父親を告発し、汚名を背負った侯爵家を建て直そうとする女だぞ。図太いに決まっている。でなければとっくに爵位を返上し、どこぞの成り上がりの後妻にでもおさまって世を儚んでいる。そんなこともわからないから、ハディスを逃がすんだ」

ぎろりとにらまれたが、そこはリステアードにも言い分がある。

「ジル嬢のライカ行き、僕もハディスもだまそうとしたな」

「だましてなどいない。あとで説明しようと思っただけだ。お前の求婚話と同じだな」

「そこは同じではないだろう！　開き直るな！」

「お前がもっとしっかりしていればうまくいった。いいか、責任をとってもらうぞ。今すぐ、お前はベイルブルグに行け」

意表をつかれ、つい慌《あわ》てふためく。

「ぼ、僕はまだ、スフィア嬢に返事を待つと約束して」

「そんな話はどうでもいい。お前の自慢《じまん》の私設竜騎士団《りゅうきしだん》をつれて、さっさと行け。北方師団を建て直しているヒューゴという奴《やつ》への連絡はもうすませてある」

「……。北方師団の取り仕切りを僕にまかせると？」

「そのつもりでスフィア嬢に求婚したんだろう。あそこは一度、クレイトスの侵入《しんにゅう》を許したからな。二度目を許すわけにはいかない。スフィア嬢の義母があやしい連中とつきあってるという噂《うわさ》もある。なんならたらしこんで情報を抜《ぬ》いてこい」

「簡単に言うな！　スフィア嬢に求婚してる僕の立場も考えろ……！」

「私の知ったことではない。そもそも私の思惑《おもわく》ひとつで成否が変わる話だろうが」

「……そんな思考だから自分の婚約者とうまくいかないんですよ、ヴィッセル兄上は」

ヴィッセルの顔から小憎《こにく》らしい表情が消えた。ふんとリステアードは笑う。

「ハディスに従わないなら婚約破棄《はき》、反逆者として身分も剝奪《はくだつ》すると脅《おど》して、連絡がとれなくなったそうですね。会ったこともないくせに紙切れ一枚で脅すなんて、ふられて当然です。そもそも身分剝奪から無理筋ですよ。兄上の婚約者はゲオルグ叔父上《おじうえ》──前皇弟の娘《むすめ》、我々《われわれ》にとっては従姉妹《いとこ》。ゲオルグ叔父上は反逆者でも、フェアラート公の後ろ盾は大きい」

「……私の周辺を嗅《か》ぎ回る知恵《ちえ》をつけたことはほめてやる。だが情報が不正確な上に古く、考えが浅い。私の婚約者殿《どの》は連絡がとれないんじゃない。漁師になると海に出たんだ」

は、とリステアードは首を傾《かたむ》けた。ヴィッセルは穏《おだ》やかに笑う。

「最近はクレイトス国境付近でサーヴェル家庇護《ひご》の漁船と漁業合戦をしているらしい。夢が叶《かな》った礼にマグロが送られてきた」

「……。それは……ハディスが喜びそう、ですね？」

「ああ。一応、礼にハディスが加工したものを送り返してやった。そうしたらなぜか毎月、マグロが私に送られてくるようになった。役人の汚職《おしょく》の証拠《しょうこ》だのなんだのと一緒《いっしょ》に……いったいどうやって手に入れているんだ、わけがわからない……婚約破棄の話も進まない……」

ヴィッセルの目が虚空《こくう》を見つめている。つい、本音が出た。

「兄上と実はお似合いなのでは？」

「冗談《じょうだん》じゃない、お断りだ！　従姉妹殿が海から上陸した瞬間《しゅんかん》に捕縛《ほばく》して婚約破棄すると決めている！　今は泳がせているだけだ！」

「兄上の本気の負け惜《お》しみを初めて聞きましたよ、気分がいい」

「ほお。なら教えてやる。その従姉妹殿からの情報だ。クレイトスでは今、フェイリス王女が即位《そくい》するという噂がある」

あっさり告げられたせいで意味が一瞬わからなかった。

「もし事実なら、ジェラルド王子にどこまで人質《ひとじち》の価値があるかもわからなくなる。相当優《ゆう》秀《しゅう》なブレーンがいるのか、状況《じょうきょう》が把《は》握《あく》しきれていない。ライカにもジェラルド王子が何かしかけている気配があるが、そちらはもう竜妃《りゅうひ》にまかせる。女王を戴《いただ》くなんて、これまでのクレイトスの歴史にはなかったことだ。どう事態が動くかわからない」

やっと理解が追いついてきたリステアードは、息を大きく吸って叫《さけ》ぶ。

「そういうことは早く言え馬鹿か――――――!!」

「だから早くベイルブルグを掌握《しょうあく》してこいと言ってるだろうが！」

「なら少しは僕を前向きに応援《おうえん》したらどうだ、マグロを受け取ってないで！」

「従姉妹殿の話はやめろ、不愉快《ふゆかい》だ！　マグロを毎夜夢に見る気持ちがお前にわかるのか！」

「わかるわけないだろう、いっそ銛《もり》にでも刺《さ》されろ！」

「兄に向かってその言い草はなんだ！」

「ひょっとして喧嘩《けんか》だな!?」

執務《しつむ》室の扉を派手な音を立てて開いたのは、エリンツィアだ。リステアードもヴィッセルも同時に固まる。ばきばきと拳《こぶし》を鳴らしてエリンツィアが周囲を見回す。

「珍《めずら》しい、ハディスがいないな。まあいい。本当にお前たちは懲《こ》りないな」

「いやあの、姉上。今のは喧嘩ではなくただ議論が白熱しただけ……ぅぐっ！」

腹部に一発入れられ膝《ひざ》を折る。ヴィッセルは早々に床《ゆか》に沈《しず》んでいた。

「ちゃんと話し合いなさい。まったく」

暴力で解決しておいて、いっぱしの姉らしいことを口にする。しかも、さっさと退散する有り様だ。本当に殴《なぐ》りにきただけである。ひどすぎる。

「……思うんだが、いい加減、姉上の結婚も考えるべきでは……？」

「馬鹿か、お前は……もらい手がいればとっくにそうしている……！」

床に沈んだまま唸《うな》る兄に、それもそうかとリステアードは納得《なっとく》するしかなかった。


ライカへの道程《みちのり》は、ちょっとした空の旅行のようだった。ジルも竜《りゅう》での移動は慣れてきたので、景色を楽しむ余裕《よゆう》がある。竜神ラーヴェの加護を受けた竜は、とても緑竜とは思えない速さと体力で飛び続けた。予定では夜になって足止めされる海に、昼過ぎに辿《たど》り着く速さだ。

「陛下、海です！　海！」

「これなら日が沈むまでに渡《わた》れそうだね。このまま行こう。で、日が沈んだ頃《ころ》には君の新居に到着《とうちゃく》。それなら今晩は泊《と》めてくれるよね？」

「ラーヴェ様がいれば夜だろうが平気で飛べるってさっき言ってませんでした？」

「夜中に帰れって言うの？　竜も僕も、休みもなしで？」

そう言われると弱い。それにこの調子なら、明日早くに出発させれば、ハディスは明日中には帝城《ていじょう》に戻《もど》れるだろう。

「……今晩だけですよ。明日の朝になって、買い出しとか掃除《そうじ》とか言い出したってだめですからね！」

「えーだめ？」

「だめです、あと一週間に一回くるとか、連絡《れんらく》なしにくるとかもだめです！」

ハディスは唇《くちびる》を尖《とが》らせているが、ジルにだって事情があるのだ。ハディスがいれば甘えてしまうし、いつくるかわからないとなれば常に部屋を綺麗《きれい》にしておかねばならない。

「陛下は乙女心《おとめごころ》がわからないんだから」

「えっ乙女心……？」

「今すぐ海を泳いで帝都《ていと》に帰りますか？」

拳を握《にぎ》ると、ごめんごめんとハディスが笑う。

眼下は真っ青な海に変わっていた。漁船なのか、船が何隻《せき》か白い波を立てて走っているのを追い越《こ》していく。

「ライカ大公国って、島国なんですよね」

「そうだね、お魚がおいしいよ」

「お魚！　……じゃなくて、ええと」

鞍《くら》からさげた鞄《かばん》の中から地図を引っ張り出す。別の革袋《かわぶくろ》の中では、お昼寝《ひるね》の時間であるローとソテーが、ハディスぐまを布団《ふとん》にして寝ている。

「この辺もラーヴェ様の加護があるんですか？」

ライカ大公国はちょうどラーデア領の対岸にある島だが、地続きではない。

「一応な。このあたりは海竜の支配域でもあるんだ」

自分の話だからかひょっこりラーヴェが出てきた。なるほど、と頷《うなず》く。

「わたし今回、親がクレイトス王国出身でラーデアで育ったことになってるんですよね。学友を作るにあたって何か注意したほうがいいこととか、あります？」

「えっ……学友……そ、それって僕より若い男だったり、料理ができたりする⁉」

「嬢《じょう》ちゃんこいつに聞いたって駄目《だめ》だって。友達いねーもん」

「あ、そうですね。すみません」

「今の会話ひどすぎない⁉　いい、ジル。ライカ大公国はラーヴェ帝国《ていこく》の属国だよ。僕がその気になったら、校長とかすぐになれちゃうんだからね！　そしたら君をひとりぼっちのクラスにとかできちゃうんだから！」

「そんなせこいことにしか権力を使えない陛下も好きですよ」

「うぐっ……ジルが強いよ、ラーヴェ！」

「嬢ちゃんが大人になるのは早そうだなー……って、ハディス、あれ」

ハディスの頭によじ登ったラーヴェが、大きな目を眇《すが》めた。つられてジルも前を見る。

ちょうど太陽の色が赤く変わり始めたせいで、反射した強い光に一瞬目をつむる。が、驚《おど》いてすぐに見開いた。

「陛下、あれ、軍艦《ぐんかん》ですよね……ラーヴェ帝国軍の」

所属を表章する軍艦旗には、ラーヴェ帝国の国章である竜の意匠《いしょう》が縫《ぬ》いこまれている。それを掲《かか》げた軍艦が十隻ほど、三日月形の陣《じん》でこちらに向かってくる。単純に目を輝《かがや》かせられないのは、その砲門《ほうもん》がまっすぐこちらを向いているからだ。

（なんか、嫌《いや》な予感が）

持っている地図を鞄に突《つ》っ込む。同じ予感をハディスも感じ取っているらしい。手綱《たづな》を持つ手に力がこめられたのがわかった。

「少し飛ばすよ、ジル。軍艦なら魔力《まりょく》感知の装置があるから、この緑竜がラーヴェ帝国で正式に登録されてる竜だってわかるはずだけど。足止めされたり厄介《やっかい》ごとはごめんだ」

「――陛下！」

叫んだときにはもう、砲の前に魔法陣が現れていた。対空魔術を応用した魔力の砲撃《ほうげき》だ。

（警告もなしに⁉）

まともな軍のやることではない。

こちら目がけて魔力が放射された。急旋回《きゅうせんかい》に驚いたローとソテーが革袋から顔を出す。

「うきゅっ⁉」

「コケー！」

「追尾《ついび》されてます、陛下！」

高度をあげて旋回し砲撃をよけても、うしろからぴったり魔力の攻撃《こうげき》が追いかけてくる。ハディスが舌打ちして、叫んだ。

「荷物を持って、ジル！」

急いでジルは鞄を鞍からはずし、背負う。ローたちは袋ごと抱《かか》えた。

「ど、どうするんですか陛下。反撃は――」

「砲撃に当たったふりをして海に落ちて、岸に転移する！　しっかり僕につかまってて！」

ハディスが見据《みす》える先には、うっすら島の形が見えた。目視できるこの距離《きょり》なら、魔力がまだ戻りきっていないハディスでも無理せず転移できるだろう。

「でも、陛下とわたしで制圧したほうが早いんじゃ⁉」

「そしたら君は竜妃だって名乗らなきゃいけなくなる。それに、何が狙《ねら》いかわからない。本当にあれがラーヴェの軍艦なのかもだ。警告なしで撃《う》つなんて普通《ふつう》の軍じゃ考えられない。しかもあっちはこれがラーヴェからの竜だってわかってて撃ってきてるんだから」

「ま、まさかまた反乱とかそういう展開ですか……⁉」

「話はあと、ラーヴェいくぞ！　竜はお前がうまく別の場所に転移させろ！」

「おう――」

異変が起きたのはそのときだった。

爆発音《ばくはつ》でも、魔法陣が起動するときの稼働音《かどう》でもない。今の状況に不似合いな鐘《かね》の音。島のほうからだ。おそらく夕刻を知らせる、鐘の音だろう。

そこに異質な音がまざっている。魔力まじりの、鼓膜《こまく》を直接叩《たた》く音。

（笛の音、か……？）

突然《とつぜん》、緑竜の動きが止まった。

「……っなんだ、この音⁉」

ラーヴェがしかめっ面《つら》で叫《さけ》ぶ。ローは耳をふさいでぶるぶる震《ふる》えていた。心なしか、ソテーも身を縮めている。一番の問題は緑竜だった。硬直《こうちょく》したまま、落下する。

そこ目がけて、対空魔術の光線が襲《おそ》いかかってきた。

「……っ陛下、私が相殺《そうさい》します！」

状況《じょうきょう》はわからないが、竜を直接攻撃されている。一刻も早くこの音が聞こえない場所に退避《たいひ》すべきだ。竜妃《りゅうひ》の神器を鞭《むち》に変形させた。周囲を囲むように振《ふ》り払《はら》い、四方八方からの砲撃を爆発させる。狙いどおり、ものすごい爆煙《ばくえん》があがった。

「ラーヴェ、僕の中に入ってろ！　ローはしっかり耳をふさいでおけ！」

爆煙の中、しっかりハディスに抱《だ》きしめられたままジルは海に落ちる。海面から、派手な水しぶきがあがった。これで墜落《ついらく》したように見えるはずだ。

魔力の圧が水圧と一緒《いっしょ》にかかる。ぶく、と自分の息で泡《あわ》があがった。

（な、なんか、わたしと陛下、いつもいきなり襲われて逃《に》げてるような……）

——気づけば、海色だった視界が、砂浜《すなはま》に変わっていた。爆音ではなく、ざざんと波がよせては返す音が耳を打つ。

夕暮れの、海岸だ。

「ジル、大丈夫《だいじょうぶ》？」

「は、はい！　ローたちは……」

隣《となり》でぶるぶるっとソテーが身震《みぶる》いをして海水を飛ばす。その横でローがぺっぺっと口に入った砂を吐《は》き出していた。そしてひどい目にあったと言わんばかりに、ジルに甘えて抱《だ》きついてくる。どちらも外傷はない。

ハディスぐまは、ジルを立たせてくれたハディスが抱えている。その肩《かた》には落ち着いた様子のラーヴェもいた。

みんな無事だ。ちょっと頭からずぶ濡《ぬ》れだけれども。

「どうする、ハディス。あの緑竜も近くにいるけど、呼ぶか？」

「無事なのか」

「無事は無事、金縛《かなしば》りにあっただけで異状なし。疲《つか》れてるけどな」

「そのまま自由にさせてやれ。群れにでもまざってくれたら足取りをごまかせる。帰るにしても別の竜を使ったほうがいい」

「わかった。にしても……どうするよ、これから」

「……。そんなの、決まってるじゃないですか」

スカートの裾《すそ》を絞《しぼ》り、ジルは小さく答える。拾った鞄も中身ごとぎゅうっと腕《うで》に抱いて押しつぶし、絞っておいた。紙幣《しへい》が大丈夫かは今は考えない。

「陛下にはこれからわたしと一緒に住居に向かって、そこに隠《かく》れ住んでもらいます」

「えっ？」

「おかしいと思ってたんですよ、そもそも。こんなに急いでわたしの希望をヴィッセル殿下《でんか》が叶《かな》えてくれるなんて」

末の弟の様子をみてこいなんて殊勝《しゅしょう》なことを言っていたが、それ以上の事情がここにあるのだろう。そしてちょうどいいとジルに押しつけたのだ。ハディスに害が及《およ》ぶ前に防いでこいとばかりに。

「さっきのおかしな音といい、何かキナ臭《くさ》いことが起こってます。なのに、陛下をひとりで戻《もど》せるわけがないじゃないですか」

「ジ、ジル……！」

何より、ハディスが戻らなければヴィッセルが歯ぎしりして困るだろう。それくらいしかしてやれる意趣《いしゅ》返《がえ》しがない。ざまあみろ。とばっちりのリステアードには申し訳ないが、スフィアの件に協力することで相殺してもらう。

感動したらしいハディスが、両手を握《にぎ》り合わせて尋《たず》ねてくる。

「じゃ、じゃあ僕、明日《あした》、帝都《ていと》に帰らなくていい……？」

「いいですよ。でもおうちにいてくださいね」

「いるいる！　ご飯も掃除《そうじ》もまかせて！　あっでもお金がいるよね。働いたほうがいい？」

「お金なんてなんとでもなります。いざとなったらわたしが傭兵業《ようへい》で稼《かせ》ぎます」

「ジルかっこいい……！　で、でも僕も頑張《がんば》るからね！　逃亡《とうぼう》生活は得意なんだ！」

「ですよね！」

ははははは、と笑い合っているところにおそるおそるラーヴェが声をあげる。

「い、いいのか嬢《じょう》ちゃん。こいつ帝都に戻してさぐる手もあるんだけど……」

「そんなことしたら、わたしがはらはらするだけじゃないですか」

ジルの記憶《きおく》では、ライカ大公国で大きな争いや事件があったことはない。だが以前とは違《ちが》う出来事が起こり続けているし、また誰《だれ》かに裏切られていないか、あぶない目にあっていないか、倒《たお》れていないか、心配《はんい》するのはジルだ。しかも三ヶ月も。

それなら目の届く範囲《はんい》に置いて守っていたほうがましである。

「いや……でも勉強しにきたのにさ、嬢ちゃん……またハディスの守りってのも……」

「ありがとうございます、ラーヴェ様。でもいいんですよ」

赤みを増して海の向こうに沈《しず》んでいく夕日が、目に痛い。

「慣れました」

遠い目で答えたジルに、「そ、そうか」とラーヴェが頷《うなず》き返す。

ハディスだけが夕日に向かってはしゃぎながら、今夜の献立《こんだて》を考えていた。

第二章 ⚜ 士官学校の溝鼠

「ではいってきます、陛下」

軍服に似た学生服に、指定の帽子《ぼうし》を被《かぶ》り革靴《かわぐつ》のつま先を玄関《げんかん》口で叩く。鞄《かばん》を背負い、ジルは振り向いた。エプロンを着たハディスが上目遣《うわめづか》いをする。

「僕もいっちゃだめ？」

「だめです」

「でも、ローもソテーも、ハディスぐまだって一緒なのに！　僕だけラーヴェとお留守番なんて……何より竜妃の指輪を見えないようにしていくなんて！」

「ラーヴェ様にお礼を言っておいてくださいね」

竜妃の証《あかし》として、ジルの左手の薬指には金の指輪がある。はずせないなら見えないよう魔術《まじゅつ》をかけるしかない。ジルが駄目元《だめもと》で頼《たの》んだら、ラーヴェは快く引き受けてくれた。強い魔力があれば見えるが、ぱっと見では何も見えない。要はラーヴェと同じ状態にしてくれたのだ。

だがそれを知ったハディスはさめざめと嘆《なげ》き出す。

「ラーヴェの裏切り者！　ジルもなんで魔具だとか言い張ってくれなかったの⁉」

昨日までは一緒にいられるだけで嬉《うれ》しいとはしゃいで新生活の準備にいそしんでいたのに、

いざとなるとごね出す。ハディスの悪い癖《くせ》だ。

「しょうがないじゃないですか、竜妃だってばれる要素はできるだけなくしたいですし。それにわたし、学校に行くんですよ。学生です。既婚者《きこん》だってばれたら面倒《めんどう》です」

「面倒って言い方がひどい！」

「襲撃《しゅうげき》も一昨日《おととい》のあれきりで追ってくる様子はないですが、油断できません。おとなしくしてください。それに今日はすぐ帰ってきますよ。挨拶《あいさつ》するだけですから、担任の先生に」

「それって男⁉」

「うるさいなもう、おとなしくうちで洗濯《せんたく》でもしてろ！」

勢いよく、玄関の扉《とびら》を叩《たた》き閉めた。「ジルぅ〜〜」と情けない声が内側から聞こえたが、無視して鍵《かぎ》をかけた。かまうから甘えてくるのだ。

ヴィッセルが用意してくれた住居は一階は台所つきの居間と水回り、二階は狭《せま》い部屋がふたつある二階建ての一軒家《いっけんや》だ。少し歩けばすぐに街中に出られるので、利便性も高い。

（学生寮《りょう》じゃないのがあやしいんだけど）

ジルが通う予定の士官学校は、ほとんどの学生が寮生活だと聞いている。もちろん地元の子どもは家から通うが、ラーデア――ラーヴェ本国出身のジルなら、寮でいいはずだ。ハディスがいる今となっては助かっているが、何か裏がある気がしてならない。

地図を片手に郵便局を見つけたジルは、切手を買い、ヴィッセル宛《あ》ての――正確にはどこかを仲介《ちゅうかい》するらしく、宛先《あてさき》はフェアラート領で宛名は見知らぬ女性だ――手紙の配達を窓口で依《い》頼《らい》した。中身は簡潔に『おかげさまで新生活は快適に始まりました、なんと今日の晩ご飯は鮭《さけ》のアクアパッツァ！』だ。アクアパッツァなる料理がジルにはわかっていないが、誰が作る料理か、ヴィッセルは察するだろう。

一仕事終えた気分でジルは郵便局を出て、地図を広げた。

ジルがやってきた街はライカ大公国が束ねる諸島の、最北にある島だ。総督府《そうとく》は諸島の中で一番大きな島にあるのだが、こちらは帝都に一番近い島なので窓口になる市庁舎などの立派な役所もあり、港もずいぶん栄えていて、正直驚《おどろ》いた。舗装《ほそう》された通路には瓦斯《ガス》灯も並んで、店がひしめきあっている。昼休みなのか、制服を着た学生たちの姿もちらほらあった。頭上では竜も飛び交《か》っている。荷運びか、課外授業だろうか。

だが決して、広々とした海の向こうには飛んでいこうとしない。もちろん、海で事故があった場合を考えて禁止している可能性はあるが、あやしく思えてしまう。

何せ、ジルたちが襲撃されたことは何も伝わっていないのだ。それとなくさぐりを入れたところ、街の住民にはただの軍事訓練として認識《にんしき》されているとわかった。ジルたちを追跡《ついせき》していないのは海への落下偽装《ぎそう》がうまくいったからだとしても、処理が手慣れすぎている。

そしてラーヴェ帝国軍の軍事訓練は最近よくあることだと聞いた。

（でもわたしもほとんど知らないんだよな、ライカ大公国の内情って。陛下の弟さんについても聞いたことがないし……）

かつてハディスに刃向《はむ》かい戦況《せんきょう》を動かした中心人物は、リステアードとヴィッセルだ。もうひとり、クレイトスに助けを求めて開戦の直接の理由になったナターリエの兄がいるが、彼はジェラルドの駒《こま》にすぎなかった。持ってきた情報も、何やら眉唾《まゆつば》な研究や憶測《おくそく》にすぎないものばかりで役に立たないと、ジェラルドから聞いた。

どれもこれも、今のライカ大公国の状況《じょうきょう》を把握《はあく》するのに役立ちそうにない。

「……うーん。何か他《ほか》にないかなあ、何か……そういえばなんの研究だったっけ……？」

「きゅ？」

うんうん悩《なや》みながら歩いていると、背負っている鞄からローが顔を出した。はっとジルは顔をあげる。

いつの間にか、街中と校内を仕切る大きな鉄柵《てっさく》の門の前にきていた。ゆるやかな坂道の上に、立派な校舎が見える。

ライカ大公国で最も古く、優秀《ゆうしゅう》な学生たちがつどうラ＝バイア士官学校。背後が山になっており、小高い丘《おか》から見おろすような白亜《はくあ》の校舎は、さながら街を支配する城館のようだ。

気を引き締《し》め直し、背筋を正した。

「ロー、お前は蜥蜴《とかげ》の魔獣《まじゅう》だ。わかってるな？」

「うっきゅう！」

蜥蜴ってうきゅうきゅ鳴くのだろうか。不安に思いつつ、ローとは逆方向から顔を出したソテーにも声をかける。

「お前は鶏《にわとり》の魔獣だ。くま陛下とローを頼んだぞ」

「コケ」

「じゃあ、いくぞ」

わからないことを考えるのはあとだ。ここで生活すれば、現状も見えてくる。

地図をしまい、パンフレットを片手にジルは教官室のある棟《むね》をさがす。メモにある日づけと時刻も確認した。校舎に入る前に見た時計の時刻は、待ち合わせの十分前だ。教官室に到着《とうちゃく》する頃《ころ》にはちょうどいい時間になっているだろう。

「えっと……ロジャー・ブルーダー先生に挨拶すればいいんだな」

紹介状《しょうかい》の宛先と同じ名前だ。ヴィッセルからの紹介だと思うと少々警戒《けいかい》したくなるが、疑心《ぎしん》暗鬼《あんき》ばかりもよくない。そもそもジル自身、立場をごまかしているのだ。相手もヴィッセルにだまされている状態である。

（わたしはラーヴェ帝国では学べない魔術を学びにきた子ども。育ちはラーデア。クレイトス出身の母親譲《ゆず》りの魔力を持っているけど、父親はわからなくて、もう家族はいない設定）

今の自分の設定を胸の中で確認する。周囲では学生服を着た学生たちがジルを見て意外そうな顔をしていたが、最近大人たちに囲まれてばかりだったジルは同年代と呼べる少年少女たちの姿に少し嬉しくなった。

友達ができたらいい。かつての副官だったロレンスみたいな腹黒はさけたいが――さあいざと教官室の扉に手をかけたところで、声をかけられた。

「お嬢ちゃん、迷子か？」

背の高い男性だった。学生服に似た形の服を涼《すず》しげに着崩《きくず》している。大きな違いは片側にだけかけられた短い青のマントだ。おそらく、教官だろう。帽子もかぶっておらず、ばさばさの焦《こ》げ茶色の髪《かみ》が見えていた。飄々《ひょうひょう》とした雰囲気《ふんいき》だが、彫《ほ》りの深い顔立ちはよく見ると端整《たんせい》だった。だがジルがそれ以上に感じ取ったのは、洗練された魔力だ。

（……このひと、強い。エリンツィア殿下《でんか》にもひけをとらないんじゃないか）

ラーヴェ帝国では魔力の持ち主は珍《めずら》しい。さすが由緒《ゆいしょ》正しきラ＝バイア士官学校だ。

「ご両親は？　お兄ちゃんお姉ちゃんが学校にいるのか？」

「あ、いえ！　迷子じゃありません。ロジャー先生をさがしていて……」

「ん？　そいつぁ俺だな」

まさかの尋《たず》ね人だ。よくできた偶然《ぐうぜん》もあるものだと、ジルはロジャーの目の前まで進み出た。

「そうとも知らず、失礼しました。わたしはジルと申します」

「えっ？　お嬢《じょう》ちゃんが？」

「はい、お世話になります！」

ぺこりと頭をさげたところで、ローとソテーも出てきて、一緒《いっしょ》に頭をさげた。行儀《ぎょうぎ》のいい一頭と一羽を、ジルは紹介する。

「これがわたしの魔獣の、ローと、ソテーです。で、鞄の中に魔具のくまのぬいぐるみもあります、あとこれ紹介状です！」

ヴィッセルが用意してくれた紹介状を出す。だがロジャーは受け取らず、呆然《ぼうぜん》としていた。

「……あの？」

「いや……確かに蜥蜴と鶏の魔獣だな。えー、ご家族……保護者は一緒じゃない……？」

あからさまに困惑《こんわく》しているロジャーに、保護者が必要だったかとジルは慌《あわ》てる。

「いえ、家族は……ええっと、そう、兄がひとり一緒にきてますけど、他の仕事で！」

そういうことにしておこう。今後、同級生が家に遊びにくる、なんて展開もあり得る。ハディスを完全に隠《かく》すのは得策ではない。さいわい、金の指輪は見えない。ラーヴェ帝国から兄は仕事で、妹は留学でやってきた。咄嗟《とっさ》のでっちあげにしてはいい設定な気がする。

だがますますロジャーは顔をしかめた。

「そ……そう、か……じゃあ、本当にお嬢ちゃんが……？」

「はい。よろしくお願いします」

第一印象は大事だ。はきはき答えたジルに、ロジャーが突然《とつぜん》、笑い出した。

「な、なるほど。ついに本格的に匙《さじ》を投げたかぁ、上は。……あーなんてこった」

「は、はい？」

「いや、悪い。お嬢ちゃんの立場でどうこう言えることじゃないよな。困らせるつもりはないんだ、さすがに驚いただけで——こんな子どもになぁ」

「そんなに子どもではないですよ。あ、ちょっと成長期が遅《おそ》くて小さめなのは認めますが、そんじょそこらの学生には負けません」

少しおどけて言うと、ロジャーも口元をゆるめた。

「優秀な魔力《まりょく》の使い手なのはわかる。魔獣の様子からしてもな。今までの先生とは、確かに違《ちが》う。……こうなったら、その見た目とのギャップに生徒たちが一目置くことを期待するか」

違和感《いわかん》を覚えた。何か大事なところが食い違っていないか。嫌《いや》な予感がする。ロジャーが憐《あわ》れみをまぜた微苦笑《びくしょう》を向けた。

「俺は歓迎《かんげい》するよ、ジル先生。よろしくな」

握手《あくしゅ》の手を差し出されて、ジルの笑顔《えがお》がそのまま固まる。反射神経よろしくどういうことだと叫《さけ》び返さなかった自分に、成長を実感した。

「次々に担任が辞《や》めていくのに、副担任の俺じゃ規則上、できないことも多くてね。困ってたんだよ。しかしまさかこんなに可愛《かわい》い先生がくるとは思わなかったなあ」

「そう……ですよね……」

自分も思っていなかった。

（まさかの、生徒じゃなく先生！）

なぜそうなった。どうして通ると思った。だが通したのだ、ヴィッセルは。ちなみにロジャーは年齢《ねんれい》を見て、誤記だろうと思っていたらしい。

だがジルとしては、ここで『いや生徒です』とは言いがたかった。ヴィッセルの紹介状にはしっかり教官と書いてあったし、ここで間違いでした修正してきますとなれば、あやしいこと

この上ない。ただでさえ色々、詐称《さしょう》しているのだ。しかもまたラーヴェ帝国に戻《もど》って手続きをやり直すことになる。

何より、ジルの目的は生徒でなくとも達成できる。むしろ教官として運営側に回るほうが、適切だと気づいてしまった。

だからといって、とてもヴィッセルのやりようを許す気持ちにはなれない。もしヴィッセルが反乱を起こすようなことがまたあれば、直々に討伐《とうばつ》にいこう。

などと現実逃避《とうひ》していたら、ロジャーは白亜の校舎から外に出ていた。ジルはまばたく。

「教官室に行かないんですか？」

「……ジル先生は、担当学級についてどこまで聞いてる？　やっぱり何も？」

やっぱり、という言い方が引っかかったが、素直《すなお》に頷《うなず》いた。ロジャーは迷いのない足取りで校舎からどんどん離《はな》れていく。

「だろうな。なら、この学校については？」

「十歳以上なら性別国籍《こくせき》関係なく入学可能。徹底《てってい》した実力主義で、成績で学級が振《ふ》りわけられてるんですよね」

「そう。上から金竜《きんりゅう》学級、紫竜《しりゅう》学級、蒼竜《そうりゅう》学級。人数は他の士官学校にくらべると少ないほうじゃないかな。一学級、三十人。ラーヴェ帝国《ていこく》の竜騎士《りゅうきし》団でいう小隊の最少人数だ」

「ということは……ええと、全校生徒は……」

「約二百四十人だ。六年間の在籍《ざいせき》が許されるから、六年生までいる。だが、成績上位者で固められた金竜学級は学年関係なく一学級のみ。次の紫竜の学級が学年にわかれて紫竜一年、二年と六学級ある。で、その下、今から君が担当する蒼竜学級――通称《つうしょう》『溝鼠《どぶねずみ》学級』は一学級しかないから、合計八学級だ」

「ど、溝鼠!?」

ぎょっとしたジルに、ロジャーが苦笑いした。

「学内で蒼竜と呼ばれることは稀《まれ》だな。青い竜は存在しない、という強烈《きょうれつ》な皮肉さ。不愉快《ふゆかい》だろうが、ここでやっていくためには溝鼠呼ばわりに慣れたほうがいい」

「え、あの……ど、どういう学級、なんですか」

「わかりやすくいえば、落第生ってやつだよ」

きっぱりとロジャーは言い切った。

「素行が悪い、成績不良……そういう理由で紫竜学級から落とされたが、まだ在籍期間が残ってる生徒たちが集まったのが、蒼竜学級だ。だから教室も校舎にはない」

「お、おかしくないですか。いくら成績や素行が悪いからって教室が校舎にないなんて」

「見せしめだよ。こうなりたくなければエリートになれってね。……ここだ」

ジルは足を止めた。整然とした表とは違い、校舎の日陰《ひかげ》になったそこに、まるで倉庫のような古びた建物がぽつんと建っていた。

ここが教室。呆然とするジルの横で、ロジャーは苦い溜《た》め息を吐《は》き出した。

「……確かにこの学級は問題児が多いし、やる気をなくした子も多い。でも、ライカでも最難関の入学試験を突破《とっぱ》したんだ。やればできる子たちのはずなんだがなあ」

「で、ですよね」

いきなり劣悪《れつあく》な教育現場に放《ほう》りこまれた気がしたが、別に生徒たちが悪いわけではない。気を取り直したジルに、ロジャーが苦い声を出す。

「でも最近入ってきた子がなかなかの問題児で、手がつけられないんだ。次々に担任教官を学校から追い出してる。実は俺も副担任になったのは先月でね、なめられっぱなし」

「まさか、暴力を振るうとかですか？」

「それはないんだが、ライカ大公の孫なんだよ。ルティーヤ・テオス・ラーヴェ」

ジルは目を見開く。ハディスの末の弟だ。

「ラ、ラーヴェ皇族……ですよね？　なのに……？」

ついついうかがってしまう。士官学校にいるとは聞いていたが、にわかには信じがたい状《じょう》況《きょう》だ。成績がどうだろうが、学校側が忖度《そんたく》して一番上の学級に在籍させていそうなものである。

「実力主義ってのは嘘《うそ》じゃないんだ。成績や素行が悪ければ、容赦《ようしゃ》しない。ただ、今は世情が不安定だから、その煽《あお》りをくらっている面もある。何せ、ラーヴェ皇族だ。……ジル先生は街でラーヴェ帝国軍の奴《やつ》らを見たことあるかい？」

「あ、ありません……けど」

撃《う》ち落とされそうになったとは言えない。ロジャーは苦笑いを浮《う》かべた。

「そりゃよかった。そのうちわかると思うが、近づくなよ。昔からそういう傾向《けいこう》はあったんだが、ここんとこ、やたらと横柄《おうへい》になってきてな。ライカ全体に本国への不満がたまってるんだ。もちろん学校も例外じゃない。ここはライカが誇《ほこ》る教育機関だからな」

ジルが目を細めると、ロジャーが疲《つか》れ切った声を出す。

「ただ間違いなく、本人は問題児だ」

「そこは間違いないんですか……」

「ここ半年で追い出された教官は既《すで》に四人。相手は十三歳の子どもだとなめてかからないほうがいい……いや、ジル先生に言うのもおかしい気がするが」

ジルの姿を見て、ロジャーが愛想《あいそ》笑《わら》いを浮かべる。

「お互《たが》い、大変だが仕事だ。頑張《がんば》ろう」

「は、はい。ロジャー先生は、副担任なんですよね」

「ああ。とはいえ、本当にできることはない。というか……どうせあとでわかることだから今言っちまうと、副担任って、本校舎からの間諜《かんちょう》みたいな立場でね」

穏便《おんびん》でない単語の意味を聞き返す前に、ロジャーが出席簿《しゅっせきぼ》を差し出した。

「先生の出勤は明日《あした》からだが、あとはまかせる」

「えっまかせるって……今日の授業とかは？」

「駄目《だめ》な奴にどれだけ教えたって無駄だ。青い竜はいない。……そういう方針だとさ」

ロジャーが踵《きびす》を返してしまった。止める術《すべ》がわからず、呆然《ぼうぜん》とジルは佇《たたず》む。

「ど……どうしろって言うんだ、これ……」

教官をやるというだけでもまだ頭がついていかない展開なのに、まさかの放置だ。しかも教官を何人も追い出すような問題児がいる学級なんて、難易度が高すぎる。

「君、ひょっとして新しい蒼竜学級の生徒？」

振り返ると、制服姿の少年がいた。銀鼠《ぎんねず》色の前髪《まえがみ》の間から、蒼天《そうてん》のような丸い目がのぞいている。まるで雲から青い空が顔を出したみたいだ。荒《あ》れ地に倉庫が建っているだけのこんな場所には似つかわしくない、上品な顔立ちだった。にこっと浮かべる笑みは、人なつっこい。

「さっき、ロジャー先生につれてこられたでしょ。あの先生、放任主義だからなあ」

「あ……いや、わたしは……」

「それとも、ここにきたいのかって誰《だれ》かに脅《おど》された？　相変わらずひどいな、本校のエリート様たちは。でも、ここだって悪くないよ。そんなに不安そうな顔しないで」

「君は……あの、ええと、蒼竜学級の生徒……？」

少年は目を丸くしたあと、くすりと笑った。

「そうだよ、溝鼠《どぶねずみ》学級の。……ひょっとして君、留学生か編入生？　ここを蒼竜って呼ぶだなんて。しかも僕を知らないんだ？」

答えに困るジルがおかしかったらしく、少年は鼻で笑った。

「僕は蒼竜学級の学級長のルティーヤ・テオス・ラーヴェ。名前くらいは聞いたことあるんじゃない？」

息を呑《の》んだジルをどう思ったか、ルティーヤはまた人なつっこい笑みを浮かべる。

「警戒《けいかい》しないで。色々言われてるみたいだけど、ただの噂《うわさ》だよ。僕も困ってるんだ」

「せ……先生をやめさせたとかいうのも？」

「あれは僕らと本校との板挟《いたばさ》みで……そういう意味では僕らのせいかもしれない。でも本校の連中も色んな責任を先生に押しつけて、ひどいよ」

つらそうに目を閉じたあと、ルティーヤは首を振って、ジルに笑いかける。

「でも、僕らは負けないよ。仲良くやろう。溝鼠だってやればできるってところを、本校の連中に見せてやろうよ」

やる気の感じられる言葉に、ジルは両手を組んで、大きく頷き返した。

警戒していたが、普《ふ》通《つう》の学生に見える。教官をやめさせただとか聞いて、どんな生徒なのかと会う前から尻込《しりご》みしてしまった自分が恥《は》ずかしい。

「そ、そうですね。一緒《いっしょ》に頑張りましょう！　あ、でもわたしは生徒じゃなくて――」

「ちょうどいい。紹介《しょうかい》するよ、みんなに。こっち」

「こ、こっち？　って、いないんですか、みんな、教室に？」

ルティーヤはジルの手を握《にぎ》り、倉庫のような教室に背を向けて歩き出した。

「今日は課外自習。本校にある、竜の厩舎《きゅうしゃ》にみんないるよ。僕らは竜なんか使わせてもらえないから、本校が使ってない今のうちに自主的に勉強するようにしてる」

「使えないってそれも、見せしめ――本校の意向で？」

「そう。他《ほか》にも色々あるよ。許可なしに本校に出入りしちゃいけないとか。そのせいで食堂や購買部《こうばい》も使えないから」

「えっ」

パンフレットで紹介されていた学食の豊富なメニューをひそかに楽しみにしていたジルは、愕然《がくぜん》とする。なんてことだ。

(ど、どうにかしないと……陛下のお弁当があるとはいえ！)

ひょっとしたら教官は使えるのかもしれないが、生徒が食べられないのに、それを差し置いて食堂に行くのは気が引ける。それに、いくら実力主義でもここまで待遇《たいぐう》に差をつけるのはやりすぎではないだろうか。

見せしめ、というやり方もいただけない。なら、腹をくくるしかない。

(やってやろうじゃないか、先生！)

そして待遇改善を訴《うった》えて、食堂のメニューを全部、食べるのだ。

必要なのはまず、生徒たちと絆《きずな》を結ぶことだ。挨拶《あいさつ》を考え始めたジルの鼻先を、焦《こ》げるような臭《にお》いがかすめていった。

視線をあげた瞬間《しゅんかん》、今度は破裂《はれつ》音が立て続けに鳴る。竜《りゅう》の鳴き声も響《ひび》いた。

事故か、何かの諍《いさか》いか。考える前にジルは走り出した。あっとルティーヤが声をあげたが、振《ふ》り向かない。走っている間にも破裂音が鳴り続け、竜の騒《さわ》ぐ声が大きくなる。そして近づくにつれ聞こえるのは、子どもの笑い声だ。

音を頼《たよ》りに角をまがったジルの目に、立派な竜の厩舎が飛びこんできた。大きな両開きの入り口に二十人ほどの生徒たちが集まり、それぞれ持った紙筒《かみづつ》に火を入れて笑い合っている。爆竹《ばくちく》を鳴らしているのだ。それに驚《おどろ》いた竜が、厩舎から苛立《いらだ》った声をあげている。

竜に直接の被害《ひがい》はなさそうだが、たちの悪い悪戯《いたずら》だ。しかも竜を丸腰《まるごし》で挑発《ちょうはつ》するなんて、危険極《きわ》まりない。呆《あき》れ半分で、ジルは足を踏《ふ》み出した。

「おい、お前たち！　何をしてるんだ！」

「ああもう、急がなくて大丈夫《だいじょうぶ》だって。言ったでしょ、課外自習だよ」

背後から追いついてきたルティーヤに、声をかけられた。嫌《いや》な予感がして、ジルは目の前の光景からルティーヤに振り向く。

「……課外自習って、まさかこのことなんですか？」

「そうだよ。あの子たちが今日から君の仲間ってわけ。楽しそうでしょ？」

ルティーヤ級長、という声が爆竹を鳴らしている生徒からあがった。それにルティーヤが手を振って応《こた》える。呆然とジルはつぶやいた。

「ということは、あの生徒たちが蒼竜学級の生徒……」

「そういうこと。溝鼠《どぶねずみ》が、本校様の竜がどの程度しつけられてるか確認《かくにん》してあげてるんだ。親切だよね」

無邪気《むじゃき》に説明するルティーヤに、罪悪感はまったくなさそうだ。

「心配しなくて大丈夫だよ。だって僕はラーヴェ皇族だからね。奴ら、僕を溝鼠学級に落とせても、僕本人には手を出せないんだよ。根性《こんじょう》なしだから」

あいた口をぱくぱくさせているジルの前で、ルティーヤが生徒たちに向かって叫《さけ》ぶ。

「さあ、お次は花火だ！」

「まかせろ、特別調合したやつだ！」

威勢《いせい》のいい声と一緒に、ひゅるると音がして派手な花火があがった。同時に、厩舎から竜が浮かび上がる。ついに我慢《がまん》ならなくなったらしい。だが脚《あし》をつながれたままだ。それをわかっているようで、生徒たちは笑い続ける。

「こんな程度の音でびびるなんて大したことないよなぁ、本校ご自慢《じまん》の竜もさあ！」

「おい、何の騒ぎかと思ったら……っ溝鼠どもが！」

校舎から、何人か教官が飛び出してきた。ルティーヤが笑って応じる。

「やっとのお出ましか！　撤収《てっしゅう》だ、全員逃《に》げろ！　作戦どおりだ！」

「逃がすな、つかまえろ！　全員、懲罰房《ちょうばつぼう》に叩《たた》き込んでやる！　警備兵を呼べ！」

「やなこった〜」

「ははは、苦情はもういない担任教官までってね！」

担任教官。その単語に呆然としていたジルは我《われ》に返った。

「くそ、ロジャーはどうした⁉　またさぼりか！」

「あんな副担任が役に立つかよ！　さあ逃げるよ、あ、そういえば君の名前って——」

「わ、わたしが担任です！」

背筋《の》を伸ばして声を張り上げたジルに、騒ぎが静まった。

全員がこちらを見ているが、もうあとには引けない。

「わ、わたしが、新しい、蒼竜学級の担任教官です……！　よ、よろしくお願いします！」

我ながら間抜《まぬ》けだが、そう言うしかない。静かになったからか、ギャオ、と一声だけ不満げに鳴いて竜が厩舎に戻《もど》ってくれたのが救いだ。

「……担任？　新しい？」

生徒はもちろん、教官たちも戸惑《とまど》ったように目配せし合っている。ですよね、とジルは冷や汗《あせ》をかきながら思った。自分だってまだ信じがたい。しかも、この状況《じょうきょう》だ。

（こ、こういう場合どうしたらいいんだ⁉　わ、わたしの責任……なのか？）

くっと喉《のど》を鳴らして笑い出したのは、ジルの手をつかもうとしていたルティーヤだった。

「あっははは！　傑作《けっさく》だね、ついに上は僕らに降伏《こうふく》したってわけだ！」

戸惑うジルの手から、ひょいとルティーヤが出席簿《しゅっせきぼ》を取りあげて、中を確認する。

「名前はジルね。――仲良くやろうよ、ジル先生」

笑顔《えがお》で手を差し出され、頰《ほお》を引きつらせる。握り返すが、これは額面通り受け取ってはいけないやつだ。夫で鍛《きた》えられた本能的な警報が頭の中で鳴り響いている。

それを裏付けるように、ルティーヤの目はまったく笑っていなかった。

家に帰るとおいしそうな夕飯の匂《にお》いとエプロンに身を包んだ夫が「おかえり、お風呂《ふろ》できてるよ」と出迎《でむか》えてくれたので、ついその手を取って「わたしと結婚《けっこん》してください」と真剣《しんけん》に求婚してしまった。なお、夫が頬を染めて頷《うなず》いたあたりで正気に戻った。駄目《だめ》だ、疲《つか》れている。

とはいえ、疲れを自覚させてくれる家庭は大事だ。おいしい夕飯を食べて、あたたかいお風呂でさっぱりして、狭《せま》い部屋の窓際《まどぎわ》にふたつ、隙間《すきま》なくぴったりくっつけた寝台《しんだい》にあがる。

ハディスとは正式に結婚するまで別々に寝《ね》ると決めたが、襲撃《しゅうげき》の件もあるし、今は護衛もいない。竜がおかしくなった件もある。だからソテーもローも、みんなで一緒の部屋で寝ることに決めた。それに寝台はそれぞれひとつずつだ。一緒の部屋でも別々に寝ている。寝台がくっついているのは、部屋が狭いのだからしかたない。悪いのはヴィッセルだ。

ふかふかのお布団《ふとん》に生徒たちの資料を広げたジルは、頬をふくらませた。

「無茶苦茶ですよ、わたしが先生なんて。絶対許さないですから、ヴィッセル殿下《でんか》」

「兄上はすぐ無茶振《むちゃぶ》りするから……でも君が学校の先生かぁ。しかも僕の弟の担任。どんな子だった？　僕に似てたりする？」

ハディスの胸に背中をあずけていたジルは、くるりと向き直った。

「ラーヴェ様、出てこられます？」

ハディスの魔力《まりょく》がまだ完全に戻っていないこともあってか、ラーヴェは積極的に姿を現さない。だが、呼べばすぐに顔を出してくれた。

「んーなんだ、どうした？」

「陛下をぎりぎり、建前でもまっすぐ育ててくださって、ありがとうございました」

深々頭をさげたジルに、ラーヴェが大きな目をぱちぱちさせる。ハディスが顔をしかめた。

「それ、ほめてる？　ほめてないよね？」

「ほめてます。一筋縄《ひとすじなわ》ではいかないところが、陛下そっくりでしたよ。とにかくややこしそうです、ルティーヤ殿下……他《ほか》の生徒たちも」

ルティーヤいわく課外自習のあと、当然、矢面《やおもて》に立たされたのはジルだ。よろしくと告げるや否《いな》や、ルティーヤたちはさっさと逃げてしまい、状況がよくわからないままジルはひたすら頭をさげることになった。最初は戸惑っていた教官たちも、本当にジルが蒼竜学級の新しい担任教官だとわかると、態度を変えた。

しかしその間にも、ルティーヤたちのたちの悪い自習は続いた。本校舎の壁《かべ》にペンキをぶちまけるだとか、本校の生徒たちが受けている魔力の授業中にこっそり魔法陣《まほうじん》を仕込み水道管を破裂させて教室を水浸《みずびた》しにするだとか、ジルが頭をさげている間に頭をさげる案件が雪だるま式に増えていく按配《あんばい》だ。その度《たび》、他の教官からの嫌みと罵声《ばせい》が増した。

正直、頭をさげている暇《ひま》があるなら、生徒たちに挨拶させてほしい――だがそんなことも言い出せないまま、終業の鐘《かね》が鳴った。そしてジルに残ったのは、始末書という残業である。

「生徒は三十人いるんだっけ。確かに全員で一斉《いっせい》にやられたら手に負えないよねえ……」

生徒たちの顔を覚えるために持ち帰った名簿《めいぼ》やら何やらの資料を、ぱらぱらめくりながらハディスがつぶやく。

「しかも他の先生はぜんっぜん、助けてくれないんです！　目の敵《かたき》にするばっかりで」

あとからひょっこりやってきたロジャーは始末書の書き方を教えてくれたが、あれは助けとは言わないだろう。

「こっちは生徒と面識もないんですよ。しかも出勤は明日からだったのに、ぜーんぶわたしの責任って！　明日から容赦《ようしゃ》しないって、みんなおかしいです。なんですか、あの態度」

「荒《あ》れてる学校ってのともまた違《ちが》うんだろうが……明日からローとかつれてって大丈夫か？」

「ローとソテーはいつの間にか退避《たいひ》してて、帰る頃《ころ》にひょっこり姿を見せました」

呼ばれたと思ったのか、寝台をよじ登ってきたローがきゅ、と可愛《かわい》らしく鳴く。その頬を両手で挟《はさ》んでジルはにらんだ。

「お前はほんっとに陛下そっくりで逃げ足が速いな！」

「うぎゅ」

「ねえ、やっぱりさっきからさりげなく僕を批判してるよねジル……？」

「でも、しばらくはローもソテーも置いていったほうがいいかもしれません。くま陛下も」

あの生徒たちに悪戯《いたずら》でもされたら大変だ。ハディスぐまがあの学校を消滅《しょうめつ》させてしまうかもしれない。ローが泣きわめけば、竜《りゅう》が攻《せ》めてくるだろう。

だが両頬がつぶれたローが、不満そうに訴《うった》えた。

「うぎゅうぎゅ」

「ついていくって言ってるぞ。まあ、つれていっとけよ。連絡《れんらく》にも使えるし」

「……頼《たの》めるか、ソテー」

少し離《はな》れた場所で寝床《ねどこ》を確認《かくにん》していたソテーが、うつろな目で黄昏《たそが》れた。その背中にはえもいわれぬ勤労の哀愁《あいしゅう》が漂《ただよ》っている。

「前の担任の先生がやめた理由が、今日だけでよくわかりましたよ……」

「生徒は手に負えず、他の教官からは責められる。そりゃあ、やってられないよね」

「わたしだってやってられません！」

吼《ほ》えたジルはぽいっとローを捨てて、ハディスの胸に体を預けた。ローは不満げに鼻を鳴らしたが、また顔をつぶされるのは嫌らしく、ハディスぐまを持ってソテーの作った寝床に潜《もぐ》り込みにいった。

「なぐさめてください、陛下。ほら！」

「え、ええ？　い、いきなりそんなこと言われても……」

「妻が職場で理不尽《りふじん》な目にあってるんですよ！　その煮《に》え切らない態度はなんですか！」

「う、うーん……でも、君ならそんな生徒ごとき、相手にならないでしょ」

どこか軽い口調に、ジルはむっと顔をあげる。

「何を根拠《こんきょ》に言うんですか、相手は生徒です。戦う相手じゃないんですよ。わたし、学校の先生なんてしたことないのに――」

「だってその生徒たちは、僕よりもやっかいなの？」

膝《ひざ》を立てたハディスの足の間で小首を傾《かし》げてのぞきこまれ、ぐっと詰《つ》まった。ハディスの金色の瞳《ひとみ》は相変わらず月のように綺麗《きれい》で、油断ならない。

自分で近づいておきながら危険を感じて、ハディスの胸を押し返しつつ、顔をそむける。

「……そりゃあ、陛下よりは、まし、ですけど」

扱《あつか》いを間違《まちが》えても戦争は起こらないし、身内を処刑《しょけい》して回り国を火の海にしたりもしない。女神《めがみ》を敵に回さなくてもいいし、千年積み重なった因縁《いんねん》を断《た》ち切らなくてもいい。

「でしょ」

ハディスはなぜか嬉《うれ》しそうだ。ジルは唇《くちびる》を尖《とが》らせた。

「だからって！　先生と妻は役割が違います！」

「確かに、そこが同じだったら僕も困るけど。でも大丈夫《だいじょうぶ》だよ、ジルなら」

本当にそう思っているらしいハディスに、じわじわ頬が赤くなってきた。少しも事態は解決していないのに、できるかも、と思えてくるから不思議だ。

これだと怒《おこ》っているのでも愚痴《ぐち》っているのでもなく、甘えているみたいだ。ハディスの服の裾《すそ》をつまんだり離したりしながら、話題を変える。

「陛下のほうはどうでしたか、今日。変なことありませんでしたか？」

「大家さんがいらっしゃったから、ご挨拶《あいさつ》したくらいかなあ」

「家にあげたんですか」

「そりゃあ、仲良くしたほうがいい相手だしね」

危機感のなさにむっとしたが、常識としては正しい。ハディスも楽しそうだ。

「何か困ったことがあったらなんでも相談してって。親切なひとだった」

「……。あの、つかぬことをうかがいますが、その方、男性ですか？」

「ううん、女性」

　別の意味で心配になってきた。何せ自分の夫は見目がよく愛想《あいそ》がいい。だが口にするとやきもちっぽい。どう忠告したものか。悩《なや》んでいたら、上からラーヴェが覗《のぞ》きこんできた。

「大丈夫だ嬢《じょう》ちゃん。俺もいるし、こいつ愛想がいいだけで警戒心《けいかいしん》めちゃくちゃ強いから」

「あっそうですね！」

「なんか引っかかるなさっきから……色々話を聞いたけど大丈夫そうだよ。僕が竜帝《りゅうてい》だとばれでもしない限りは」

　少し低くなった口調に、ハディスの顔を見つめる。立てた膝の上に肘《ひじ》をのせ、ハディスがどこでもないところを見つめて言った。

「ラーヴェ帝国のせいで物価があがったとか、搾取《さくしゅ》されてるとか、役人はラーヴェの息がかかってる奴《やつ》らばっかりでやりたい放題、何をされるかわからないって、愚痴られた」

「……心当たり、ありますか」

「ライカに対して、ここ最近で大きく変わった政策はとってないよ。でも中間にいる連中が何かしてたらわからないかな。あと……僕の弟、評判悪いね。あれが次期大公なんてって言われてる。わがままで手に負えないって、完全に鼻つまみ者」

　そこまで噂《うわさ》になるほどの問題児なのか。頭が痛い。

「ルティーヤ殿下のおじいさんは、ライカ大公なんですよね？　放置ですか」

「もうご高齢《こうれい》なこともあって、臥《ふ》せってるんだって。でも、最近ライカ大公国の宰相《さいしょう》になったラーヴェ帝国の人は、評判いいんだよ。本国やラーヴェ帝国軍の圧力にも屈さず、ちゃんとライカを守れるよう改革を進めてるって。マイナード・フェイルっていう名前の──」

「マイナード!?」

仰天《ぎょうてん》したジルに、ハディスが驚《おどろ》いて口をつぐむ。ハディスの肩《かた》に移動したラーヴェが首をかしげた。

「知ってんのか、嬢ちゃん？」

「い、いえ。同じ名前のひとを、知っているので……」

泳ぐ視線を隠《かく》すため、ハディスの胸を背もたれ代わりにして足元のシーツを見つめる。

──マイナード・テオス・ラーヴェ。

ジルが知っているマイナードは、ラーヴェ皇族だった。内乱と粛清《しゅくせい》で荒れるラーヴェ帝国から庇護《ひご》を求めて亡命してきて、妹の死も皇位継承《けいしょう》権の剝奪《はくだつ》も、ハディスの巧妙《こうみょう》な罠《わな》によるものだと主張した。

すなわち自分こそラーヴェ帝国の皇帝なのだと、クレイトス王国にラーヴェ帝国討《う》つべしという開戦の大義を売りにきた人物だ。

ジル自身、ジェラルドの婚約者《こんやく》だったときに何度か顔を合わせているが、端的《たんてき》に言ってうさんくさい人物だった。手土産《てみやげ》として持ってきた情報もガセが多く、ジェラルドからもまったく信用されていなかった。体《てい》よく神輿《みこし》として担《かつ》ぎあげられただけだ。本人もそれをわかっている節があったので、まったくの無能ではない。ただ、妹はハディスに謀殺《ぼうさつ》されたのだと同情を引こうとする姿が、どうしてもジルは受け付けなくて——そこではっと気づく。

(——そうだ、確か妹って)

「……ほらっ、ナターリエ殿下《でんか》のお兄さんが、マイナードって名前じゃなかったです⁉」

ハディスがああと、納得《なっとく》するように頷《うなず》いた。

「そういえば。だから聞き覚えがあったんだ、僕も」

「……偶然《ぐうぜん》か？」

ラーヴェの確認に近い問いかけに、ハディスが考えこむ。

「どうだろう。母方がフェアラート公の縁者《えんじゃ》だから、フェアラート領に身を寄せてるって話だったけど……ライカに出奔《しゅっぽん》したとは聞いてないなぁ。姓《せい》も違うし……」

「姓が違うのは、皇位継承権を放棄《ほうき》したからじゃないんですか？　皇太子連続死の最中に、皇位継承権を捨てたんですよね」

「夜逃《よに》げみたいな形で帝城《ていじょう》からいなくなったから、正式に廃嫡《はいちゃく》はされてないんだよ。皇位継承権を捨てたのはまた別のひと。だからぎりぎり、ラーヴェ皇族とは言えるんだ。ただラーヴェ皇族を名乗ればヴィッセル兄上はもちろん、レールザッツ公も黙《だま》ってないだろうし……」

レールザッツ公は、ラーヴェ帝国内で力を持つ三公のひとりだ。だがなぜここで名前が出てくるのかわからない。ジルの表情から疑問を感じ取ったのか、ハディスが苦笑いを返した。

「リステアード兄上のお兄さん——レールザッツ公の孫は、ナターリエのお兄さんの次の継承順位だった。マイナードが逃げ出さず皇太子になってたら、リステアード兄上のお兄さんは皇太子にならず、死なずにすんだかもしれないからね」

　それは、重たい。つい視線がさまよう。

「リステアード兄上はそんなこと言わないけど。でももし、ライカ大公の宰相が本当に本人なら、ナターリエはもちろん、リステアード兄上もヴィッセル兄上もどう思うか……」

「ヴィ、ヴィッセル殿下もですか？」

「ヴィッセル兄上がリステアード兄上をいじめるのは、リステアード兄上のお兄さんがすごく立派だったからその反動だよ。絶対認めないけど」

　兄が立派だったからその弟に当たるなんて大人げない――とは思ったが、口には出さずうつむく。きっとジルの知らない、複雑な感情があるのだろう。

「僕は会ったことないから、噂で聞くだけだけどね。本当に立派なひとだったたって聞いてる」

「……お名前はなんておっしゃるんですか。わたし、まだ聞いたことなくて」

「アルノルト。アルノルト・テオス・ラーヴェ。……名前を聞かないのは、みんな僕に遠慮《えんりょ》して呼ばないからだろうな」

　それもそれで重たい。全部女神のせいだ、そういうことにしてジルは顔をあげた。

「つまり、今ライカでは、ラーヴェ帝国への不満がたまってるんですね。で、その原因のひとつにルティーヤ殿下の振《ふ》る舞《ま》いがあると」

「あ、うん？　そうだね」

「なら話は簡単です！　わたしがルティーヤ殿下含《ふく》め、あの学級を建て直せばいいんです！」

ぱちりとハディスが一度、まばたいた。いやいやとラーヴェが声をあげる。

「そんな単純な話じゃねーだろうよ」

「難しく考えたってしかたないじゃないですか。実際、ライカでラーヴェの人間が好き勝手やってる可能性はあります。わたしたちへの襲撃《しゅうげき》も手慣れてました。しかも、将来大公になるラーヴェ皇族まで横暴となれば、そりゃあ不満はたまりますよ。でも、ヴィッセル殿下は何も報告があがってこないって言ってましたよね？」

「うん。ライカかラーヴェで、誰かが止めてるんだろうね。最近、船や竜《りゅう》を使って移動するのに厳しい規制がかかってるって大家さんが言ってたから、おそらくライカ側かな」

「わたしたちの受けた襲撃も、実はわたしたちが狙《ねら》いなんじゃなくて、ラーヴェ帝国からきた人間を入れないのが目的だったのかもしれませんね」

竜帝と竜妃《りゅうひ》を狙った襲撃なら、もっと厳しく追跡《ついせき》するはずだ。ラーヴェがうーんと伸《の》びる。

「となると、状況《じょうきょう》もわからず下手に動くと事態が悪化するかぁ」

「そうですよ。それに叛意《はんい》や汚職《おしょく》があっても、証拠《しょうこ》がないと動けないでしょう」

ハディスは皇帝だ。難癖《なんくせ》をつけて処分するのは簡単だが、やり方を間違えば、民衆の不満になってはね返ってくる。相手を見誤り、蜥蜴《とかげ》の尻尾《しっぽ》切りになるのも駄目《だめ》だ。ただでさえライカに不満がたまっている今、何が起爆剤《きばくざい》になるかわからない。慎重《しんちょう》に動くべきである。

「そもそも現状で何か手が打てるならヴィッセル兄上がやってるもんね」

「でしょう。それに、ヴィッセル殿下のことです。ルティーヤ殿下が陛下の邪魔《じゃま》になりそうならさっさと処分しようとか思ってるでしょう、絶対」

ハディスは曖昧《あいまい》に笑って答えなかった。ラーヴェにいたっては遠い目になっている。

「まだルティーヤ殿下は子どもです。十分、更生《こうせい》の余地はあります。ルティーヤ殿下が立派な次期大公になれるってわかれば、不満もおさまるかもしれません。希望は捨てずにいくべきです。そしてヴィッセル殿下の鼻を明かしてやるんです！」

「……ただヴィッセル兄上にやり返したいだけじゃ……」

「当然です！　そのためなら先生でもなんでもやりますよ、わたし！」

たとえヴィッセルの思惑《おもわく》どおりの結果になっても、自分で決めたなら自分の意志だ。

ふかふかのベッドの上に両足で立って、拳《こぶし》を握《にぎ》る。

「よし、頑張《がんば》ります！　必ずルティーヤ殿下を更生させますからね、へい――」

決意表明の途中《とちゅう》で、背後から腰《こし》を抱《だ》き寄せられた。ちょうどハディスの脚《あし》の間に、ぼすんとお尻《しり》が落ちてはねる。

「……陛下？」

「……ちょっと、嫌《いや》だ」

いつもみたいな甘えではない。すがるような強さだ。

「かっこよくて前向きな君のこと、好きだけど。僕のためってわかってるけど。でも、僕以外の男にいっぱいかまうのは、嫌だ」

何を訴《うった》えられているのかわかって、ジルはそわりと裸足《はだし》の足を動かす。

「お、男って……生徒ですよ。それにまだルティーヤ殿下は、子どもです」

「君だって十一歳でしょ！　釣《つ》り合い取れてるのは僕よりそっちのほう！　僕より若い男なんて全部敵だよ！」

「ま、また、そんな無茶苦茶なこと言って、陛下は……」

そわそわする気持ちを隠して素っ気なく言うと、背後のハディスの気配が剣呑《けんのん》になる。

「いい？　あくまで君は先生！　それ以上は絶対許さないからね。君にとっていちばん手がかかるのは僕！　この座は誰にも譲《ゆず》らないから」

「いやそこは譲る努力しろよ……子どもとかできたらどうするつもりだよ……」

「うるさいなラーヴェ！　それはそのとき考える！」

ジルはわざとらしく溜《た》め息をついた。ハディスは一瞬《いっしゅん》びくっとしたが、自分は間違《まちが》ってないとばかりにぎゅうぎゅう抱きついてくる。困ったひとだ。

「……ほんとに、しょうがないですね陛下は。子どもにまでやきもちやいて」

「な、なんとでも言えばいいよ」

「可愛《かわい》いから許してあげます」

うぐっと変な声をあげたハディスの腕《うで》の力がゆるむ。その隙《すき》に体の向きを変えて、膝立《ひざだ》ちで互《たが》いの目線の高さを同じにした。情けないハディスの表情に笑ってしまう。

「もっと自信を持ってください。そんじょそこらの男なんか相手じゃないですよ、陛下は」

「そ、そう……かな……？」

「そうですよ。なんと言っても、陛下には料理があります！」

ぐっと拳を握って、ジルは力説する。

「心配しなくてもぜったい、ルティーヤ殿下はエプロン着たりしないと思います！」

「ごめんね、ジル。説得力はあるけど納得はしたくない」

いい口説き文句だと思ったのに、駄目なのか。はずしてしまった。

ふくれたジルの頬《ほお》にハディスが軽く口づけて、部屋の灯《あか》りを落とした。


大事なのはまず、先生として認めてもらうことだ。たとえ、十一歳の少女が先生だという現実にだいぶ無理があるとしても。

（……あとはたぶん……わたしを敵だと思ってるよな、あの目は）

ルティーヤを筆頭に、生徒たちから向けられた目を思い出す。あれはもう、教官を含む大人という存在を信じていない目だ。その理由は、昨日のやり取りでなんとなく察せられる。

ジルが教官だとわかるまで、ルティーヤは腹黒そうなだけで親切だった。屈託《くったく》なく仲間ができたと笑っていたあの笑顔《えがお》は、嘘《うそ》じゃない。おそらく、悪い子ではないはずだ。

「……でも苦手なんだよなあ、根回しとか心理戦とかそういうの……」

「っきゅ」

お弁当とハディスぐまと一緒《いっしょ》に、背中の鞄《かばん》に詰《つ》め込まれたローが顔だけ出して鳴く。ジルの横で胸を張って歩いているソテーも、コケッと鳴いた。励《はげ》ましてくれているようだ。

そうだ、苦手とか言っていられない。立派な竜妃になるために、学校を作ると決めてここにきた。教官も、きっといい経験になる。昨日受け取ったばかりの蒼竜学級の教官を示す青のマント――ハディスがジルの身長に合わせて繕《つくろ》い直してくれた――をひるがえし、胸を張る。

「おーい、ジル先生。大変だ！」

出席簿《しゅっせきぼ》を持って本校を横切っている途中で、ロジャーに声をかけられた。既《すで》に昨日で十分学んだジルは、素早《すばや》く振り返る。

「なんですか、また何かしたんですかうちの生徒」

駆《か》けよってきたロジャーが意外そうな顔をして、口ごもる。

「あー……何かしたというか、しそうと言うか」

「はっきりしてください、副担任でしょう」

「あっハイ。朝早くから訓練場に集まっててあやしいなーと思いまシタ。爆竹《ばくちく》もまだ残ってるはずで……あっ、訓練場はそこぐるーっと回ったところな！」

駆け出したジルの背に、ロジャーが情報を付け加える。

（ったく、今度は何をする気だ！）

また頭を下げ続けて一日が終わり、なんてごめんだ。まずは止めなければならない。

だが願いむなしく、また派手な破裂《はれつ》音が響《ひび》いた。

校舎から回りこんで辿《たど》り着いた訓練場は、広々としていた。射撃《しゃげき》の訓練に使うのであろう的や土嚢《どのう》なども置いてある。生徒たちの近くに竜がおり、何頭かが飛び上がろうとしていた。斑《まだら》竜《りゅう》の中に一頭だけ緑竜がまざっているのを見て、少々ジルは驚《おどろ》く。

緑竜を乗りこなせば、ラーヴェ帝国《ていこく》が誇《ほこ》る精鋭《せいえい》ノイトラール竜騎士団の中でもエース扱《あつか》いされる。たとえ乗るだけでもできる生徒がいるのは、驚くべきことだろう。

（ひょっとして、あれが金竜学級か）

思考をまた破裂音が遮《さえぎ》った。さいわい、空にあがった竜たちは破裂音に驚いて暴れる様子はない。だが、うっとうしげに喉《のど》を鳴らしている。

乗っているのは精鋭の竜騎士《りゅうきし》ではない。たとえ優秀《ゆうしゅう》でも学生だ。何か事故があってからでは遅《おそ》い。だがジルが大声を張り上げる前に、冷静な声が響いた。

「皆《みな》、慌《あわ》てなくていい！　まず竜を落ち着かせるんだ」

緑竜に乗った金髪《きんぱつ》の少年だ。幼さが残っているが、きりっとした横顔には優等生らしい頼《たの》もしさがある。つい、足を止めて眺《なが》めてしまった。

「音だけだ、焦《あせ》らないように。金竜学級が竜を御《ぎょ》せないなんて、笑えない」

「はい、学級長！」

「……相変わらず優等生だね、ノイン級長。でもこれならどうかな」

ルティーヤの指示と一緒に、一層派手な音が鳴った。だがノインと呼ばれた少年の指示通り、金竜学級の生徒たちは地上から空へと退避《たいひ》を始める。うまくあしらうつもりらしい。

ルティーヤは悔《くや》しげだが、地上からではどうにもできない。他《ほか》の教官がくる前に撤収《てっしゅう》させて、詫《わ》びればなんとかなるだろうか。少し希望が出てきた。

だが、地上を見おろすノインの目は冷たい。

「こんな幼稚《ようち》なことしかできないのか、ルティーヤ級長。情けない」

「……なんだって？」

「待て、そこまでだ！」

希望の火が消える前に、慌ててふたりの間にわりこむ。ルティーヤが舌打ちし、ノインはまばたく。

「——あなたは……まさか、噂《うわさ》の新任教官ですか？」

「そうだ。うちの生徒が迷惑《めいわく》をかけてすまない、謝罪する」

「……本当に、こんな小さな女の子だなんて……いえ、すみません」

他からは不満の声や侮蔑《ぶべつ》的な眼差《まなざ》しを向けられるが、ノイン自身は教官を無視するような生徒ではないようだ。内心ほっとしながら、声をかけた。

「今日からの赴任《ふにん》なんだ。よく言い聞かせるから、穏便《おんびん》にすませてもらえないか」

「……。わかりました。かまいません。見なかったことにするくらいなら」

「見なかったこと？」

ジルのうしろから出てきたルティーヤが、嘲笑《ちょうしょう》の声をあげる。

「ラーヴェ皇族の僕に、竜を向けられないだけだろうに」

「ルティーヤ！」

ジルの強い制止にルティーヤは目を丸くしたが、すぐ鼻で笑った。

「事実だよ。金竜学級のエース様だって、結局ラーヴェ皇族にはさからえない。だよね、ノイン級長。お役所勤めのパパは、ラーヴェ軍と仲良しこよしだもんなあ」

ノインが表情をなくした。詳細《しょうさい》はわからないが、これはまずいやつだ。だが、一度放った言葉は元に戻《もど》せない。ノインが口角をあげる。

「……事実、事実ね。なら君も、竜を向けられては困るのでは？　竜をまったく御せないと噂の、ラーヴェ皇族のルティーヤ殿下《でんか》」

今度はルティーヤが表情をなくした。ノインが吐《は》き捨てる。

「俺は父とは違《ちが》う！　クズに媚《こ》びへつらう真似《まね》はしない、証明してやろうか！」

「やってみろよ、腰抜《こしぬ》け！」

ルティーヤが吼《ほ》える。ノインが手綱《たづな》を引いた。緑竜が大きく口を開く。

ジルは舌打ちした。子どもの喧嘩《けんか》だが、竜が出てくるなら話は別だ。

ジルは竜妃《りゅうひ》だが、クレイトスの魔力《まりょく》を持っているせいで嫌《きら》われがちだ。基本的に命令は無視される。つまりこれしかないと拳《こぶし》を握《にぎ》った瞬間《しゅんかん》、ソテーが羽ばたき、黒くて丸い何かをジルの鞄から蹴《け》り出した。

金竜学級の生徒たちと蒼竜学級の生徒たちの間に、顔面からローが落っこちる。竜たちが両目を見開いて、動きを止めた。

「う……うぎゅ……っ」

　顔面をぶつけたローが、ぶるぶる震《ふる》えながら起き上がる。涙《なみだ》をこらえているようだ。ここで泣きわめけばものすごい惨事《さんじ》になることをわかっているらしい。案の定、ノインたちが声をかけても、竜たちはぴくりとも動かない。固唾《かたず》を呑《の》んで、ローを——竜の王を、見守っている。

　ジルはつい、感動した。甘えただとばかり思っていたローもまた、成長している。

「え、えらいぞ、ロー……！　痛いのに我慢《がまん》できるなんて」

「ひ……う、うきゅ……ぷぎゅう……」

　振《ふ》り向いたローの目には、大粒《おおつぶ》の涙が盛り上がっていた。可愛《かわい》い顔も、砂まみれだ。駆けよったジルはローを抱《だ》き上げ、生徒ではなく、竜たちをにらんだ。

「何をしてる、この子が怖《こわ》がるだろう。おりろ」

　固まっていた竜たちが一斉《いっせい》に地面におりた。生徒たちから驚きの声があがるが、竜にとってローは大事な王、宝だ。どれだけ生徒や教官が命令しようが、ローが落ち着くまで竜は争わないだろう。ジルはソテーの咄嗟《とっさ》の機転に感謝する。顔面を犠牲《ぎせい》にしてくれたローのことは、あとでたっぷりほめよう。

　ノインが怪訝《けげん》な眼差しで自分の手綱をながめていた。

「竜が動かなくなるなんて……どうして」

「——決まってるじゃないか！　僕がラーヴェ皇族だからだよ」

　ルティーヤの勝ち誇った声に、調子づいた生徒たちがはやし立て始めた。

「パパになんて言い訳するのかなあ、エリート様は」

「お前ら、ノイン級長に対してその言い草はなんだ！　溝鼠《どぶねずみ》の分際で」

「おい、いい加減にしろ！　やめろと言っているだろう」

また噴火《ふんか》しそうな気配に声をあげるが、興奮している生徒たちはジルの存在に見向きもせず罵《ののし》り合いを始める。

「その溝鼠にたった今負けたのはどこのどなたかなぁ。ははっ傑作《けっさく》だ！」

「おい、残りの爆竹を魔術で爆発《ばくはつ》させてやれ！」

「そこまでだ、溝鼠どもが」

大人の大きな声が割って入った。警備兵をつれ髭《ひげ》をなでながらやってきたのは、紳士《しんし》らしい出《い》で立ちの初老の男性だ。見覚えがある顔だった。確か、パンフレットだ。

（……そうだ、グンター校長。金竜学級の担任教官もやってるって……）

物々しく警備兵をつれた男性が、ノインの横に並ぶ。

「どうしたんだね、ノイン君。こんな溝鼠ども、死なぬ程度に焼き払《はら》ってしまえ、竜で」

「……申し訳ありません、グンター先生。ただ、竜が不調なようで」

「ふん。なら笛を使えばよかろう」

笛。ぴくりと耳を立てたジルは、まだしゃくりあげているローをソテーのそばに置き、グンターに駆《か》けよった。

「あの、笛ってなんですか？」

「なんだね、この子どもは？」

「……蒼竜学級の、新しい先生です」

ノインが控《ひか》えめに横から説明してくれる。じろじろと眺められたあと、鼻で笑われた。

「本国が教官を用意すると強引《ごういん》に押しこんできたと思ったら、こんな子どもか。どれだけ本国は我々《われわれ》を馬鹿《ばか》にすれば気が済むんだ。溝鼠どもを制御《せいぎょ》できる有能な教官を期待したのだがね」

「それは……申し訳ないです。ですが、怪我《けが》人も出てません。生徒たちにはよく言って聞かせますから――」

「溝鼠に人間の言葉がわかるものか。――そうだ、たまには動く標的での訓練もいい。金竜学級。全員、戦闘《せんとう》用意」

目を丸くするジルの前で、ノインを除く金竜学級の生徒たちがまごつきながら身構える。警備兵たちもだ。数の多さにさすがに蒼竜学級の生徒たちが青ざめてあとずさった。

「まずいぞ、ルティーヤ。あいつら本気だ」

「全員、逃《に》げろ。僕には魔力があるし、僕が前に出てれば、必ず隙《すき》ができる」

「学習できないのは溝鼠ゆえの知性のなさかね？　なぜ自分が溝鼠に落とされたか、まだわかっていないようだ。本国のおこぼれにも与《あずか》れぬ、役立たずが」

「大丈夫《だいじょうぶ》か、ジル先生。怪我は」

にらみあう集団を迂回《うかい》して声をかけてきたのは、ロジャーだった。

「はい、わたしは……あの、あれ、冗談《じょうだん》ですよね。本気で生徒を攻撃《こうげき》したりしませんよね？」

「……校長はラーヴェ嫌いだからな」

「だからって、生徒ですよ？　学生相手に」

戸惑《とまど》っている間に、ノインが前に出た。

「あの、グンター先生。もう授業が始まる時間です。本来の授業をすべきでは」

「まさかかばう気かね、ノイン君。君も所詮《しょせん》、父親と同じ本国に媚びる売国奴《ばいこくど》か？」

痛いところをつかれたのか、ノインが黙《だま》る。グンターが声を張り上げた。

「いいか、奴《やつ》らはただの的だ。魔力も武器も使用を許可する。怪我をさせてもかまわん。どうせ全員、懲罰房《ちょうばつぼう》いきだ。他の先生方の手間が省ける。これは正義だよ」

金竜学級の生徒たちが手首につけているブレスレットが光った。魔力の制御を助ける魔具だろう。舌打ちしたジルは、地面を蹴り、ルティーヤたちの前に躍《おど》り出る。気づいたルティーヤが声をあげた。

「くるなよ、お前！　あぶな――」

綺麗《きれい》な魔力の一斉《いっせい》攻撃が飛んでくる。だが所詮、教本どおりの攻撃だ。

ジルは腕《うで》をぶんと横になぎ払い、魔力を掻《か》き消した。

破裂《はれつ》音と砂埃《すなぼこり》をあげながら、あっという間に攻撃が霧散《むさん》する。結界を張る必要すら感じなかった。きっとあくまで訓練だから、手加減していた。そういうことにしておこう。でなければ、これが教師のやることかと、感情のまま怒鳴《どな》りつけてしまいそうだ。

「なんだ、不発？」

「どうした、何があった。また溝鼠が何かやったのか！」

砂煙《すなけむり》が晴れて、グンターや生徒たちが戸惑っている。ジルはまず、呆然《ぼうぜん》としている蒼竜学級の生徒たちを振り向いた。一部の生徒はびくっと身じろぎする。ということは、何が起こったのかわかっているということだ。ルティーヤも顎《あご》を引いて警戒《けいかい》を見せる。だがすぐに、わざとらしい笑《え》みを浮《う》かべた。

「すごいね先生！　僕らをかばってくれるなんて。ありがとう、嬉《うれ》しい――」

手の甲《こう》で、ルティーヤの頬《ほお》を張り倒《たお》した。ぱんと乾《かわ》いた音が響《ひび》く。それなりに力をこめたので、ルティーヤが尻餅《しりもち》をついた。

今までで一番、周囲が静まり返った。上からルティーヤを見おろし、ジルは冷たく告げる。

「上官がやめろと言った。それを無視した。軍なら命令違反《いはん》で処罰《しょばつ》対象。――士官学校でよかったな。叩《たた》かれる程度ですむ」

赤くなった頬を押さえていたルティーヤが我に返り、口元に嫌《いや》な笑みをにじませる。

「僕を誰《だれ》だと思ってる？　いくら担任だからって、こんなことしてただじゃすまないよ」

「知ったことか。わたしは必要なら竜帝《りゅうてい》だって踏《ふ》みつける」

冗談だと思ったのかルティーヤが一笑《いっしょう》するが、事実だ。久しぶりの同衾《どうきん》だったせいか、昨夜は寝台《しんだい》の端《はし》まで蹴って追いやってしまって、反省したばかりである。

ジルは腰《こし》のうしろで両手を組み、背筋を正して生徒たちに向き直る。

すうっと大きく息を吸って、腹の底から声を吐き出した。

「傾注《けいちゅう》！」

それなりに訓練はされているのか、反射のように生徒が背中を伸《の》ばした。全員に正しい姿勢を叩き込んでやりたいが、あとまわしだ。

「自己紹介《しょうかい》が遅《おく》れた。蒼竜学級の生徒諸君、わたしが今日からお前たちの先生だ。気軽にジル先生と呼んでくれ。見てのとおり、お前たちより華奢《きゃしゃ》でいたいけな愛らしい少女だ。年齢《ねんれい》も十一歳。必要以上にかしこまる必要も、まして脅《おび》える必要もないだろう？」

あくまでにこやかに、威圧《いあつ》的に、笑いかける。だが見た目と文言どおり受け取る馬鹿は、幸いにもいないようだった。さぐるような眼差《まなざ》しで、全員がジルを注視している。

「さて、諸君。わたしは昨日からお前たちの品性ある行動に感動しっぱなしだ。なるほど、溝鼠と呼ばれるにふさわしい学級だ。だが溝鼠にも溝鼠の戦い方があり、生き方がある！　それをわたしが教えてやる」

宣言したジルに、戸惑いの表情が返ってきた。ルティーヤが真っ先に、警戒と困惑《こんわく》をまぜた表情でこちらをにらむ。

「あいにく、教えてもらうことなんてないよ」

「ふん、こいつらが溝鼠だとは認めるか。それなりに話はわかるようだ、ジル先生は」

うしろから近づいてきたグンターに、肩《かた》をつかまれた。

「君は黙ってうちのやり方に合わせたまえ。先ほどの行動は手違《てちが》いがあったということにしよう。君は引っこんでいればいい。そうすれば教官としてのそれなりの待遇《たいぐう》をしてやる」

「お断りします、わたしの生徒です」

生徒たちまで衝撃《しょうげき》を受けているのだから始末におえない。ルティーヤに至っては鳥肌《とりはだ》でも立ったのか、腕をさすっている。だがジルの仕事だ。譲《ゆず》るつもりはない。

「先ほどのような戦闘訓練がしたい場合は、担任教官であるわたしを通してください」

「奴らを見逃《みのが》せと？　ラーヴェ皇族には手を出すなと、本国は我々を脅《おど》すわけだ」

「いいえ、彼の行動は問題です。きちんと指導しますよ。ソテー」

ローとハディスぐまが入った鞄《かばん》を引きずったソテーが首を傾《かたむ》ける。ジルは声を張り上げた。

「今から午前の授業を開始する！」

「何をする気だね？　しかもそんな鶏《にわとり》をつれて」

小馬鹿《こばか》にしたようにグンターが尋《たず》ねる。背後で忍《しの》び笑いも聞こえた。どう見られてもかまわないが、自分の指導する生徒まで笑っているのは問題だ。

相手は竜神《りゅうじん》にもひるまず対峙《たいじ》する軍鶏《ぐんけい》である。憂《う》さ晴らしに子どもじみた悪戯《いたずら》しかできない学生など、赤子同然だろう。端的《たんてき》にジルは命じた。

「ソテー。わたしの生徒を全員、教室に蹴《け》り込め！」

「コケッ！」

翼《つばさ》を広げたソテーが猛然《もうぜん》と走り出した。迷わず近くにいたルティーヤの尻《しり》を蹴り飛ばす。大きな放物線を描《えが》いて蹴り飛ばされべちゃっと顔面から落ちたルティーヤの姿を、その場にいた全員が目で追った。

「蹴られたくなければ全員、教室まで駆け足！」

胸を張って高く鳴いたソテーが再び飛び上がり、次々生徒たちの尻を蹴り出した。慌《あわ》てて生徒たちが逃げ出す。

「に、逃げ――ぐはっ！」

「なんだこの鶏、ぃたっ痛い突《つつ》くなよぉぉぉ！」

「お、落ち着け、所詮《しょせん》鶏だ。魔力《まりょく》で吹き飛ばせば――よけたぁ!?」

「ち、違《ちが》うそっちは残像だ！　この鶏速っ……動きが目で追えない！」

「なん……なんだあの魔獣《まじゅう》は……!?」

ソテーに追い立てられて一目散に駆けていく生徒たちに、グンターが驚愕《きょうがく》している。

これでもう、安易に授業だなどと称《しょう》して手を出そうとはしないだろう。

「お騒《さわ》がせしました。あの子たちはわたしにおまかせください」

「……ま、待て。あんな魔獣を使役《しえき》するなんて、お前はいったい」

「蒼竜学級の新しい先生ですよ」

ローが入った鞄を背負い直して、ジルは素っ気なく答えた。

エプロンは便利だ。街中でつけて歩けば、それだけで庶民《しょみん》っぽく見える。

「いーのか、家出て。嬢《じょう》ちゃんに怒《おこ》られるぞ」

肩のあたりでふわふわ飛びながらラーヴェが尋ねる。市場の露店《ろてん》を眺《なが》めながら、ハディスは小声で答えた。

「平気だよ、ばれなきゃ」

「いや買い物するんだろ。ばれるだろ」

「大丈夫《だいじょうぶ》、ジルは食材の数とか備蓄《びちく》とか覚えてないから。昨日の夕食だって、何も疑わなかったでしょ。可愛《かわい》いよね。あともう食べてるから文句は言えないと思う」

「ハメ技《わざ》だろそれ……お前は嬢ちゃんを堂々とだますよな、いまだに」

「今更《いまさら》。ジルだってわかってるよ」

平気で嘘《うそ》をつくことも、本心を簡単に明かさないことも、全部ジルは受け止めてくれて愛してくれる。途端《とたん》に胸のあたりが苦しくなった。

「ぼ、僕のお嫁《よめ》さん、かっこよすぎじゃない……!?」

「はいはい、わかったから目的を忘れて倒れるなよ。……物価は確かにあがってるな」

「そうだね。季節と地域にもよるところはあるだろうけど、相場の三倍はさすがにね。竜での輸送費をラーヴェ帝国《ていこく》が釣《つ》り上げてるって大家さんの話だったけど……」

「そもそも理屈《りくつ》がおかしいよな。竜はそんなに物が運べない」

竜は戦闘《せんとう》においては制空権確保に絶大な力を発揮するし、移動距離《きょり》や速度において追随《ついずい》を許さず空輸も可能にするが、積載量《せきさい》に劣《おと》る。ラーヴェ帝国内でも空輸は量を必要としないものばかりで、費用対効果の面から物流にはあまり使われない。ライカの貿易も、昔から海路を使っているはずだ。

つまり、物価はあがっているが、その原因だと噂《うわさ》されているものが違う。

「反ラーヴェ運動の、プロパガンダかなぁ。でも物価を動かすなんて大がかりだよね」

「だよなあ。しかも……ほら、ハディス。まただ」

肩に乗ったラーヴェにささやかれて、ハディスは目を向ける。そこにはわかりやすく、店を恫喝《どうかつ》しているラーヴェ軍人たちがいた。複数人で、たったひとりの店主を取り囲んでいる。

「代金払《はら》えって言うのか！　この街を守ってやってんのは誰だと思ってやがる！」

「で、ですがお代金をいただかないと、我々《われわれ》にも生活が……」

「だったら代金がいらねえようにしてやろうか」

露店の主人が何やら訴《うった》えている間に、うしろに回ったひとりがにやにや笑いながら、品物の入った箱を蹴り飛ばす。悲鳴があがり、ごろごろと中の果物が転がっていった。

「これじゃあ売り物にならないよなあ！」

ころころ勢いよく転がってきたオレンジが、ハディスの靴先《くつさき》で止まる。その間にも耳障《みみざわ》りな笑い声は響いていた。ラーヴェが顔をしかめて尋ねる。

「どーする、怪我《けが》人が出る前に助けるか？　目立つとやばいから、こっそり」

「きりがなさそうだけど」

街中でラーヴェ帝国軍による横暴な振《ふ》る舞《ま》いを見かけるのは、これが初めてではない。ただ、違和感《いわかん》はある。

（やっぱり、ラーヴェ帝国の人間じゃないな）

ぎゃんぎゃんやかましい声のアクセントや、時折まざる単語の発音が、一般《いっぱん》的なラーヴェ帝国人のものと違う。おそらくラーヴェ帝国に雇《やと》われた現地の人間なのだろう。それでも、ラーヴェ帝国の軍人という肩書《かたが》きに変わりはないが。

「ただこのまま見てるだけでも、これ以上、情報は得られそうにないよねぇ……」

「だなー」

理《ことわり》の竜神様の同意も得たことだし、そろそろ動いてもいいだろう。恐妻《きょうさい》めいたところのある奥さんも、食べ物を粗末《そまつ》にするような輩《やから》ならやっつけても怒らない、きっとおそらく。

よし、と靴先で止まっているオレンジを手に取る。そして魔力をこめて、また店の品物に手を出そうとする軍人の側頭部めがけて投球した。

剛速球《ごうそっきゅう》で飛んでいったオレンジがそのままめり込むような音を立て、軍人を吹《ふ》っ飛ばす。

「なん、なんだ!?　大丈夫か！」

突然《とつぜん》吹っ飛んだ仲間を助け起こしながら、残りが顔を真っ赤にして怒鳴《どな》り散らした。

「誰《だれ》だ！　誰がやった⁉　出てこい、卑怯《ひきょう》者が！」

「あいつだ、あそこの、エプロンの！」

ひとりがこちらを指さした。魔力の気配を追う程度はできるらしい。それなりに教育を受けた軍人ではあるようだ。

「あ、すみません。手が滑《すべ》って」

「手が滑ってオレンジが頭にめり込まねえよ、あと笑顔《えがお》で言うな」

ラーヴェのつっこみは無視して、ハディスは通路に散らばったオレンジを拾い、へたりこんでいる店主に膝《ひざ》をついて話しかける。

「大丈夫ですか。すみません、商品を投げてしまって」

「い、いや……あんた、いいから逃《に》げ」

「公務執行妨害《しっこうぼうがい》だ！」

肩《かた》をつかまれた。振り返ろうとしたら、ふたりの軍人に両腕《りょううで》を片方ずつ持ち上げられ、ずるずる引きずられる。ああ、と店主が悲痛な声をあげた。

「魔力を持っているからと、調子にのったな、馬鹿《ばか》めが。軍部まで連行する」

「え、事故ですよ事故」

「そんな言い訳が通じるか！　おいどけ、道をあけろ！　じろじろ見るな！」

「ラーヴェ帝国軍にさからうとどんな目に遭《あ》うか思い知らせてやる。家族もただですむと思うなよ」

「おいハディス、これは嬢ちゃんにバレて怒られる展開じゃないか？　お前、目立つし」

ふよふよついてくるラーヴェは心配そうにしている。ハディスはしばし思案した。

軍部の中は見たいが、そう小さい話ではない気がしている。一番の問題は、ラーヴェ帝国まで情報があがってこないことなのだ。必要なのはもっと上の話。しかも、竜《りゅう》の一件もある。

そこが引きずり出せるまではできるだけ潜《ひそ》んでいたい。

(全員、始末するか)

ぐっと靴底《くつぞこ》に力を込める。動かなくなったハディスに、軍人が振り向いた。

「おい、抵抗《ていこう》するな。さっさと歩け――」

途中《とちゅう》で口をつぐむ。できるだけ優《やさ》しく笑っているのに、脅《おび》えた顔をするなんて、失礼だ。

「心配しなくていいよ、今の僕は妻帯者だからね」

「……は？　な、なんだお前、嫁がいるのか。ならそいつも――」

「お嫁さんに嫌《きら》われるようなことはしないんだ。――できるだけね」

ハディスから手を離《はな》して、軍人たちがあとずさる。その表情にあるのはどれも、人間が竜を前にしたときのような、本能的な恐怖《きょうふ》だ。

「――待て！　そこの！」

背後からかけられた声に、ハディスは目を細めて振り向いた。金縛《かなしば》りから解放された軍人たちが虚勢《きょせい》のように怒鳴り返す。

「こ、今度はなんだ！　お前——ロジャーか」

息を切らして走ってきた男を軍人たちは知っているようだが、ハディスに見覚えはない。だというのに、その男は軍人とハディスの間に入ってきた。

「すまん、こいつは勘弁《かんべん》してやってくれないか」

「駄目《だめ》だ。公衆の面前で俺たちにさからったんだ、見逃《みのが》すことはできん！」

「まあまあ、そう言わず頼《たの》むよ」

なだめるように軍人たちの肩を叩《たた》いたロジャーという男は、その手に金貨を握《にぎ》らせた。賄賂《わいろ》だ。目を見合わせた軍人たちは、それをしまい、何事もなかったかのように踵《きびす》を返した。いささか早足なのは、ハディスから離れたいからだろう。

「大丈夫か」

声をかけられて、改めてハディスは男を見つめ返した。やはり見覚えがない顔だ。するりとラーヴェがハディスの中に入りこむ。理由は単純だ。

（魔力《まりょく》がある。強い）

黙《だま》っているハディスに、男は人なつっこく笑った。

「すまんな。いらんお節介《せっかい》だったかもしれんが……」

そう匂《にお》わせるこの男も、ハディスから何かしら嗅《か》ぎ取っているに違《ちが》いない。

「お前さん、名前は？」

「ハディス」

正直に答えたハディスに、男はまばたいたあと、視線をさげた。だがすぐに笑う。

「なるほど、偽名《ぎめい》か。竜帝《りゅうてい》と同じ名前だ」

「……」

「下手をうったな、お前。正面からラーヴェ帝国軍に刃向《はむ》かうなんて。今回はあいつら引き下がったけど、目をつけられたぞ、完全に」

「何か僕に用があって助けたんだろう。用件は？」

「お見通しか。……お前さん、ただ者じゃないだろう。ひょっとしてラーヴェ帝国から調査によこされた人間じゃないかって思ってね。どうだ」

沈黙《ちんもく》することで、断定をさけた。相手はうまく勘違《かんちが》いしたようで、嘆息《たんそく》が返ってくる。

「やっぱりな。じゃあ士官学校のほうはブラフってわけだ」

「士官学校？」

「ああ、俺は表向き、ラ＝バイア士官学校の先生をやってるんだよ。……そうだお前さん、妹がいたりしないか？」

「妹？　いるけど……」

ナターリエもフリーダも、ラーヴェ帝国にいる。しかもこんななれなれしい知り合いの男がいるなんて、聞いたこともない。きょとんとしたハディスに、ロジャーが笑う。

「ジルっていう女の子だよ。最近教官になったんだ。兄と一緒《いっしょ》にきたって言ってたから」

ハディスは固まった。確かにジルには兄がいるが、そっちではないだろう。

（まさか、兄って僕？　――夫でもお婿《むこ》さんでも恋人《こいびと》でも婚約者《こんやく》でもなくて？）

ハディスの胸中を察したらしいラーヴェが、中からそうっと声をあげる。

『……ほらあの、夫婦《ふうふ》ってのはやっぱり、年齢《ねんれい》差的にアレだろ。だからだよ』

アレってなんだ。口角を持ち上げたハディスをどう思ったか、ロジャーが焦《あせ》る。

「すまん、てっきり関係あると思ってたんだが、早とちりだったか」

「だね！　確かに僕には妹はいるけど、本国だよ。そんな女の子、僕は知らないなぁ！」

『お前、器《うつわ》小さいぞ！　兄って、ただの方便だろ！』

うるさい、自分との関係を隠《かく》そうとするなんて浮気《うわき》と同じだ。自分なら隠さない。

胸中で言い返している間に、ロジャーは何やら思案している。

「じゃあ、あの子は本当に教官として補充《ほじゅう》されただけか。警戒《けいかい》して悪いことしたなぁ。何も知らない感じがしてたが……本国も何をお考えやらだ。それを言うなら竜帝陛下もそうか」

「うんうん、それで？　結局、僕に何をしてほしいの」

もうジルになど遠慮《えんりょ》する必要はない。好きなようにやってやる。

にこにこ話を進めると、ロジャーは真顔になった。

「協力してくれないか。本国に、この国の窮状《きゅうじょう》を訴《うった》えるんだ」

「窮状ねえ……証拠《しょうこ》がないと動けないよ。何か心当たりがあるの？」

「聞くってことは、俺たちに協力するな？」

抜《ぬ》け目なく確認《かくにん》され、ハディスは少し考えたあと、頷《うなず》く。

「わかった。いいよ、君たちに協力する」

「じゃあ、俺たちのアジトにご案内しよう。時間がないんだ。最近、解放軍の動きがやたらと活発でね。……奴《やつ》らが竜を操《あやつ》ってラーヴェ帝国に攻《せ》め込む前に、なんとかしなきゃならん」

竜を操る――当たりだ。

背を向けて歩き出したロジャーのつぶやきに、ハディスはほくそ笑んだ。


開きっぱなしの教室の扉《とびら》に生徒が蹴《け》り込まれた。ジルは顔をあげる。

「ご苦労、ソテー」

「コケッ！」

「くそっ、なんで竜の厩舎《きゅうしゃ》に隠れても平気でくるんだよこの鶏《にわとり》……！」

「さて、これであと残り三人だ。今日もわたしの勝ちみたいだな」

教員用の椅子《いす》に腰《こし》かけてジルは笑う。教室内の反応はここ数日で様々になった。悔《くや》しがる者、お疲《つか》れと労《いたわ》る者。どういう経緯《けいい》を辿《たど》ったか、参考に質問する者。いい傾向《けいこう》である。

蒼竜学級の生徒をすべて教室に叩き込むことに成功したジルが選んだ授業は単純だ。どうせこの生徒たちはおとなしく座って授業など受けるはずがない。絶対に逃げる。だから、ソテーとの追いかけっこをさせることにした。

朝礼の時間をすぎてから、ソテーが校内に散らばった生徒たちを捜《さが》し教室まで追い込む。午前の授業終了《しゅうりょう》の鐘《かね》が鳴るまでに全員が教室に追い込まれたら、生徒たちの負け。逆にソテーが生徒たちを教室に追い込めなければ、ジルの負け。そして、お互《たが》い『負けたほうがなんでも言うことをきく』という賭《か》けをしている。抜け目なく持ちかけたのは、ルティーヤだ。

相手は鶏一羽、不意をつかれただけで、きちんと挑《いど》めば逃《に》げ切れると思ったのだろう。だがソテーは魔力の気配を追うし、校舎のてっぺんまで平気で登るし、異常な視力で空から追撃《ついげき》する賢《かしこ》い軍鶏《ぐんけい》である。初日、適当に隠れてやりすごそうとした生徒たちは一時間ともたず教室に回収され、『午後は教室内でくまのぬいぐるみと静かにすごす』というジルからの課題をこなした。もちろん、くまのぬいぐるみとは少しでも身動きすれば襲《おそ》いかかってくるハディスぐまだ。ハディスに頼んで攻撃《こうげき》の威力《いりょく》には制限をかけたし、怪我《けが》をさせないようジルも目を光らせてはいたが、なめた態度を取った生徒たちは弱体化したハディスぐまにぼこぼこにされた。

二日目から生徒たちは作戦らしきものを立て始めた。やられっぱなしからくる反抗《はんこう》心か、ともかく本気で挑む気になったらしい。ソテーとの追いかけっこは二時間とたたずに勝負がついたが、三日をすぎたあたりで一度ソテーに発見されても逃げる生徒が出てきた。午後、ジルが動いているのにハディスぐまから攻撃されないのを、ただ攻撃対象からはずしているのだろうと甘く考えず、観察も始めている。

ライカ最高峰《さいこうほう》と言われる士官学校に入学できたのは、偶然《ぐうぜん》ではない。全員、それぞれ優秀《ゆうしゅう》なのだ。

「あともう少しだったのに……」

「いや〜ここまで逃げただけすごいよ」

「大丈夫《だいじょうぶ》、この時間であと三人残ってる。まだ負けたわけじゃない」

ルティーヤを中心に男子生徒が作戦の改善や敗因分析《ぶんせき》をしている。先生、と声をかけてきたのは女子生徒たちだ。どの子も魔力が高い。

「くま先生、汚《よご》れてない？　洗ってあげようか」

「かまわないが、変な魔術をかけたらその時点で反撃されるぞ。対策はしてるか？」

「……やめときます」

やはり、何か仕込もうとしていたらしい。やれやれと思いつつ、たくましさに笑う。

「いい撤退《てったい》判断だ」

ほめられた女子生徒たちは目配せしあって照れ笑いを浮《う》かべた。

「たださわるだけならいい？　くま先生、見た目は可愛《かわい》いよねぇ。あ、一緒に寝《ね》てるロー君、起こしちゃうかな」

早々にソテーに蹴り込まれた男子とさっきまで遊んでいたローは、今はハディスぐまと一緒の籠《かご》ですやすや眠《ねむ》っている。愛くるしい愛玩《あいがん》動物っぽい見た目なのに、ハディスぐまに攻撃されないことで生徒からは妙《みょう》な畏怖《いふ》を抱《いだ》かれているようだ。竜《りゅう》が攻撃してこなかったのは、ローが原因ではと分析している生徒もいた。なかなか鋭《するど》い。

「さわるだけなら大丈夫だ。攻撃はするなよ、返り討《う》ちにあうから」

「わかってるって、散々男子がボコられてるの見ましたー。ねーセンセ、この子って、センセが作った魔具《まぐ》なの？」

「いいや、プレゼントだ」

「へー、そうなんだ。誰《だれ》から？」

ここ数日の生徒たちの様子を日誌につけていたジルは、つい手を止めた。兄から、とあっさり答えられればよかったのだが、多感なお年頃《としごろ》な女子生徒たちは、ジルの反応を過敏《かびん》に嗅《か》ぎ取ったらしい。

「えっ、ひょっとして恋人⁉」

「ばっか、センセのこのトシで恋人はないって。好きな人とかだって」

「あっじゃあ年上だ！　子ども扱《あつか》いされちゃったんだ、先生……片思いかぁ……」

「いや、そういうわけじゃ……というか、わたしは何も言ってないだろう」

勝手に同情されてつい声をあげた。それが逆に確信を抱かせてしまったらしい。男子生徒たちも目を丸くしてこちらを見ている。

「でもセンセ、十一歳だっけ？　マジになる男のほうがヤバいって」

「いやだから、わたしはまだ何も言ってない――」

「私、応援《おうえん》しちゃう！　頑張《がんば》って先生！　私もねー憧《あこが》れの先輩《せんぱい》いたんだけど……もう、話す機会もないだろうなあ。あっちはエリート様、こっちは溝鼠《どぶねずみ》だもん」

綺麗《きれい》に整えている髪先《かみさき》をいじりながら、女子生徒が自嘲《じちょう》する。ジルは真顔になった。

「本当にいい男なら、先に諦《あきら》めるんじゃない。見返す気持ちで追いかけろ」

「……。見返すって。すぐ無茶言うよね、ジル先生って」

「好きな男を踏《ふ》みつけるのも、なかなか楽しいぞ」

「センセならやりそー、マジで」

女子生徒が笑い出す。ふと見ると、ルティーヤがさめた目でこちらを見ていた。だが正面から見返すと、なぜか悔しそうな表情をして顔ごとそらす。

（……あの子は時間がかかりそうだな）

声をかけてくれる生徒は日に日に増えている。偵察《ていさつ》だとか言っているが、話していればそれなりに警戒心《けいかいしん》はとけていくものだ。だが、ルティーヤだけまったく話しかけてこない。ジルとの勝負に勝つために生徒たちをまとめているのはルティーヤなのにだ。

（生徒たちから頼《たよ》りにされてるし、頭の回転も速いのに。難しい子だ）

さすが、ハディスの弟。ついそう思ってしまう。しかたないと甘くなってしまわないようにしなければと思いながら、時計を見た。午前の授業終了の鐘が鳴るまであと一時間を切っていた。今日はなかなか奮闘《ふんとう》している。

生徒たちがソテーを出し抜くようになるのは喜ばしい。だがなんでもいうことをきくなどという賭けをしている以上、簡単に勝たせるわけにはいかない。今日の賭けの報酬《ほうしゅう》に、ジルの参戦を入れるべきだろうか。ジルが参戦した場合、生徒たちは絶対に勝てなくなるだろうが、絶対に勝てない相手がいるというのも学ぶべきことである。

だが次に耳に入ってきたのは、生徒たちがソテーにしてやられた音ではなかった。

「――ッおい、みんな！　校長の奴が、女子を懲罰房《ちょうばつぼう》につれてこうとして……っ！」

　飛びこんできた男子生徒はふたりだった。ただ事ではない様子だ。生徒たちが顔色を変え、寝ぼけ眼《まなこ》でローも顔をあげる。真っ先に立ち上がったルティーヤが鋭く尋《たず》ねた。

「どこだ」

「待て。いったい何が理由だ。理由もないのに――」

「理由なんかあるか、言いがかりに決まってる。黙《だま》ってろよ、お優《やさ》しい先生は」

　硬質《こうしつ》な声でルティーヤが切り捨てる。ジルは顔をしかめた。

「そうはいかない、わたしは担任だ」

「そういうのうざいんだよ！」

「あ、あの！　あの、俺らも、つれてかれそうになったんだけど……ソテー、せんせいが、逃がしてくれて。だから、俺、ジル先生に知らせろってことだと、思って」

　ルティーヤが口をつぐむ。男子生徒はうつむき、目をきつく閉じた。

「女子のことも助けようとしてるんだ、ソテー先生。でも校長の奴、警備兵まで使ってよってたかって色んな魔術とか使いやがってっ……いくらソテー先生でも、あのままじゃ」

「全員、教室にいろ。ローはお留守番だ、いいな」

「何する気だ」

　背を向けようとしたジルにルティーヤが詰《つ》め寄る。

「決まってる、直談判《じかだんぱん》にいく。言いがかりでもなんでも、まず状況《じょうきょう》を把握《はあく》しないと」

「俺たちも行く」

「駄目《だめ》だ、お前たちがきたところで状況は変わらない。それに授業中――」

「本当に助けにいくのか、信用ならない」

ルティーヤはさめた眼差《まなざ》しでジルをにらんでいる。他《ほか》の生徒たちもどちらに味方したものか、視線をさまよわせている。

「わかった、ついてこい」

ここで議論しても時間がもったいないだけだ。ジルは歩き出す。迷わずルティーヤが、続いて生徒たちが、うしろについてきた。

どこで騒《さわ》いでいるかはすぐにわかった。ソテーが蹴《け》り返した魔力弾《まりょくだん》が煙《けむり》をあげ、本校の壁《かべ》をえぐる。だが別の魔力弾が女子生徒を狙《ねら》っていた。それをかばい、もろに魔力弾を受け止めたソテーの羽が舞《ま》う。

「ソテー先生！」

叫《さけ》んだのは女子生徒だ。だがソテーはふらついた足で、まだ立つ。

「ゴ……ゲッ……！」

「な、なんなんだこの鶏《にわとり》の魔獣《まじゅう》……これだけくらってまだ」

「だが、もう動けなくなってきただろう。手間を取らせおって。とどめだ」

警備兵を押しのけ、グンターが前に出た。狙われているのがわかっているのに、ソテーは動かない。背後に生徒がいるからだ。その生徒の膝小僧《ひざこぞう》や足首に、血のあとが見える。転んだのか、怪我《けが》をして動けないらしい。

魔力弾がまた放たれた。うしろにいる生徒たちが悲鳴をあげる。ジルは顎《あご》を引いた。

「――よくやった、ソテー」

ソテーがその声を聞き届けたように、ふらりと倒《たお》れた。同時にグンターの魔力弾をジルは結界で破裂《はれつ》させる。爆風《ばくふう》が、ジルの髪や服の裾《すそ》をゆらした。

警戒《けいかい》する警備兵たちを一瞥《いちべつ》もせず、ジルは倒れたソテーにすがる女子生徒の前に膝を突《つ》く。

「せ、先生……ジル先生、どうしよう、ソテー先生が」

「ソテーは大丈夫《だいじょうぶ》だ、この程度でやられたりしない。怪我は大丈夫か？」

「す、すりむいただけだから……ほ、本校の校舎に、入ったって、追いかけられて……」

校則で禁止されている事項《じこう》だ。だが、女子生徒が座りこんでいるのは校舎の外である。それ以上は説明にならないのか、女子生徒は傷だらけのソテーを抱き、しゃくりあげた。ジルは立ち上がり、消えた攻撃《こうげき》に目を白黒させているグンターにまず声をかける。

「どういうことですか、グンター先生。この子が本校に入ったんですか？　ここは校舎の外のようですが」

「その生徒は校舎の壁に張りついて身を隠《かく》していたのだよ。溝鼠が本校に入れないのは、施設《しせつ》利用を禁じられているからだ。校舎の壁を利用したのだから、校則違反《いはん》だろう」

難癖《なんくせ》なのは重々承知のうえだろう。議論は無駄《むだ》だと、ジルは冷静に応じる。

「蒼竜学級の生徒は校舎を使ってはいけない校則ですからね」

「そうだ、士官学校とはいえ規律違反は厳しく罰《ばっ》する。軍とはそういうものだろう」

「確かに理不尽《りふじん》な命令でも、軍人は従うよう教育されます。それが嫌《いや》なら……」

言いながらグンターに近づいたジルは、その背後にある校舎の壁に拳《こぶし》を叩《たた》き込んだ。

まず、円状にひびが入った。グンターの笑顔《えがお》が引きつったところで、音を立てて、壁が崩《くず》れ落ちる。

「理不尽な命令をくだす上官に、殉職《じゅんしょく》していただくしかありません」

「……！」

「生徒たちはわたしにまかせろと言ったはずだ」

低く脅《おど》すと、グンターが青ざめたあと、悔《くや》しげに表情をゆがませる。

「こ、こんなことをしてただですむと……っこれだから本国の連中は！」

「では、この件を本国にご報告なさっては？」

「なんだと」

「わたしをクビにできるかもしれませんよ」

嘲《あざけ》りをこめて挑発《ちょうはつ》してみる。だがグンターは一瞬《いっしゅん》だけ真顔になり、鼻を鳴らした。

「ふん、本国が我《われ》らライカの訴《うった》えなどまともに取り合うわけあるまい」

「蒼竜学級の扱いを、本国に知られては困るからではなくて？」

「そう言って報告させ、また我々が長年築き上げてきた教育や研究をつぶす気だろう」

ジルは黙った。ここまでラーヴェ帝国《ていこく》への不信が募《つの》っていると、話し合いは難しい。

（また……ってことは、昔、何かあったんだろうが）

ただラーヴェ嫌《ぎら》いなだけの人物が、この士官学校の校長に任命されるとは思えない。これだけ強気に出られるのには理由がある。誰《だれ》かが背後にいるか、それだけの才能があるかだ。

だが、政治的な分野はジルの領分ではない。ジルは生徒たちを振《ふ》り返った。

「誰か、彼女に手を貸してやれ。教室に戻《もど》ろう」

「大体、蒼竜学級の生徒など、どこにいても同じだ。学びもしなければ努力もしない」

だが、これには頷《うなず》けない。背中を向けようとしたジルは足を止める。

「それは環境《かんきょう》のせいです。ろくな授業も用意せず、何を学べ、努力しろと？」

「逆だね。彼らは学びも努力もしなかったから、環境が得られなかったのだ」

「成績不良も素行不良も結果です。学びも努力もしないという姿勢とは、違《ちが》うはずです」

「……もういいよ、先生。議論したって無駄だ」

ルティーヤが素っ気なく声をかける。グンターが髭《ひげ》をなでた。

「彼などその最たる者ではないかね。ラーヴェ皇族という最高の環境にいながら、甘え、怠惰《たいだ》にすごし、ついに見放された」

ルティーヤは無表情だ。だがその手には、女子生徒から預かったソテーを抱《だ》いている。それだけではない。ルティーヤは女子生徒を助けようと真っ先に動こうとした。決してほめられた行動はしないが、大人から虐《しいた》げられる者に、ルティーヤは優しい。守ろうとする。

「水も肥料も手間も、有限だ。育たぬ花に水や肥料をやり手間をかけていれば、その分だけ他《ほか》の花の成長を遅《おく》らせる。それは害悪だ。私の言うことは間違《まちが》っているかね？」

生徒たちは全員、グンターに言い返すこともなく、顔をそむけている。グンターの言い分を無視しているのではない。自分たちの出来が悪いから大人たちに見捨てられたのだと、彼らは誰よりも知っている。

だから、彼らは決して『自分たちは溝鼠《どぶねずみ》ではない』と反抗《はんこう》しない。

溝鼠で何が悪い、と自分を傷つけながら嗤《わら》うのだ。

「先生のおっしゃることは一理あります。非常時なら選別も必要でしょう」

助けられる者を助け、助けられない者は見捨てる。戦場ではそういう判断も必要だ。

「でも今は、水も肥料も手間もかけられますよね？」

生徒の何人かが、こちらを向いた。その視線を背に受けて、ジルはグンターを見返す。

「先生の方針は怠惰です。自分では育てられない言い訳にしか聞こえません」

「はっ、まるで自分なら育てられるかのような物言いだ」

「できますよ。わたしなら、あの子たちを金竜学級よりも強くできます」

グンターが目を丸くした。その場を去ろうとしたルティーヤも足を止めて振り返る。

「お……大きく出たな！　金竜学級に勝てる？　できるわけがない！　不可能だ！」

「じゃあもし勝てたら、あの子たちの待遇《たいぐう》を他の学級と同じにしてもらえますか」

「できるわけがないと言っているだろう！　議論するだけ無駄だ、馬鹿馬鹿《ばかばか》しい」

「逃《に》げるんですか」

「なんだと」

「あー、じゃあこうしたらどうですかね？」

緊迫《きんぱく》した空気にのんびり割って入ってきたのは、ロジャーだった。相変わらず、気配を感じさせない神出鬼没《しんしゅつきぼつ》っぷりだ。

「先生、今までどこにいたんですか」

「ちょっと野暮用《やぼよう》でね。で、さっきの話ですけど、ちょうどいいのがありますよ。二ヶ月後の学級対抗《たいこう》戦です。前座で、蒼竜学級と金竜学級を試合させるってどうです？」

眉《まゆ》をよせたジルに、ロジャーは片眼《かため》をつぶってみせた。まかせろと言いたいらしい。

「何を言い出すかと思えば……学級対抗戦はどの生徒にとっても自分の実力を見せる大事な機会だ。次年度の成績にも大きく影響《えいきょう》する。街の住民から政府関係者まで観戦にくる、士官学校の威信《いしん》をかけた行事なのだぞ。そんな晴れ舞台《ぶたい》で溝鼠を特別扱《あつか》いする理由などない」

「だからですよ。金竜学級の実力を見せる、いい前座じゃないですか」

むっとグンターが口をへの字に曲げた。

「だが……金竜学級の生徒たちに余計な負担がかかることになるだろう」

「紫竜学級同士の試合の間に休憩《きゅうけい》はとれるでしょう。それに、いいハンデじゃないですか。それでも勝ってこそグンター校長が育てた金竜学級ってね」

グンターの虚栄心《きょえい》をくすぐるように、ロジャーが誘《さそ》いかける。グンターが髭を撫《な》でた。

「確かに一考の余地は……よかろう。ただし！　金竜学級への負担も考慮《こうりょ》して、本校から蒼竜学級への支給品はなしだ。武器は入学時支給の長剣《ちょうけん》のみとする」

まばたいたジルに、ちらとロジャーが視線を向けた。

「竜は使わせないってことだ。金竜学級は竜を使ってくるだろうが——どうする」

「待てよ、無理に決まってるだろそんなの！　ただの見せしめだ！」

こちらに一歩踏《ふ》み出してルティーヤが怒鳴《どな》る。グンターが笑った。

「そもそも、支給されたところで使えない連中ばかりだろうが」

「使える奴《やつ》がいても、お前らが使わせないからだろうが……！」

「負け犬の遠吠《とおぼ》えだな。竜とて無尽蔵《むじんぞう》に用意はできない。限りある資源だ。優秀《ゆうしゅう》な者に優先的に使わせるのは、それこそ必要な選別というやつではないかね」

「それだけですか？」

ジルの質問に、全員の視線が集まる。だが、条件ははっきりさせておかねばならない。

「こちらは学校の支給を受けない。それだけでいいんですね？」

「……。も、もちろん他から武器や魔具《まぐ》を借りるとかもなしだ。学校の行事だからな」

「はい、わかりました。あ、でも現地調達はありですよね？　武器を奪《うば》うとか」

「そ、それはまあ——そ、そうだ。もちろん教官は不参加だぞ！　その鶏《にわとり》の魔獣《まじゅう》も対抗戦には参加できない」

「そりゃそうでしょう、生徒同士の試合なんですから。ちなみにどこで戦うんです？」

これにはロジャーが答えてくれた。

「学校の裏に、くぼんだ形で平原が広がってるんだ。そこが戦場。とはいえ本気での殺し合いじゃない。範囲《はんい》は結界で囲んで、そこから出た場合は逃亡扱《とうぼうあつか》いで脱落《だつらく》、左胸につけた感知魔術つきの校章が破損したら死亡扱いで脱落。それぞれ陣地《じんち》に学級の軍旗を立てるんだが、それを倒《たお》されたら負け。時間内に軍旗が両方残ってる場合は生き残ってる生徒数で勝敗を決める」

へえ、とジルは感心した。なかなかうまくできている。ここにきて初めて、ぜひ取り入れたいと思えるものを見つけた。

「そういう生徒の奮闘《ふんとう》を、高台に造った観戦席から、教官やら保護者やら街の住民やらで応援《おうえん》するわけ。この街じゃ年に一度のお祭りだよ。中央からもお偉《えら》いさんが見にくる。優秀な生徒にツバつけとこうってね」

「いいですね。より実戦に近づけるために全部の学級を一度に参戦させて、どこと手を組むとか、対抗戦の前から戦略が問われるようにしても楽しそうです」

「な、なんだって？」

「あ、いえ。概要《がいよう》はわかりました、はい。じゃあそれでお願いします、二ヶ月後ですね」

おい、と声をあげたのはルティーヤだ。

「勝手に安請《やすう》け合いするなよ、勝てるわけないだろ。常識で考えろよ！」

「考えた結果だ。ノイトラール竜騎士団に勝てと言われたら無理だとわたしも答える」

「同じようなもんだよ！　戦うのは僕らで相手は金竜学級。しかも竜も使えないんだから」

「ああ。だったら別に、勝てるだろう」

ジルの返答にルティーヤは言葉をなくしたようだった。他の生徒たちも目を白黒させたり、戸惑《とまど》って動けずにいる。こっそりロジャーが尋《たず》ねた。

「言い出しておいてなんだけど、ほんとに大丈夫《だいじょうぶ》か？　俺は役立たずだぞ」

「かまいません、口添《くちぞ》え助かります」

「――どうですか、校長。これでも参加を認めなかったら、さすがに逃げと取られてもしかたなさそうですが」

ロジャーの言い方にグンターは髭をなでながらもったいぶって頷く。

「い、いいだろう。正々堂々、戦おうではないか」

「となれば、早速《さっそく》訓練だ。全員、戻るぞ！」

号令をかけて歩き出したジルに、遅れて生徒たちがついてくる。ロジャーは肩《かた》をすくめて手を振った。味方なのか敵なのか、よくわからない教官だ。

ずんずん歩いていると、ルティーヤが小走りでやってきた。そっとささやいてくる。

「……まさか、本気じゃないよね？　本国から圧力をかけるとかできるの？」

「は？　なんでそんなことしなきゃならない。正面から潰《つぶ》すに決まってる」

「はあ!?　だから、できるわけないって……！　僕らをなんだと」

「ソテーから逃げられる奴が出てきてる。たった数日で」

ルティーヤが黙《だま》って、腕《うで》の中のソテーを見る。他の生徒たちがはっとしたように、早足で歩きながらソテーを覗《のぞ》きこんできた。

「そういや大丈夫、ソテー先生……って寝《ね》てる……」

「……怪我《けが》、治ってきてないか……？　え、まさか寝るだけで回復するのか……？」

「ソテーはただの鶏だが、おそらく斑竜《まだらりゅう》相手なら仕留めるくらいの力がある」

「いやもう絶対にただの鶏じゃないっすよね先生⁉」

「細かいことを気にするな。つまり、お前たちには十分、才能も勝ち目もある」

倉庫のような教室の中へ入り、ジルは笑顔《えがお》でくるりと振《ふ》り向いた。

「お前たちは黙ってわたしについてくればいい」

「いや、ついてけないよ……言っておくけど、先生は絶対におかしいから」

「大丈夫だ、お前たちはついてこられるよ」

午前の授業終了《しゅうりょう》の鐘《かね》が鳴る。ふわりとジルは笑った。

「だって、わたしに全員ついてきただろう。教室に戻らなければよかったのに。そうすれば賭《か》けはお前たちの勝ちだった」

足を止めた生徒たちが互《たが》いに目配せし合う。ルティーヤが毒づくように言った。

「……気づかなかっただけだよ」

「なら、賭けは自分たちの勝ちだと今から言い出すか？　卑怯《ひきょう》な大人たちみたいに」

答えは返ってこなかった。生徒たちにも矜持《きょうじ》はあるのだ。ジルは笑う。

「じゃあ今日もわたしの勝ちだ。今日の報酬《ほうしゅう》は、学級対抗戦に出てもらうこと。何、ちょっと何度か死ぬかもしれないが、そんなもの気のせいだ」

青ざめた生徒たちに、ジルはばきりと指を鳴らして薄《うす》く笑う。

「竜ごとき、拳《こぶし》で殴《なぐ》り倒して一人前だ。それをまず、お前らに教えてやる」


夕食が並ぶテーブルで話を聞いたハディスは首をかしげて感想を述べた。

「生徒たち、みんな死ぬよね？　その訓練だと」

「調整はしますよ。サーヴェル家なら五歳児くらいの訓練です。やればできますって」

「君のご実家とは一緒《いっしょ》にしないほうがいいと思うな……」

「ん～おいしいぃ！　やっぱり仕事後の陛下のご飯は世界一です！　おかわりどこですか⁉」

魚や海老《えび》をふんだんに使ったパスタを呑《の》む勢いで完食したジルの前で、ハディスが焦《あせ》って立ち上がる。

「待ってて、僕がやるから。でないと君、鍋《なべ》ごといくよね」

「おまかせください！」

「おまかせできないから僕がやるんだよ。ラーヴェの分も残しておかないとうるさいし」

「そういえばラーヴェ様、遅《おそ》いですね。何してるんでしょう」

ジルが帰宅したときからラーヴェは不在だった。街の様子をさぐるために外に出てもらっているらしい。魔力《まりょく》が相当強くないと見えないので、偵察《ていさつ》にはもってこいだ。仮にも神を偵察に使うのはどうかとも思うが。

「竜の様子を見にいってるんだよ。あの、笛の音みたいなやつを警戒《けいかい》してるんだ」

「そういえばあの音について、竜のほうで何かわかってないんですか？」

「異変があっても赤竜か橙竜《とうりゅう》クラスじゃないと、理論立った説明が期待できないんだよね。士官学校にいるのもせいぜい、緑竜くらいだし」

竜は竜神ラーヴェを最上位として黒竜、赤竜、橙竜、黄竜、緑竜、その他と階級がはっきり決まっている。そして階級は竜自身の力や知能と比例するのだ。

「お前、何か竜から聞いてないか、ロー」

「うぎゅ？」

ソファで頬《ほお》にいっぱいオレンジを詰《つ》めたまま、ローが大きな目をくるんと回す。竜神ラーヴェに次ぐ金目黒竜の愛らしい姿に、ジルは遠い目になった。

「聞いてるわけないな、お前が……」

「っきゅ！」

「たまに嫌《いや》な音がするから、気をつけてって言われたことはあるみたいだよ」

不満げに鳴いたローの言葉を、ハディスが珍《めずら》しく翻訳《ほんやく》してくれた。

「やっぱり校長が言ってた笛って、竜に関係することなんでしょうか」

「珍しいことじゃないけどね。一般《いっぱん》的に竜が嫌《きら》う音があるっていうのはわかってるから、竜よけの笛とか、ラーヴェ帝国《ていこく》にもあるし」

「でもあれ、実用的ではないですよね？」

苦手な音、というのは竜にもある。人間でいう硝子《ガラス》を爪《つめ》でひっかく音の類《たぐ》いだ。クレイトス出身のジルも竜の知識として知っていた。ただ竜が嫌がる程度で、戦場では使えない。羽ばたきや咆哮《ほうこう》ですぐ消えるし、怒号《どごう》が飛び交《か》う戦場では音が上空の竜に届くかもあやしいからだ。

「メジャーな研究ではないね。竜と共存するために必要ではあるけど、竜は竜神の神使だから人間が使役《しえき》するような研究はそもそも禁止されてるし。はい、おかわりどうぞ」

目を輝《かがや》かせてフォークを取ったところで、ふと気づいた。

（そういえばマイナード殿下《でんか》が土産《みやげ》で持ってきた研究って、それじゃなかったっけ……）

竜を支配できるとかなんとか、そういう触《ふ》れ込みだった。結局、ジェラルドは使えないと判断したので使えなかったのだろうと思うが——引っかかりはする。

（マイナード殿下がライカ大公国から研究を持ち出した可能性とかないか？　そもそも、以前だとライカ大公国ってどうなって……あ）

思い出した。

かつての未来で、ライカ大公国は皇太子ヴィッセルを皇帝《こうてい》につけようと蜂起《ほうき》したフェアラート公の反乱軍に加わっていた。そして反乱軍はライカ大公国を経由して帝都《ていと》に攻《せ》め入ったのだ。

当時は帝都制圧まで成し遂《と》げたヴィッセルがハディスにあっさり敗れたことが衝撃《しょうげき》的で、忘れていた。その後、ハディスは自分に刃向《はむ》かう一派を一掃《いっそう》した。もちろん、ライカ大公国は粛《しゅく》清対象《せい》だ。ライカ大公一家は全員処刑《しょけい》され、国は竜の怒《いか》りに触れて焼き払《はら》われたとも聞いた。

（――陛下が変わったのは、たぶん、その頃《ころ》だ）

きゅっと唇《くちびる》を引き結び、フォークを握《にぎ》り込む。起こってしまったことはどうにもならない。それをやり直せているのは、人間でしかないジルにとっては、奇跡《きせき》だ。

「どうしたの、ジル。食べないの？」

「――陛下を一生、おうちに閉じこめて監視《かんし》できればいいんですけど……」

正面の席でパスタを食べようとしていたハディスが咽《む》せた。

「でもそれは無理なので、お仕事頑張《がんば》ります！　ということで、明日《あした》から帰りません！」

「いっ……いや、なんでそうなったの!?　流れがわからない！」

「言ったじゃないですか、学級対抗戦《たいこう》ですよ。二ヶ月しかないので、生徒たちにつきっきりで訓練します。とりあえず一ヶ月くらいは山ごもりですね！　どこか竜がいるいい山を見つけたいんですが……まず竜は倒《たお》せるという感覚を持たせないと」

相手は優等生とはいえ、学生だ。蒼竜学級と金竜学級の間に圧倒《あっとう》的な差があるとすれば、竜である。そこを縮めれば、十分に勝機はある。

「あとはなんだかんだ甘ったれなんですよね。叩《たた》き直すには合宿が最適です」

「……えっまさか、僕をここに一ヶ月、放置するってこと……？」

「陛下はどうしたいですか？　わたしとしては、陛下に待っててほしいんですけど……」

ハディスが無言でフォークを置いた。あれ、とジルは首をかしげる。てっきり、まず嫌だひどいとか駄々《だだ》をこねると思ったのだが、静かだ。

「……君は、意外と悪い女の子だよね」

唇をほころばせるハディスの笑みの種類が読めず、ジルは背筋を正す。頬杖《ほおづえ》を突《つ》いたハディスの仕草がどことなく艶《つや》っぽく見えるのは、気のせいだろうか。

「いいよ、わかった。お仕事だもんね。僕、我慢《がまん》するよ。君を待ってる」

「や、やけに今回は聞き分けがいいですね？　だいぶあやしいんですけど……」

「何言ってるの、さみしいよ」

唇を尖《とが》らせたハディスに、罪悪感がこみ上げた。

「あ、あの、何かあったらすぐローを通じて連絡《れんらく》ください。何があっても、飛んできます。わたしがいちばん大事なのは、陛下ですから……わたしだって陛下のご飯、食べられなくなるのつらいんです！」

「わかってるよ」

優《やさ》しい瞳《ひとみ》は、ジルを疑っていない。ほっとした。

「そのかわり、帰ってきたら僕のこと、たくさん甘やかしてくれる？」

とどめの上目遣《うわめづか》いのおねだりに、胸が高鳴った。赤くなった頬に両手を当てて、いったん深呼吸して、もったいぶる。

「もちろん、わたしは、陛下の妻ですから、それくらいしてあげます」

「ふふ、そっか。ローはつれていくんでしょ。数日に一回は定期連絡を入れようね」

甘やかしているのは自分のはずなのに、甘やかされているような気分になってくる。なんだかんだハディスは大人なのだ。ジルが守る必要なんてないくらいに。

負けていられない。

口いっぱいにかきこんだパスタは、飲みこむのがもったいないくらいおいしかった。


ハディスとハディスの料理から離《はな》れる以上、確実に成果を持って帰りたい。しかも学級対抗戦は見にいくとハディスに言われたのだ。ジルの出番はないけれど、生徒を立派に鍛《きた》え上げることで、かっこいいところを見せたい。

となれば、やることはただひとつだ。

士官学校の裏にはいくつか山がある。竜の住み処《か》があり、普段《ふだん》は放置されている場所だ。だが竜の生態観察の授業に使うための、そこそこ立派な建物があった。格好の合宿場だ。騒《さわ》げば竜に襲《おそ》われる危険があるため、訓練になど絶対使わないとロジャーは驚《おどろ》いていたが、ジルにすればなぜ訓練に使わないのか不思議なくらいの、ほどよい危険地帯である。

とはいえ、生徒の実力が追いつかない状態で竜に訓練を邪魔《じゃま》されても困るので、ローに頼《たの》んで近づかないようにしてもらっている。ハディスとの定期連絡でやってくるラーヴェには「いや頼まなくても嬢《じょう》ちゃん怖《こわ》がって近寄らねーから」と言われたが。

（ただ、訓練用の竜も必要なんだよな）

そこはローが今、お願いに回ってくれている。時間はかかるだろうが、それまでにやることは山ほどある。

「目だけで追うな、魔力《まりょく》の気配も追う癖《くせ》をつけろ！　いいか、魔力は筋肉だ！　使い方を体に叩き込め！　鶏《にわとり》一羽、数人がかりで仕留められないなんて、お前らそれでも人間か！」

「コケ――っ！」

山奥にソテーの張り切った鳴き声が響《ひび》く。それにびくりと背後の生徒たちが反応したのがわかった。起動させたハディスぐまの視界に入っている生徒たちだ。魔力の制御《せいぎょ》についての訓練中である。

「そっちはいちいち動揺《どうよう》して魔力を上下させるな。くま陛下に襲われるぞ」

返事はない。それくらい魔力の制御に集中しているのだろう。いいことだ。ソテーをつかまえようと奮闘《ふんとう》している生徒たちも、ソテーの蹴《け》りをよけられるようになってきた。

合宿が始まって一週間。生徒たちの文句はすごかったが、脱落《だつらく》者も逃亡《とうぼう》者も出ていない。

「みんなやる気があるな、いいことだ」

「んなわけないよ、逃《に》げてもあの鶏がどこまでも追いかけてくるし、何よりアンタが一切容赦《いっさいようしゃ》しないからだよ！　あとこの山、罠《わな》だらけなのもアンタの仕業《しわざ》――待て捕縛《ほばく》結界に魔力を奔《はし》らせるなって痛い痛い痛い！」

「アンタじゃない、ジル先生だ。この程度、体内の魔力圧を同じにして受け流せ」

「簡単に言うな、アンタの魔力圧の高さはおかしいんだよ！」

すました嫌みがなくなったのは結構だが、先生呼びがなくなったのは頂けない。だがジルが設置した罠に引っかかり、縄《なわ》で縛《しば》られ太い木の枝に吊《つ》り下げられているルティーヤこそ、唯一《ゆいいつ》にして最後の抵抗者《ていこう》だ。最初は往生際《おうじょうぎわ》が悪いと思ったが、諦《あきら》めないその姿勢に根性《こんじょう》を感じ始めている。所詮《しょせん》逃げられないところも、ハディスよりかわいげがある。

「脱走《だっそう》するなら命がけでやれって言ってるだろう。で、訓練に参加する気になったか？」

そして助言通り、ちゃんと魔力圧を同じにして縄――捕縛結界の効力を受け流している。なんだかんだ真面目《まじめ》で、素直《すなお》な子なのだ。

「なるわけないよ！　勝ち目のない対抗戦に向けて訓練するなんて、馬鹿《ばか》らしい」

「そうか、そろそろ竜《りゅう》がいる山中を行軍する予定なんだが」

「はァ!?　いくらなんでもそんなことしたらみんな逃げるよ、バッッカじゃないの！」

「大丈夫《だいじょうぶ》だ、わたしが縛ったお前を引きずっていく。そうしたらみんな、お前を見捨てられないだろう」

「……この鬼畜《きちく》教官……！」

唸《うな》るルティーヤに、ジルは笑う。

「時間がないから前衛と後衛、それぞれの生徒の得意分野に振《ふ》り分けて今、鍛えてる。人選に問題は？」

「……なんで僕に聞くんだよ」

「お前はこの学級の生徒たちをよく見てる。指揮官向きだ」

無理に訓練に参加させず、こうして全体を見せているのもそのためだ。ルティーヤが素っ気なく答えた。

「おだてたって僕は訓練なんてしないからな」

「事実だ。ただ本物の指揮官なら、あの子たちを溝鼠《どぶねずみ》のまま終わらせたりしないが」

「なんだよ、今更《いまさら》お説教？　対抗戦はお前のためだって？」

「まさか。お前たちを鍛えるのは、わたしのためだ。学校を作りたいんだ、わたし」

ルティーヤが意外そうな顔をする。その表情を見て、ジルは笑った。

「あの子たちが金竜学級に勝てるところまでわたしは引き上げてやれる。だが、それはきちんとした作戦と指揮があってこそだ。戦場では必ず不測の事態が起きる。わたしが対抗戦で指揮ができない以上、お前の力が必要だ。どうだやってみないか、指揮官と作戦の立案」

「――アンタみたいなののやり口は知ってる。期待してる、やればできる、そんなふうにおだててうまく持ち上げるんだ。僕らみたいな誰《だれ》にも期待されていない人間は、誰かからの承認《しょうにん》に弱いからね。効果はてきめんだろうよ。それで勝手に期待して、失望して、捨てるんだ」

嘲《あざけ》りまじりの暗い口調には、実感がこもっていた。ジルはつぶやく。

「そうか。お前は誰かに期待はずれだって言われたんだな」

「……。アンタはないんだろ、そんな経験」

「いや、ごく最近あった」

生家に帰郷して、ハディスに切り捨てられたときだ。竜妃《りゅうひ》にジルがふさわしくないと判断したときのあのハディスの態度、表情、眼差《まなざ》し。

「……それ、どうしたんだよ、アンタ」

「ものすごく悲しくて、一歩も動けなくなった」

「……。へー、アンタでもそんなことあるんだ」

「そうだ、わたしとしたことが情けない。だから相手は蹴り飛ばして踏《ふ》んでおいた」

まばたいたルティーヤを、にやりと笑って見あげる。

「自分のやりたいようにやればいいんだよ。他人の期待を、期待するな」

「おーい、ジル先生！　お客さんだぞー」

遠くからの呼び声に、ジルは振り向いた。声でロジャーだと想定できていたが、あとから続いて現れたノインの姿に目を丸くする。ルティーヤもふたりに気づいて毒づいた。

「なんだよ、金竜学級のエリート様が」

「ジル先生に話したいことがあるんだと。俺は案内役」

「対抗《たいこう》戦、不参加にしてもらえませんか」

前置きも何もなく直球で言われた。話が聞こえたらしく、背後の生徒もざわめく。だが、ノインの目は真剣《しんけん》だ。ジルもしっかり向き合う。

「わざわざここまできて言うからには、何か理由があるのか？」

「……ひどい目に遭《あ》います、きっと」

「わたしは根拠《こんきょ》を聞いているんだ。……校長先生が何かしかけてきそうなのか？」

「そういうわけではありません。でも最近、色々おかしいです。街だけじゃなく学校でも反ラーヴェだとか、独立だとか、解放軍だとか……ラーヴェ帝国《ていこく》人の振る舞《ま》いがひどいのは確かだけど……でもこんな空気の中での前座なんて、政治的な意図があるに決まってる」

「君は真面目だな。さすが金竜学級の学級長だ」

素直にほめたつもりだが、ノインははぐらかされたと思ったらしい。にらまれた。

「お世辞は結構です。俺は、公平じゃない試合に勝っても嬉《うれ》しくない。相手に竜はおろか武器も支給しないなんておかしい。はなから勝負になんてならないのはわかってます」

ちらっとノインは木に吊るされたルティーヤを見あげたが、すぐに目をそらした。

「先生もわかってるはずです。今回の金竜学級と蒼竜学級の試合は、ラーヴェ帝国への鬱憤《うっぷん》を晴らしたいがための、ただの見せしめ。私刑《リンチ》です」

「そうだな。だが所詮《しょせん》、学生の試合だ。実戦なら首をはねられることもあるだろうが」

拳《こぶし》を握《にぎ》っていたノインが、顔をあげた。それをまっすぐ見返す。

「いいか、公平で対等な世界なんてあり得ない。もちろん、この学校の教育方針は問題だと思っているし、改善すべきだ。でも、世の中理不尽《りふじん》なことも思ったようにならないことも山のようにあるんだよ。他人も世界も自分の都合では動かないんだ。なら、自分が不利なときでもどう戦うかその方法を考えさせるのが、教育だとわたしは思ってる」

「逃げることだって戦いです。それに、俺はともかく他《ほか》の生徒はきっと手加減しません。怪我《けが》人が出てもおかしくない……いえ、校長先生はそれでもいいと思ってます。誰もあなたたちを助けようとしない。でも今なら、俺が取りなせば不参加ですませられます」

「君の配慮《はいりょ》はありがたいし、そのまっすぐさはずっと持っていてほしい。でも、わたしは先生だから君にも教えないといけないんだろうな。君がいかに間抜《まぬ》けか」

ノインに近づいたジルは、その胸倉《むなぐら》をつかみ上げた。ノインのほうが背が少し高いから見あげる形になる。ノインは驚いた様子だったが、ジルからの嘲笑《ちょうしょう》に凍《こお》り付いた。

「手加減？　助ける？　何様だ、エリート様か」

ノインは、他の生徒たちの姿も見たはずだ。彼らが今、ソテーに蹴り飛ばされ、ハディスぐまの前に全身冷や汗《あせ》をかきながら立っているのは、勝つためだ。

「負け犬はずっと負け続けろと言うのか。戦うことすら許さないと？」

「お、俺は、そんなつもりじゃ」

「腰抜《こしぬ》けが。うせろ」

そのまま軽く胸を突《つ》き飛ばすと、ノインがよろめいた。目を白黒させて動揺しているその姿にジルは小さく笑い、諭《さと》す。

「いいか。今、お前が考えるべきことは、蒼竜学級に負けないことだ」

何か言いたげに顔をあげたノインは、まだ納得《なっとく》していない。これは口で言い聞かせるのではなく、負かすしかないだろう。そう思ったときだった。

「さすが、頭お花畑だね。負けたら金竜学級の奴《やっ》らがどうなるかわかんないのか？」

はっとノインが両目を見開いた。

いつの間にか捕縛結界を解いて地面におりたルティーヤが、ノインを鼻で笑う。

「今度はお前たちの番だ。クズだって笑われて、後ろ指さされて、ははっざまあみろ！」

「……っ責任は学級長の俺がとる！　校長先生も金竜学級すべてを罰《ばっ》したりはしない！」

「なら、お前が僕らのお仲間になるってわけか？　せっかく父親がぺこぺこラーヴェ軍に頭さげて稼《かせ》いだ学費を、お前はドブに捨てるってわけだ！」

「――っじゃあ君は、自分たちが勝てると本気で言えるのか⁉」

「勝てるさ！」

叫《さけ》んでからルティーヤは自分の矛盾《むじゅん》に気づいたようだったが、後には引けないのだろう。同年代の同性相手なら、なおさらだ。

「……なら君が、率いるのか。蒼竜学級を」

「と――当然、だよ」

動揺《どうよう》をまぜつつもルティーヤがそう答えた。ジルは笑いをこらえたが、噴《ふ》き出してしまった生徒が数人、ハディスぐまに反応されて慌《あわ》てて真顔になる。

ノインはルティーヤを正面から見返したあとで、唇《くちびる》を引き結ぶ。

「――わかった。ジル先生、ご教授痛み入ります。確かに、俺のお節介《せっかい》でした。忘れてください。では」

「待て、ロジャー先生と戻《もど》れ。この山には竜がいる」

「結構ですよ。どこかのラーヴェ皇族じゃあるまいし、俺はひとりで戻れます」

片眉《かたまゆ》と片頰《かたほお》を吊《つ》り上げたルティーヤを一瞥《いちべつ》して、さっさとノインは踵《きびす》を返した。

「あれ、全力でこっちにきちゃう感じだよなあ。いいの？」

ロジャーに耳打ちされて、ジルは答える。

「どんとこいですが……あのふたり、何かあったんですか？」

「入学当日、ノイン君がルティーヤ君に食ってかかったらしい。君がそんな振る舞いだからラーヴェ帝国への不信が広まる襟《えり》を正せみたいな。以後ずっとあんな感じ」

「おいアンタ！」

勢いよく振《ふ》り向いたルティーヤが、ふくれっ面《つら》で吐《は》き捨てた。

「僕に何をしろって？」

「……。訓練はやらないってさっき」

「僕の気が変わってもいいわけ？　やりたいようにやれって言ったのは、アンタだろ！」

照れもあるのだろう、嚙《か》みつかんばかりの勢いだ。できるだけ笑わないように表情筋の震《ふる》えをこらえながら、ジルは答える。

「さっきの捕縛《ほばく》結界を自力で解けるお前に、今の訓練は必要ない。足並みがそろうまで、他の生徒たちの指導を頼《たの》む。あとはそれぞれの能力を把握《はあく》して、作戦を考えてくれ」

「いいよ。いざとなったら、試合前に奴ら全員、体調不良で欠席にしてやるから」

「そういうのはなしだ」

ルティーヤは答えなかったが、ソテーから逃《に》げ回っている生徒たちのほうへ向かう。いったんソテーに待てをかけて、生徒たちを集めていた。作戦を立てるつもりのようだ。

「いやぁ……まさかルティーヤがやる気になるとは……」

ロジャーと一緒《いっしょ》に生徒たちを見ながら、ジルもしみじみ頷《うなず》く。

「青春の力ってすごいですねぇ……」

「いやいやそれだけじゃ――って、ジル先生、自分の年齢《ねんれい》わかって言ってる？」

「ロジャー先生も協力してくれませんか、訓練」

「またまた、やだなあ。俺みたいな駄目《だめ》教官にまで期待しないでよ」

「強いですよね、ロジャー先生。校長先生よりも、なんなら学校で、一番」

木漏《こも》れ日の下で投げたジルの視線を、ロジャーはわざとらしく両目を見開いて、笑った。

「確かに場数は踏《ふ》んでるな。教師の道を選ぶまでは、住所不定の風来坊《ふうらいぼう》だったんでね。自分の身は自分で守るが基本だったから」

「その護身術を生徒に教える気は？」

「……ちょっと忙《いそが》しいんだ、対抗戦の準備で。それにお邪魔《じゃま》虫になっちゃうだろ、ここで俺がずけずけ入っていったら。せっかくジル先生を中心にまとまってきてるのに」

「そんなことないと思いますよ。わたしの任期は三ヶ月。対抗戦が終わったあとはお別れですから、そのあとロジャー先生があの子たちの担任教官になってくれればって思ってます」

「今から自分の後任の心配か。君、ほんと生徒思いのいい先生だなあ。……俺は駄目な先生だからちょっとうらやましいよ」

「本当に駄目な先生は、それを自覚もしないし、悔《くや》しそうに言わないとも思いますが」

ははは、とロジャーは軽く笑って流し、背伸《せの》びをした。

「考えとくよ。そうだなぁ。無事、学級対抗戦が終わったら」

「……先生、なんの仕事してるんですか」

「失礼な。これでも忙しいんだよ、色々。マイナード宰相《さいしょう》もいらっしゃる、大事な行事だからねえ。蒼竜学級の生徒が大活躍《だいかつやく》したら、学級制度の見直しは全然、夢じゃないよ」

最後はジルにぱちんと片眼《かため》をつぶって返す。それ以上何か言うでもなく、ロジャーはきた坂道をおりていった。

(……駄目な先生は、そんなこと助言しないと思うんだけどなあ……)

まったく力になろうとしないし巧妙《こうみょう》に実力を隠《かく》してうさんくさいことこのうえないが、いい先生には間違《まちが》いない。ジルにはない処世術にも長《た》けている。ああいう先生は、ジルの士官学校にもひとりはほしい。

「きゅきゅー!」

草むらから飛び出てきたローが、ジルの足に抱《だ》きついた。

「ロー! どうだ、竜は? きてくれたか?」

答えのかわりに、大きく風《ふ》が吹いて、木々を斜《なな》めにした。生徒たちの悲鳴があがり、どこぞに飛んでいきそうになったハディスぐまをソテーが押さえている。

ゆっくり上空からおりてきて先頭に立ったのは、赤い鱗《うろこ》を持つ竜だ。ジルは目を輝《かがや》かせた。

「赤竜か！　よく見つけてきたな、ロー！　しかも緑竜も、こんなにたくさん！」

「うっきゅん！」

　ローが胸を張って鼻の穴をふくらませる。挨拶《あいさつ》をしようとジルは一歩前に出た。だが険しい顔をした赤竜が突然《とつぜん》、吼《ほ》える。いきなりの戦闘《せんとう》態勢だ。

「な、なんだ、いきなり。ロー、お前ちゃんと事情を説明したのか？」

「うきゅ？」

　説明って何だっけ、とでも言うようなローのくるんとした大きな目に、頬が引きつる。

「ギャオオォゥ！」

　殺すならまず自分を殺せ、と言わんばかりの悲痛な気迫《きはく》だ。よく見れば、背後の緑竜をかばっているようにも見える。生徒たちが叫んだ。

「りょ、緑竜がこんなに、赤竜まで……っ！」

「物陰《ものかげ》に隠れろ、竜は魔力を嫌《きら》って攻撃《こうげき》してくる、感知されるな！　ビビるな、対処はくまのぬいぐるみと一緒だ！」

　ルティーヤの指示は的確だ。ふむと考えて、ジルは正面を見据《みす》える。

「アンタ、何してんだよ！　早く逃げろ、こんな数の竜、僕だけじゃ対処しきれない！」

「――いや、好都合だ」

　行き違《ちが》いがあるようだが、竜たちが敵視しているのはジルだけだ。身構えて、拳《こぶし》を握《にぎ》る。

「お前たちに竜は倒《たお》せるってことを見せてやる」

「ハァ⁉　ちょっ――！」

先生、という教え子たちの叫びを背に、ジルは地面を蹴《け》る。かっと見開かれた赤竜の目端《めはし》に光る涙《なみだ》には、なんとなく、申し訳ないと思った。


『なあ、竜たちの竜妃《りゅうひ》に対する苦情がすげーんだけど』

胸の裡《うち》から聞こえたラーヴェの声に、ハディスは配られた資料を見る素振《そぶ》りで視線を落とした。小さく、聞こえるか聞こえないかくらいの声量で口を動かす。

「竜妃に苦情？　ついにステーキになる決心ができたのか、いいことだ」

『その前に嬢《じょう》ちゃんにステーキにされそうだっつー苦情だよ！　生徒たちの訓練で、戦い方のお手本にボコボコにされたっぽい。こんな竜妃もう嫌《いや》だの合唱がすごい』

「ローがなだめるだろう。それに、一番気の毒なのは生徒だ。訓練相手がおかしい」

『……普通《ふつう》は緑竜一頭、死を覚悟《かくご》して複数で相手にするもんだからな……』

「まぁ、同情なんてしないけど。僕は」

生徒に手間がかかるから、ハディスはジルに放置されているのだ。同情の余地はない。

とはいえ、学生に対してこの扱《あつか》いは問題だなと、士官学校の内部資料――学級対抗《たいこう》戦の詳細《しょうさい》を眺《なが》める。生徒たちの向上心を育てるため、環境《かんきょう》に差をつける。一見合理的な手法だが、ここまでくるとやりすぎだ。目的と手段が逆転している。だが今、この国では問題視されない。

蒼竜学級の学級長が悪名高きラーヴェ皇族だからだ。

「マイナード宰相の学級対抗戦観戦が決まった。当日は、警備と称《しょう》してグンターの息がかかった連中が街や校内のあちこちに配備される。残念だが——子どもたちを巻きこんで、グンターは蜂起《ほうき》するつもりだろう」

貸し切りになっている酒場のカウンターで資料を片手にロジャーが、集まった皆《みな》に話しかけている。人数は十人程度、多くはない。よく集めたほうだろう。

「武器や竜の調達は表向き、学級対抗戦用か警備用だ。摘発《てきはつ》は難しい。竜を操《あやつ》る笛——操竜笛の実物も研究結果もどこにあるかわからない。悔しいが、今のところ止める術《すべ》はない。マイナード宰相にもそう伝えた。もちろん、グンターに狙《ねら》われることもだ。マイナード宰相は親ラーヴェ派と反ラーヴェ派の調整役だ、おそらく蜂起の目的は宰相の身柄《みがら》の確保だろう」

確かに、ルティーヤを士官学校に送ったのも、反ラーヴェの機運が高まっている宮廷《きゅうてい》から追放したようにも、逃がしてやったようにも見える。逆に言えば、どちらかわからない。ロジャーは後者だと考えているようだ。それだけ宮廷がひどい状態なのだという。

ラーヴェがぼやいた。

『竜の件さえはっきりすりゃ、なんとでもできるんだけどな』

そう、問題はそこだ。

教育に力を入れたライカ大公国では、竜と魔術の教育と研究が盛《さか》んになった。その中でラーヴェ帝国《ていこく》から持ちこまれた竜よけの笛の、魔術を使って竜を操る技術への転用——操竜笛の開発を提唱したのが、若き日のグンターだ。

だが人間が竜を操るなど、ラーヴェ帝国では許されない。竜は竜神《りゅうじん》の神使だからだ。竜を操る研究は不可能、それ以上に禁忌《きんき》とされている。本国からの圧力にグンターは研究を諦《あきら》め、士官学校で教鞭《きょうべん》を執《と》りながら、竜と意思疎通《いしそつう》を図《はか》る本国に許可された研究に切り替《か》えた。

だが士官学校の校長になっても、グンターは研究の邪魔をしたラーヴェ帝国への不満を隠そうとしなかった。どこぞの大物貴族がグンターの研究を援助《えんじょ》したという噂《うわさ》に加え、ここ最近になって竜が突然動きを止めるという不可解な出来事が多発するようになった。魔力がある者が笛のような音を聞いたと証言したため、グンターの操竜笛の完成がささやかれ出し、すべて憶《おく》測《そく》の域を出ないまま、ラ＝バイア士官学校とその街で反ラーヴェの機運が高まりだした。

ロジャーは、グンターがラーヴェ帝国と戦争をすることで、研究の解禁、あるいは研究結果を認められようとしているのではないか、と考えたらしい。そしてどういうツテかマイナードにそう報告したところ、マイナード直々に本国に報告するための調査を命じられたそうだ。

そして結成されたのが、ロジャーを中心とした部隊。本国からの独立を掲《かか》げる反ラーヴェ組織――ライカ解放軍に潜《もぐ》り込んだ内偵《ないてい》部隊だ。その任務は、操竜笛の実物の発見と研究結果の確保、あるいは研究に関するものをすべて始末することである。

本国へ報告するのは操竜笛の実在か研究があきらかになってから――その判断は悪くない。現状の報告を受けたところで、ハディスも同じことを命じる。研究というのは次に引き継《つ》げるからだ。グンターひとりを捕《つか》まえても、全貌《ぜんぼう》と広がり方によって対処法が大きく変わる。

中途半端《ちゅうとはんぱ》な粛清《しゅくせい》で完全に地下に潜られ、過激化されては元も子もない。

「だが、学級対抗戦は格好の機会でもある。蜂起するならグンターはいよいよ本命の操竜笛を使うだろう。完成しているならなおさらな。それを確保する」

一呼吸置いて、ロジャーは少し声を張った。

「たとえ操竜笛があろうとも、ラーヴェにライカが挑《いど》んで勝てるわけがない。なのに、グンターとそれに賛同する解放軍は、ラーヴェ帝国軍に扮《ふん》して狼藉《ろうぜき》を働き、民衆を煽《あお》ることとさえしてる。放《ほ》っとくわけにはいかん」

「ロジャーさんよ。俺たちゃ解放軍のやり口は気に入らねえし、グンターみたいな野郎《やろう》に操竜笛の研究を独占《どくせん》させるわけにはいかねえとは思ってる。だが、操竜笛があってもラーヴェに勝てないってのは納得《なっとく》しがたいな」

酒場の隅《すみ》の方からの声に、ロジャーは首を横に振《ふ》った。

「今のラーヴェ帝国には、竜帝《りゅうてい》がいる。なのに竜を使って戦おうだなんて、神の理《ことわり》に挑むようなもんさ。ただじゃすまない」

「竜帝の天剣《てんけん》は偽物《にせもの》だとか、呪《のろ》われてるだとか、本国でも疑われてるじゃねえか」

「……ラーヴェ帝国軍や役人のやり方が問題なのは事実だ。本国への不信を募《つの》らせる気持ちもわかる。そこは本国の落ち度だろう。だが、一部が悪目立ちしているだけで、グンターたちのプロパガンダにのって開戦するのは悪手だ。そんなことをすれば、ライカには天剣と竜の裁きに焼かれた土地しか残らない」

不満げな空気を感じ取ったのか、ことさら明るくロジャーは声色《こわいろ》を切り替えた。

「ま、そういう話はグンターから操竜笛を奪《うば》い取って、マイナード宰相《さいしょう》に渡《わた》してからにしようや。それからでも話は遅《おそ》くないだろ」

「……確かに、マイナード宰相ならライカを悪いようにはしねえだろうが」

「そういうこった。ここで内偵がばれたら元も子もない、気を引き締《し》めていこう。ラーヴェ帝国への鬱憤《うっぷん》がたまってるなら、内偵を疑われずにすみそうだけどな」

最後に笑いをとって、その場はお開きになった。帰り方はそれぞれだ。ハディスは新参なこともあって、名前も知らない人間ばかりである。だが、自己紹介《しょうかい》などしないのだろう。でなければ誰《だれ》かひとりでも疑われたら、芋《いも》づる式《しき》に引っ張られることになる。

「どうだ、なんか困ってないか。解放軍には入ったんだろ」

そんな中、顔と名前をはっきり表に出しているのは、ロジャーだけだ。リーダーとして信頼《しんらい》を得るためなのだろうが、度胸があるのか馬鹿《ばか》なのか、今ひとつつかめない。

「特には。僕がラーヴェ帝国軍に連行されたのを見てるひとがいたし、解放軍に入ること自体はそんなに難しくなかったよ」

「でも、お前は見るからに本国の人間だろ。鼻つまみ者になってないか」

「竜帝の悪口で大盛り上がりしたよ。名前が同じだから、逆に面白《おもしろ》がられた」

そうかとロジャーは笑っているが、そもそもロジャーの紹介というだけである程度、信用されている。ラーヴェ帝国軍ともうまくやって情報を抜《ぬ》いてくるので、解放軍の一員として重宝されており、人望もあるらしい。ひとの懐《ふところ》に入りこむのがうまいのだろう。

「お前さん、酒は呑《の》むか？　トシ、いくつだっけ」

ロジャーが椅子《いす》をひとつ引きよせ、斜《なな》め隣《となり》に座る。エールが入った瓶《びん》を二本、置かれた。

「二十歳《はたち》。必要なら呑むけど、好きじゃない」

「じゃあ、俺が二本ともいただいちまうとして。……そもそも士官学校での蜂起を止められたらいいんだがな。どうあがいても、生徒を巻きこんじまう」

ハディスは資料にもう一度目を落とした。

「蜂起は、前座——蒼竜学級と金竜学級の試合が終わったあとの予定なんだよね」

「ああ。ルティーヤ殿下《でんか》を打ち負かしたところを見せて勢いをつける算段か、他《ほか》にも何かたくらんでるのか……ともかく子どもが立ち上がるんだ、大人も続けってわけさ。胸《むな》くそ悪い」

「でも内偵がばれるような立ち回りは今、すべきじゃない。それに蜂起するだけで本国を攻《せ》めないなら、本国がすぐに制圧に乗り出すとも限らない。交渉《こうしょう》の余地はあるんじゃない？」

ロジャーが瓶をゆらしながら頬杖《ほおづえ》を突《つ》く。

「だよな。マイナード宰相もさすがに本国に報告を届けてるはずだ。うまく調整してくれると信じるしかないか……でも、なんか安心したよ。少なくともお前さんは、最近まで本国にいたんだろう。交渉できるって言ってもらえると、希望が持てる」

「そう言う君もラーヴェ帝国出身だよね？」

ロジャーは酒をひとくち呑み、笑った。

「よくわかったな、そのとーり。でも七年前、ライカに出奔《しゅっぽん》してからは、一度も本国には帰ってないんだ。だから竜帝のことも、今のラーヴェ皇族のことも、さっぱりわからん」

「そのわりには、竜帝とか竜神とか信じてるんだね」

「そりゃ竜の怖《こわ》さと一緒《いっしょ》に子どもの頃《ころ》、散々叩《たた》き込まれたからな。……こうなる前に、少しくらい戻《もど》っとけば他のやりようもあったんだろうが、家を捨てちまった身じゃなぁ……」

何やら引け目があるらしい。酒の入った瓶をゆらす目は、物憂《ものう》げだ。

「それっていったいどこの家――ぅわっ⁉」

いきなり手が伸《の》びてきて頭をぐしゃぐしゃに撫《な》でられた。敵意がないから反応しなかったのだが、いささか呆然《ぼうぜん》としたあとで、ハディスは冷ややかにロジャーをにらんだ。

「何のつもり、今の」

「あーすまん、怒《おこ》るなって。もとの俺んちは大家族でなー、兄も姉も弟も妹も、たっくさんいたんだよ。で、ハディスって名前の弟もいたんだ。それでつい、な」

「僕にも兄はいるけど、こんな乱暴にされたことないよ。……姉上は殴《なぐ》るけど……」

ちなみに妻には何度か踏《ふ》まれたり蹴《け》られたりしている。――ひょっとして雑に扱《あつか》われすぎではないだろうか、自分。

「剛毅《ごうき》なお姉さんだなー。そっかそっか、お前さんには兄姉もいるのか。――もし何か失敗してやばくなったとき、家族はお前さんを助けてくれるか？」

からから笑っていたと思ったら、いきなり真面目《まじめ》に尋《たず》ねられた。どうにも毒気を抜かれる相手に、ハディスは素っ気なく答える。

「どうだろうね。少なくとも兄上は怒ってるかも、今頃《いまごろ》。僕は悪くないけど」

「はは。そんなふうに言えるってことは、助けてもらえるってこったな。――よかった」

何やら意味深な言い方だ。怪訝《けげん》な顔をすると、ロジャーがじゃあと立ち上がった。

『……今のまさか、失敗したら、助けてもらえ――逃《に》げろってことか？』

ラーヴェの不思議そうな声に、ついハディスはロジャーの背中に声をかける。

「金竜学級は負けるよ」

テーブルから離《はな》れようとしたロジャーが、驚《おどろ》いたように立ち止まってこちらを見た。

「まず、グンターの思惑《おもわく》どおりには進まない。そのときどうするか、別に作戦を立てておいたほうがいいよ。信じなくてもいいけど」

「信じるよ」

驚くほどのあっさりした即答《そくとう》だ。こちらが本気かと思ってしまう。

「疑うのは簡単だからな。ありがとうな」

質問もせず根拠《こんきょ》も求めず、それだけでロジャーは行ってしまった。

『……どうにも、つかみどころがねーなぁ、あいつ。信用していいんだか悪いんだか』

「内偵なんてやる男だ。何が本音かなんてわからない、信用なんてできないよ。操竜笛も、本当は自分が独占するために探してるのかも。少なくともここにいる連中はそのケがある」

『そういや嬢《じょう》ちゃんに知らせなくていいのか？　笛のこと』

「言わなくていい、混乱させるだけだ。ローもいるし、何かあってもステーキになるのは竜のほう。――それにどうせ、今は生徒を鍛《きた》えるのに大変でしょ。無理はさせられない」

『それ本気で言ってるか？』

「言ってるよ？　だってジルが僕を放《ほう》ってるのは、僕のためでしょ。わかってるよ」

今までとは違《ちが》う。何にも疑ってなどいないと、ハディスは鼻を鳴らす。

「でなきゃ、とっとと帝都《ていと》に帰ってる。なんなら、対抗《たいこう》戦当日はお弁当持ってジルを応援《おうえん》にいくよ。喜んでくれるだろうな、嬉《うれ》しいな」

『なんか前にも増して発想が拗《こじ》れてないかお前……』

失礼な育て親を無視して、ハディスは頰杖を突く。可愛《かわい》いお嫁《よめ》さんが喜びで目をくらませるような献立《こんだて》を考えるほうが大事だ。当日が楽しみだなと、ハディスは笑《え》みを深めた。

第四章　ラ＝バイア学級対抗戦

金竜学級の生徒たちには、それぞれ自分たちが選ばれた人間である、という矜持《きょうじ》がある。実際、ライカ大公国の中でもラ＝バイアといえば、ラーヴェ帝国《ていこく》からもスカウトがくる優秀《ゆうしゅう》な人材を輩出《はいしゅつ》し続けた士官学校だ。その評価は今、『ラーヴェ帝国に人材を搾取《さくしゅ》され続けた』に変化しつつあるけれども、培《つちか》った教育や生徒の実力には関係ない。

だが対抗戦当日、担任であり校長でもあるグンターから差し出された小さな笛に、そんなものはもう幻想《げんそう》なのかもしれないとノインは思った。

「念のためだ、持っていきなさい」

「グンター先生、お断りしたはずです。こんな笛がなくても俺たちは負けません」

「こんな笛？　言葉には気をつけたまえ、ノイン君。これは生徒を竜《りゅう》から守るものだ」

そう言われると反論しづらい。ノインは返す言葉に困って、目を伏《ふ》せる。

「――申し訳ありません。ただ、俺は、笛がなくとも緑竜を扱えます。ですから必要ありません。他の生徒たちも同じです。そうでなくとも、蒼竜学級は竜も支給されていないんです。勝負になるわけがないのに、これ以上はどうかと」

「言っただろう。念のためだ。君の誠実さは美徳だが、これはただの道具。他の生徒だって使っているじゃないか。そう片意地を張るものじゃない」

ノインは拳《こぶし》を握《にぎ》る。

話には聞いていた。校長が今、机にのせている小さな笛――操竜笛と呼ばれる、ライカで開発された竜を従わせる笛が学内で相当数、出回っていること。元はなんてことはない、竜よけの笛だった。竜の気をそらす、動きを一瞬《いっしゅん》止めると生徒の安全を確保するために進められていたグンターの研究が、いつの間にか変貌《へんぼう》していた。

最新のものでは、名前のとおり、緑竜以下の階級の竜は操《あやつ》れるという噂《うわさ》もある。すべての竜まであと一歩だとも聞いている。

ノインに差し出されているのは、『乗る』『浮《う》く』『降りる』程度の単純な行動を強制できるものだ。緑竜に挨拶《あいさつ》をすませたノインには必要ない。だが、金竜学級や紫竜学級の生徒たちの一部が、グンターから受け取った笛を使っていると聞いてはいた。そのおかげで今年の金竜学級には竜に乗れる優秀な生徒が例年より多いのだと、うっすら気づいている。

「これはさらに改良を加えたものでね。もともと緑竜に乗れる君なら竜に火を吐《は》かせることや人間を攻撃《こうげき》させることもできるだろう」

誘《さそ》いかけるような声色《こわいろ》に、ノインは拳を握った。

「必要ありません。俺は、自分の力で戦って、勝ちます」

「は！　まるでこの笛が、卑劣《ひれつ》なものであるかのような言い方だ」

「そんなつもりはありません」

竜が竜神の神使だからといって、対抗する術《すべ》を人間が考えるのは、卑劣ではない。だが少なくともここで使うのは違う。そうノインは思うが、うまく説明できない。

「……先生。まさかとは思いますが、もし他《ほか》の生徒にも使用を強制しているなら――」

「強制？　いいのかね、そういう態度で」

――金竜学級の奴《やつ》らがどうなるかわかんないのか？

ふとルティーヤの忠告を思い出したノインは唇《くちびる》を嚙《か》んで、言葉を選ぶ。

「先生からのご指導に水を差すつもりはありません。ですがぶっつけ本番での使用はさすがに自信がないので、俺はいつも通りのほうが実力が出せます」

「……ふん。わかった、なら準備に向かいたまえ」

「はい。失礼します」

「所詮《しょせん》、父親と同じ本国に媚《こ》びへつらうだけの腰抜《こしぬ》けか」

吐き捨てられた言葉は聞こえなかったふりをして、頭をさげ、校長室を出る。その場から早く離れたくて、早足に廊下《ろうか》を歩いた。

既《すで》に学内は朝から街の住民や来客でごったがえしている。今回は特に賑《にぎ》やかだ。新聞社から取材を受けたという生徒もいた。それだけ注目されている。特にルティーヤとラーヴェ帝国を同視し、勝敗の行方《ゆくえ》を煽《あお》っている記事が多い。皆《みな》、金竜学級が勝つことを望んでいる。そうなればラーヴェ帝国にも勝てるのではないかという期待がこめられている。

自分の及《およ》ばぬところで大きなことが動いている。生徒たちの中にもライカの独立だ、解放運動だと気炎《きえん》を吐く者たちが増えてきた。熱に浮かされているみたいだ。確かに本国のやり方に問題があることは間違《まちが》いないし、ノインも反発心はある。

だがこの学校も、竜も、ラーヴェ帝国があったからこそ存在するものではないのか。横暴なラーヴェ帝国軍に媚びへつらう父親をノインは尊敬できないけれど、その父親のおかげでノインがこうして教育を受けられているように。

何が正しいか、ノインはわからない。でも、学生だからわからないと逃げたくもない。中途《ちゅうと》半端《はんぱ》だ。大人なんて全部敵だと糾弾《きゅうだん》するルティーヤが時折、まぶしく見える。

ルティーヤは怖《こわ》くないのだろうか。こんなふうに、皆の行き先を背負うことが。

道を示してくれているはずの大人たちを疑い、刃向《はむ》かうことが。

「級長、遅《おそ》いですよ！　竜はもう、厩舎《きゅうしゃ》を出て会場に入ってます」

校舎を出たところで声をかけられ、はっと顔をあげた。尖塔《せんとう》にかけられた時計は、予定時刻をすぎようとしている。開会式までまだ時間があるが、そのあとすぐ前座の試合があることも考えると、昼食も早めにとったほうがいいだろう。

会場近くに学級ごとに控《ひか》え室として設置されている天幕へ、早足で向かう。

「すまない、皆の準備は？」

「ばっちりです。なんと今日は全員が緑竜に乗る予定ですよ！　この笛のおかげで！」

息を呑《の》んだノインに、胸にさげた小さな笛をつかんだ同級生が嬉しそうに笑った。

「これで足手まといにならずにすみます！　あの溝鼠《どぶねずみ》ども——ラーヴェ帝国なんてもう敵じゃ

ないってところを、見せてやれます」

――これにどう答えれば正解なのか、そういうことを大人たちに教えてほしいのに。

「だから高度をさげるなって言ってるだろうが――――!!」

聞き覚えのある教官の叫《さけ》びと一緒《いっしょ》に、上空で光が炸裂《さくれつ》した。爆風《ばくふう》が吹《ふ》き荒《あ》れ、天幕がひっくり返る。悲鳴があがった。ノインも腕《うで》で顔を庇《かば》いながら、目を瞠《みは》る。

ものすごい魔力《まりょく》の爆風に全員で結界を張り身を守る、蒼竜学級の生徒たちがいた。

「準備運動だからって手を抜《ぬ》いていいと誰《だれ》が言った！　魔力の精度は習慣だ！　そんなザマで竜を落とすために必要な高度を維持《いじ》できるのか!?」

「いやジル先生、今日はもう訓練してる場合じゃないって！　当日だよ！」

「そうそう、ここで魔力を消耗《しょうもう》するのはさすがにまずいだろ！」

身を寄せ合って結界を張っている蒼竜学級の前に、上空から小さな影《かげ》がおりてくる。背負った鞄《かばん》からくまのぬいぐるみと、黒い竜に似た魔獣《まじゅう》が顔を出していた。そのかたわらを鶏《にわとり》が滑空《かっくう》し、着地する。紫《むらさき》の目を見開いた状態で、爆風の中心にいる少女が真顔で問いかけた。

「この程度で消耗……？　どんな無駄《むだ》な使い方をしたら消耗できるんだ？」

蒼竜学級はもちろん、それを目撃《もくげき》した生徒たちも全員固まる。見た目は可愛くて小さな女の子なのに、ばりばりと全身に奔《はし》っている魔力も相まって、恐怖《きょうふ》しかない。

「今の発言はどいつだ？　前に出ろ。わたしはそんな教育をした覚えはない」

「や、やだなぁ言葉の綾《あや》だってば、ジルせんせー！　ねっ」

「そうそう、男子はいつも大袈裟《おおげさ》に言うから！　息をするように魔力を使え、だよね！」

「それよりもう時間だって、ジル先生。僕たちも着替《きが》えないと、制服に」

面倒《めんどう》そうに前に出たのはルティーヤだ。薄汚《うすよご》れ、あちこちすり切れてぼろぼろの運動着の袖《そで》を見せ、上空で浮かんでいる小さな教官に進言する。

「担任教官は生徒たちに接触《せっしょく》禁止になる時間だよ。先生は昼飯でも食べてれば？」

「あっそうだった！　わたしのお弁当！」

ぱっと顔を輝《かがや》かせた小さな教官が、地面にぴょんっと両足でおりた。

「じゃあ、わたしはここまでだな。――最後に全員、傾注《けいちゅう》！」

小さな女の子から発せられたその声は、腹の底から響《ひび》くような重圧があった。ざっとそろった動きで、蒼竜学級が姿勢を正し、小さな教官と黒い蜥蜴《とかげ》と鶏の魔獣に向き直る。

「溝鼠ども！　以上で訓練は終了《しゅうりょう》、いよいよ実技だ。今までよく耐《た》えた。よしよししてやりたいが、まだ早いのは理解しているな？」

はい、と全員がまっすぐ前を見て答える。にやりと小さな教官が笑った。

「勝ってこい！　お高くとまった子猫《こねこ》ちゃんに人生の厳しさを教えてやれ、以上だ！」

周囲には金竜学級だけではなく紫竜学級もいる。発破をかけるにしても、全員に喧嘩《けんか》を売っているに等しい。他の教官が聞いたらどう思うか――しかし、小さな先生は生徒たちを置いて、平然と踵《きびす》を返した。

「じゃあルティーヤ、あとはまかせたぞ。わたしはお昼ご飯だ！」

「いってらっしゃいせんせ――！　よっし自由だ……っ久しぶりの自由……！」

「やっと鬼《おに》教官から解放されるんだな、俺たち……あれ、涙《なみだ》が……」

「聞こえてるぞ！　全員、醜態《しゅうたい》をさらしたらただじゃすまさないからな、返事！」

「「はい!!」」

「よろしい」

最後まで念を押された蒼竜学級は、きちっと姿勢を正したまま教官を送り出したあと、そろって安堵《あんど》の息を吐き出した。

「あやうく対抗《たいこう》戦の前に死ぬところだった……誰だよ高度さげたやつ」

「ちょっとかっこよく着地決めようかと思ったんだよ……ばれるとは思わなかった」

「ばれるに決まってんだろ、ジル先生だぞ……」

「――なんだあれ、ボロボロじゃん」

どこからか漏《も》れた嘲笑《ちょうしょう》の声は、あっという間に広がった。

「最近見ないと思ったら、どこで何してたんだか」

「溝鼠らしい格好じゃんか。金竜学級に勝つ？　大口叩《たた》いて、恥《はじ》かかなきゃいいけどな」

「逃《に》げなかっただけほめてやろうぜ。新聞でも予想に金竜学級の不戦勝ってあっただろ」

蒼竜学級の目が向けられる。まずいとノインは声をあげた。

「おい、やめないか。それより各学級、それぞれ準備を――」

「今日はよろしく、金竜学級さん」

蒼竜学級の誰かが、気負わぬ声でそう言った。むっとした者たちが数名、だが当の蒼竜学級はただ挨拶をしただけで明るく雑談しながら周囲を無視して歩き出す。

いつもと違《ちが》う。ノインは振《ふ》り向いて、顔をあげた。

ルティーヤと、すれ違い様一瞬《いっしゅん》だけ視線が交差する。だが、何も言わない。いつもなら必ず突《つ》っかかってきて騒《さわ》ぎを起こすのに、そんな素振《そぶ》りは見せず、ただまっすぐ歩いていく。

「なんなんでしょうね、あの態度」

今日は緑竜に乗れると報告してきた同級生は、不満げだ。周囲も同じような反応だった。いつもと違う態度に肩透《かたす》かしをくったのだろう。

だが、魔力に敏感《びんかん》な一部の生徒は気づいている。あからさまに変わった、彼らの気配に。

――何様だ、エリート様か。

口端《こうたん》をあげる。なんだろう、この武者震《むしゃぶる》いのような、高揚《こうよう》は。

もし本当に自分が間違っていたなら、きちんと正しく裁いてくれる。導いてくれる。正義は示される――まるで理《ことわり》の竜神《りゅうじん》を前にしたような、期待感。

そうだ、敵に手加減など必要ない。侮《あなど》るな。それはおごり高ぶった強者の理屈《りくつ》だ。

ノインは微笑《ほほえ》んで、目の前の仲間の肩《かた》を叩く。

「気を取られるな。今日は、頑張《がんば》ろう」

「はい！」

正義は勝つ。子どもじみた発想だ。でも案外、世界は単純にできているのかもしれない。

ローに案内された建物の陰《かげ》からひょっこり顔を出したのは、竜神だった。

「あれっラーヴェ様だけですか。陛下は？」

「あー、士官学校内に入る整理券が観戦時間ぎりぎりしかとれなくてな」

「整理券なんて配ってるんですか……」

人が背後を通る気配を感じて、声をすぼめる。建物の角、あまり人目はないが、ひとりで喋《しゃべ》っていると思われるのはさけたい。今から対抗戦に挑《いど》む学級の教官としては、なおさらだ。

「新聞社とかもきてるだろ。ラーヴェ帝国《ていこく》軍も警備でいるし。あの顔があんまり長くうろうろしないほうがいい」

確かに、と思いつつ視線がさがってしまう。きゅ、と鞄の中でローが不思議そうに鳴き、足元のソテーに見返された。

本当は一ヶ月かそこらでいったん戻《もど》るつもりだった。でも結局、今日まで生徒を鍛《きた》えるため家に帰れなかったのだ。つまり、丸二ヶ月ほどハディスに会っていない。

「でも、弁当は預かってきたからさ」

ぽんと魔力が弾《はじ》けるような音がして、目の前に大きなバスケットが出てくる。目を輝かせたジルは、両腕《りょううで》でそれを大事に抱《かか》えた。

「お昼ごはん！　ありがとうございますラーヴェ様、わたし、これで頑張れます！」

「あーそりゃよかった。……相変わらず食欲《しょくよく》が大事かぁ……」

「何言ってるんですか、自分でお弁当持ってこないなんて陛下、減点ですよ！　……やっと会えるって、楽しみにしてたのに」

ついい本音が漏れた。ラーヴェにこちらをまじまじ見られて、顔が赤くなる。

「な、なんですか。だって陛下とセットでわたしのおいしいごはんですよ！　仕事を頑張ったご褒美《ほうび》なんですから！」

「……ふーん、そっか。なるほどねぇ、よしよし、ハディスは俺が叱《しか》っとくよ」

ラーヴェがにやにや笑っているせいで、余計焦《あせ》る。

「へ、変な言い方しちゃだめですよ!?　わたしは仕事中なんですからおなかがすくのは当たり前で、だからわたしが会えないの我慢《がまん》してたとかさみしかったとか決してそういうわけではなく、そうだ陛下って観戦しにくるんですよね!?　妻の頑張りは見にこなきゃだめです！」

「強引《ごういん》に話題を変えにきたなー。安心しろ、間に合うよ。応援《おうえん》してる、俺もハディスもな」

「そ、そうですか。まあ、わたしは出場しないので、応援は生徒にですけどね。――じゃあ、わたしは食べる時間もあるのでこれで！」

自分で何を言っているのかよくわからなくなってきたので、くるりと踵を返して逃げた。ラーヴェがげらげら笑っているのは、聞こえないふりだ。だが、ハディスと会うときはちょっと警戒《けいかい》したほうがいいかもしれない。ラーヴェがどんなふうに伝えるかわからないが、ハディスが調子に乗っている可能性が高い。

（陛下のばか！　会いにきてくれてたら、こんなふうにならなかったのに！）

だが、ハディスが校内をうろうろするのは危険だ。駆《か》け足をゆるめ、改めて周囲を見る。本当にひとが多い。軍人もだ。竜を使ってまで試合をするのだ。事故へのそなえもかねて厳重になっているのだろう。しかも、国の宰相《さいしょう》まで見にくるとなれば。

（……顔を確認《かくにん》しておきたいな。あのマイナード本人か、否《いな》か）

会場へ向かう坂道の途中《とちゅう》で、賓客《ひんかく》席をさがす。こういうとき、子どもの背丈《せたけ》は不便だ。

「ジル先生、何してんだ。俺たちの席はそっちじゃないぞ」

「あ、ロジャー先生。いたんですね」

迷っていたら声をかけられた。坂道の上でロジャーが手招きする。

「なんか俺に対する当たりがきつくなってない？　先生のかわりに職員会議出てたのに」

「マイナード宰相って、もう会場入りしてるんですか」

「ああ、たぶん……ってなんだ、何か用でも？」

ロジャーが意外そうな顔をする。じろりとジルはにらみ返した。

「あらかじめ、蒼竜学級の現状を訴《うった》えておこうと思って」

「あー、それか。いやでも校長がべったりだから、接触《せっしょく》は無理だな。金竜学級に勝ってからでも十分だろ。勝者には宰相からのお褒《ほ》めの言葉があるしな」

「えっロジャー先生、わたしたちが勝てるって思ってるんですか？」

「うん、やっぱビミョーに俺への当たり強いね……副担任なんだけどなぁ……」

ロジャーについていくと、会場を半円で囲む高台に設置された階段席の隅《すみ》っこに出た。

ソテーがぴょんっと樫《かし》の木の長椅子《ながいす》に飛び乗る。その横に鞄《かばん》を置くとローも顔を出して、何やら不満げに鳴いた。気持ちはわかる。崖《がけ》の上を切り開いたような場所だ。少し踏《ふ》み出せば戦場となる下の平原に落下しかねない、危険区域である。蒼竜学級の教官は一般《いっぱん》席すら用意されないらしい。だが崖下に広がる平原で戦う生徒たちの姿はよく見えそうだ。ローの頭をなでてなだめておく。

「ほら、ちょっと遠いけどマイナード宰相はあそこ。天幕のある席の、真ん中」

ロジャーが指し示す中央の観戦席に視線を向けて、ジルは目を細めた。

遠目に、グンターの横にいかにも貴族の装《よそお》いをした人物が見える。マイナード宰相――高台に吹《ふ》く風に髪《かみ》をなびかせ、グンターと穏《おだ》やかに談笑している人物が、そうだろう。

ナターリエと同じ、黄金色の髪と青い瞳《ひとみ》。かつて、クレイトス王国にラーヴェ帝国を売った男。見かけたのは片手でたりる程度――だが妹の犠牲《ぎせい》を訴えたいかにも善良そうで、そのくせ何かその下に隠《かく》し持っている狡猾《こうかつ》そうな笑顔《えがお》を忘れてはいない。

(本人だ)

敵だと判断するのはまだ軽率《けいそつ》だ。なぜなら、以前と違い現状が大きく変わっている。ナターリエは死んでいないし、表向きクレイトス王国とラーヴェ帝国は和平を目指している。それにマイナードがライカの宰相だったなど、聞いたこともない。

何より今、自分は蒼竜学級の教官だ。本職を忘れてはいけない。

眼下では開会式の準備が始まっている。もう、ジルにできることはない。

唇《くちびる》を噛《か》みしめて、バスケットにかかった布を持ち上げた。中から出てきたのは、バンズに分厚い挽肉《ひきにく》のパテと一緒《いっしょ》に香草《こうそう》やトマトを挟《はさ》んで積み上げられた、巨大《きょだい》なハンバーガーだ。からっと素揚《すあ》げされたじゃがいもにはコンソメパウダーがかかっている。それに、ぷるぷるした半熟の卵がのった蒸《む》し鶏《どり》のサラダと、肉団子が入ったスープまでついていた。

おっと隣《となり》に座ったロジャーが声をあげる。

「なんだ、ご馳走《ちそう》じゃないか！　しかも大量に……どれかひとつおじさんに」

「だめですわたしのです」

両手で持つのも大変なハンバーガーをつかんで、かぶりつく。おいしい。だがまだ頬《ほお》を緩《ゆる》めてはならない。仕事中だ。そっと横からじゃがいもをつまもうとしたロジャーの手をつねりあげながら、不安と一緒に咀嚼《そしゃく》する。

やるだけやった。あとは生徒たちを信じて、結果を見届けるだけ。

開会式のファンファーレが鳴り響《ひび》いた。


今日は風が強い。ファンファーレの音と一緒に、雲が流れていく。それを見つめながら、ハディスは階段状に設置された観客席の一番高い位置で、入場する生徒たちを眇《すが》め見ていた。最初に紫竜学級、そして蒼竜学級、最後の大トリに金竜学級が整列して入場してくる。学生にしてはなかなか様になった行進だ。

だがこうして見ると、ジルが担当している蒼竜学級は貧相だ。軽くとはいえ周囲は武装しているのに、制服を着ているだけ。武器も腰《こし》にさげた長剣《ちょうけん》ひとつ。そのうえ竜も使えないとなれば、どう考えても分が悪い。見たところ、魔力《まりょく》の差もそれほど感じられない。

だが、ジルは勝てると判断した。生徒がついてこられたのなら、勝つのだろう。

「サーヴェル家って少数でのゲリラ戦最強って話だしなぁ……怖《こわ》い、僕の妻の実家」

「いたいた、ハディス。見回ってきたぞー。今のところ妙《みょう》な動きはなし」

竜神らしく、空からラーヴェが戻ってきた。

「竜もやっぱ、竜よけの効果をもっと強くした笛が最近ある、くらいしか認識がないな。乗せろって音がうるさいから乗せてるとか。……竜を操《あやつ》る笛なんてほんとにできたんだかなぁ」

もったいぶって始まった校長の挨拶《あいさつ》とやらがハディスの声をうまく周囲から隠してくれる。

「それを今日、グンターの蜂起《ほうき》に乗じて確認するんでしょ。ジルは?」

「それも予定どおり。ちゃんとあやしまれず、弁当渡《わた》してきました」

「あやしまれるはずないよ。どうせお弁当があれば僕がいなくても文句ないでしょ、ジルは」

「お前に会いたかったのに、って」

つい真顔になってラーヴェを見た。ラーヴェがすまし顔で続ける。

「さみしそうだったなー嬢《じょう》ちゃん。可哀想《かわいそう》になぁ」

「……そっ」

そんなの自分だって同じだ。真っ赤になったハディスは顔を両手で覆《おお》って呻《うめ》く。

「も、もう、ジルはすぐ、そういうこと……なんで僕の前で言ってくれないの⁉」

「おめーがこなかったからだろーがよ……」

「そ、そもそも僕を放置したのはジルじゃないか。二ヶ月も！　それを棚《たな》に上げて……ぼ、僕はここで甘い顔なんかしないんだからな！　たまには夫の威厳《いげん》をみせないといけない！」

ぐっと拳《こぶし》を握《にぎ》り直し、ジルが担当したという生徒たちをにらむ。

「大体ジルはずるい。今日までぜんぜん戻ってこずに、若い男と遊んでたんだから」

「あーそれは嬢ちゃんも悪いけど、遊んでたわけじゃねーし、言い方をだな……」

「僕はごまかされたりしない。絶対ジルはあの子たちと仲良くなって、一部の男子からは憧《あこが》れとか淡《あわ》い恋心《こいごころ》を抱《いだ》かれたりしてる……！」

ジルは強いが、優《やさ》しくて可愛《かわい》い女の子だ。情も深い。ちょっとぬけたところも、強さと相まって魅力《みりょく》的だろう。先生だから、生徒を見捨てたりもしない。そんな素敵《すてき》な女の子が、あんな情緒《じょうちょ》も理性もなさそうな少年たちと寝食《しんしょく》を共にしたのだ。どんな勘違《かんちが》いを生むか。

そう、寝食。一緒にご飯を食べたり、夜更《よふ》かししたり、もしかして枕投《まくらな》げしたり、まさか着《き》替《が》えとかお風呂《ふろ》とかまで——想像しただけで、金色の瞳の焦点《しょうてん》が合わなくなる。

「絶対殺す……」

「おい妄想《もうそう》で殺意を持つな。夫の威厳はどうした」

そうだった。舌打ちしたハディスは座席で脚《あし》を組み直して生徒たちを観察する。蒼竜学級の列の先頭にいるのが、自分の弟だろうか。

　兄にも姉にも妹にもだいぶ慣れてきたけれど、弟は初めてだ。どんな感じなのだろう。やはり妹とは違うのだろうか。ナターリエやフリーダと話すのもまだ緊張《きんちょう》するのに、弟なんてどう接すればいいのかわからない。しかも、ジルの手を煩《わずら》わすいけすかない性格をしているようだ。ジルは、ハディスのために更生《こうせい》させると言っていたが。

「……。僕が負けるわけがない、僕のほうがぜったいめんどくさい……！」

「お前、その争いに勝って嬉《うれ》しいのかよ……」

「ジルの中でいちばんなら僕は何でも嬉しいよ」

あ、そうとラーヴェが呆《あき》れているが、当然の感情だとハディスは唇を尖《とが》らせる。

　校長の話が終わり、まず紫竜学級が会場からはけた。前座である金竜学級と蒼竜学級の布陣《ふじん》の時間が始まる。用意に時間がかかるのは竜に乗る金竜学級のほうだ。その間、蒼竜学級は広い地形の中で隠れるなり有利な場所を取るなりできることになる。

　だが、蒼竜学級は周囲に障害物のない平原のど真ん中に陣取り、目立つ位置に倒《たお》されたら負けになる青い旗を立てた。そして準備完了《かんりょう》とばかりに円陣を組んで、動かなくなる。

　竜に乗る金竜学級のほうを注視していた観客も、蒼竜学級の動きに気づいてざわめく。

「おい、ハディス。あれだと旗、狙《ねら》われ放題だよな？」

「囮《おとり》だよ。あれじゃ金竜学級は正面突破《とっぱ》するしかないけど、竜でそんな綺麗《きれい》な隊列、学生には組めない。攻《せ》める方向も方法も限られるし、短期決戦のかまえだね。さすが僕のお嫁《よめ》さん」

金色の旗を一番観客に近い場所に立て、金竜学級の学級長が前に出た。高台から高みの見物を決める大人たちに向かって叫《さけ》ぶ。

「宣誓《せんせい》！」

宣誓は、エリート様の仕事だ。自分たちが応じる必要はない。だが、眠《ねむ》たいお決まりの文言が終わった瞬間《しゅんかん》から戦いが始まる。

ゆっくり、ルティーヤは深呼吸した。指揮をとるのは自分だ。冷静に、と言い聞かせるほど心臓が早鐘《はやがね》を打つ。――これが、責任というものだろうか。

「ははっ、全員、緑竜とかマジかよ……これで勝てとか普通《ふつう》じゃねーわ」

誰《だれ》かが少し震《ふる》えた声でつぶやく。だがルティーヤが口を動かす前に、誰かが答えた。

「ソ、ソテー先生と竜、どっちが速いかな……？」

「速さだけならソテー先生だろ。図体《ずうたい》違うし、竜は意外とのろい」

「ならよけられるね。当たってもくま先生ほどじゃないって話だし」

「いやいや、それよりもっと強力な呪文《じゅもん》が俺たちにはあるでしょ。せーの、」

「「ジル先生よりマシ！」」

全員そろった言葉に、笑いがこぼれる。怖くないわけではない。ルティーヤだって、まだこんな場所に立っていることに、現実感がない。

「負けたら、先生、悲しむかな……」

「いやあ半殺しのほうがあり得る……すぐ物理に走るんだもんなあ、センセー。あと食欲《しょくよく》。俺、めっちゃ料理うまくなったんだけど、この二ヶ月で」

「ジル先生も頑張《がんば》ってはいただろう。毎晩、ホットミルク作ってくれたり」

「最初飲めたもんじゃなかったけどな、あれ……せんせー、嫁のもらい手あんのかな」

「え〜何、男子。気づいてないの？　先生、年上の彼氏かなんか絶対いるよぉ」

まばたいたルティーヤは、会話に参加しないまま耳をすましてしまう。

「そりゃないだろ。全然、そんな男の影《かげ》なかったし、合宿中」

「でも夜に定期的に誰かと連絡《れんらく》取ってたのは私も見た。最初は魔術《まじゅつ》の訓練とか、学校への連絡かなって思ったけど、絶対あれは個人的なやつ。相手を聞いても大慌《おおあわ》てでごまかすし。くま先生も、絶対に男のひとからのプレゼントだよね!?」

「確かに、ジル先生いつ起こしにいってもくま先生抱《だ》きしめて寝《ね》てるよね……。ご飯まだ〜？とか寝ぼけて話しかけてるし……まさか、一緒《いっしょ》に暮らしたことある相手だったり……!?」

「アタシこの試合で勝ったらコイバナするって約束した。菓子《かし》と引き換《か》えだから協力ヨロ」

「えっ天才！」

女子が盛り上がっているが、男子はぴんとこないのか、気まずそうにしている。

ルティーヤは咳払《せきばら》いをした。

「そろそろだよ、おしゃべりやめて。初手ミスったら、それこそジル先生に吹《ふ》っ飛ばされる」

「あーそれ一番怖い。……勝てるかな」

「勝てなかったら、ジル先生が責任とるんでしょ」

ルティーヤのひとことに、皆《みな》が口をつぐんだ。

「ほらみたことかって、僕らみたいに笑われるだけだ。あのクソむかつくエリート共に」

「……それは……嫌《いや》だよな」

「負けるのは慣れてますけど……でもジル先生は……」

「嫌なら勝つしかない。簡単だよ」

言ってから、ルティーヤは苦笑《くしょう》する。簡単なわけがない。なのにすっかり、ここ二ヶ月であの無茶苦茶な先生に思考が影響《えいきょう》されてしまったらしい。

思考を遮《さえぎ》るように、ラッパの音が鳴り響く。忌々《いまいま》しい、始まりの合図。宣誓を終えたエリート様が、竜《りゅう》に乗って、えらそうにこちらを一斉《いっせい》に向いた。

そうだ、この状況《じょうきょう》なら正面から、小細工なしで、一斉に攻撃《こうげき》しにくるしかない。

自分たちを馬鹿《ばか》にするためだけの催《もよお》し。怖《こわ》くないなんて嘘《うそ》だ。でも、腹の底から声を出す。

「――行くぞ！　蒼竜学級、出陣！」

――勝ってこい！

自分たちなんかを信じて尻《しり》を叩《たた》き続けた、馬鹿な先生の期待に応《こた》えるために。

花火のように、対空魔術の魔法陣があがった。そうだ、とジルは拳を握る。隣《となり》で作戦を知らないロジャーが目を剝《む》いた。

「対空魔術⁉ 学生が⁉ ……いや、制御《せいぎょ》なんかできないだろう！ 魔力を無駄《むだ》に」

「いいんですよ、制御なんかできなくて！ いくら緑竜でも、竜に乗ってるほうによける力がないんですから——いけ！」

ジルの叫びと一緒に、散々ソテーに蹴《け》り回された生徒たちが陣地から飛び出た。対空魔術に対処できず、上空でおろおろしているだけの生徒を、竜を足場にして飛び移りながら次々殴《なぐ》り落としていく。ソテーが羽を広げて高らかに雄叫《おたけ》びをあげた。

「りゅ、竜じゃなく、乗ってる生徒を落とすために……足止めの対空魔術か……」

「竜に乗ってるだけの人間なんかただの的だ、ひるむな、叩き落とせ！ やれ、そこだ‼」

「ちょ、ジル先生、落ち着いて。そこの魔獣《まじゅう》も、静かに」

「うきゅ、うきゅきゅきゅー！」

ロジャーはおたおたしているが、周囲もどよめきと興奮でこちらなど見ていない。既《すで》に金竜学級の生徒は半分近く叩き落とされていた。ここまで作戦通りだ。

だが、対空魔術にひるまず飛ぶ竜の姿があった。ノインの竜だ。

ジルは舌打ちする。やはりノインは優秀《ゆうしゅう》だ。ただ竜に乗るだけではなく、きちんと手綱《たづな》を操《あやつ》れている。しかも何やら指示を出しているようだ。

（頑張れ、頑張れ……！）

ああ、自分があそこにいたら全部吹き飛ばしてやるのに。つい手を出したくなるけれど、それでは解決にならない。他人を信じなければ、まかせられなければ、育てられなければ、国を維持《いじ》することも守ることもできない。

今、ジルはそれを学んでいる——先生として、竜妃《りゅうひ》として。

「対空魔術は狙いをさだめられていない、落ち着け！　ぎりぎりまで竜で近づいて地上におるんだ！」

そのほうがいっそ、戦える。上空を旋回《せんかい》して叫びながら、ノインは唇《くちびる》を噛《か》んだ。

竜に乗れたら勝ちではない。当たり前だ。そんな単純なことにも気づかず、歩兵を用意しなかったせいで、大半の戦力をただの的にしてしまった。こちらだけ竜を使えるのは不公平だとか、笛で竜に乗るのが卑怯《ひきょう》だとか、そんなことどうでもよかったのだ。大事なのは、竜を使いこなせるかどうかだった。

対空魔術は、蒼竜学級の旗が立っている場所から放たれている。魔術の得意な生徒たちが協力して魔術を維持しているのだ。その周囲には当然、旗と魔術を守るための守衛部隊がいる。だが、竜を落とすため突撃《とつげき》してきたほうにも人数をさいているので、多くはない。

布陣を上空で確認《かくにん》したノインに気づいたルティーヤが、こちらを見た。視線が交わる。

指揮官の一瞬《いっしゅん》の判断が、勝敗を決める。

「対空魔術に惑《まど》わされるな！　地上部隊、突撃準備急げ！」

「前衛、戻《もど》れ！　対空魔術は結界に切り替《か》えろ、くるぞ！」

緑竜の炎《ほのお》が、たかが学生の結界に押し負けるはずがない。だが、ノインの指示で吐《は》き出された魔力を燃やす炎は、届かなかった。旗を中心に結界を張っているのはルティーヤだ。旗を、周囲の生徒たちを守る姿に、ノインは剣《けん》を引き抜《ぬ》いて、竜の鞍《くら》を蹴る。

「今だ、突撃！　旗を狙え！　ルティーヤは俺が引き受ける！」

「ノインは僕が相手をする、地上部隊を旗に近づけさせるな！」

ルティーヤが剣を抜いて、こちらに真っ向から突《つ》っ込んできた。なぜだかそれだけで、口角が持ち上がってしまう。

竜を捨てての泥沼《どろぬま》の地上戦だ。少しも優雅《ゆうが》ではない。だが、響《ひび》き合う剣戟《けんげき》は驚《おどろ》くほど澄《す》んでいた。手加減など必要ない、そう確信させる響きだ。

観客席から飛んでくる声援《せいえん》も、野次も、怒号《どごう》も、気にならない。

「やればできるじゃないか……！」

「上から目線かよ、胸《むな》クソ悪い！」

互《たが》いに悪態をつきながらも、戦況を把握《はあく》しようとしているのがわかる。やはり対空魔術は消耗《しょうもう》が激しいのだろう。竜に飛び乗り、生徒を落として回るというのも決して簡単なことではない。疲労《ひろう》が激しい蒼竜学級の円陣《えんじん》が崩《くず》れ始めた。

ルティーヤが振《ふ》り向こうとしたが、すかさず押しとどめる。

「行かせないぞ、これでお前を討《う》ち取れば、布陣《ふじん》は崩れる！」

交わった剣の向こうで、ルティーヤがいつもの憎《にく》たらしい笑《え》みを浮《う》かべた。

「――引っかかったな、エリート様」

上空を、大きな影が飛んでいった。まだ竜に乗っている生徒がいるのかと、ノインはつい視線を向けて、その竜が向かう先に瞠目《どうもく》する。

金竜学級の自陣だ。

乗っているのは、蒼竜学級の生徒。

ラ＝バイア士官学校の入学生は、優秀だ。竜に乗れる学生は毎年、何人か必ずいる。そう、乗るだけでいいなら、蒼竜学級にもひとりくらいまざっているだろう。

そして竜を止める術《すべ》を、金竜学級は学んだことなどない。

「しまっ……！」

「自陣から前に出すぎだ、エリート様！」

気を取られたノインがルティーヤの横払《よこばら》いの一撃《いちげき》に弾《はじ》き飛ばされるのと、竜から飛び降りた蒼竜学級の生徒が旗を倒《たお》すのは、同時だった。

まず訪《おとず》れたのは、静寂《せいじゃく》だ。興奮していた観客席も、水を打ったように静まり返って、現状を認識しようとする。

「……まさか、金竜学級が……」

「……。やった」

誰《だれ》かがつぶやく。金竜学級の生徒が呆然《ぼうぜん》と膝《ひざ》を突き、蒼竜学級の生徒が立ち上がる。ルティーヤが拳《こぶし》を握《にぎ》るのをノインは見た。

歓声《かんせい》が、破裂《はれつ》する。

「勝ったあぁぁぁぁぁぁぁ――――――――――!!」

どよめきの津波《つなみ》と一緒に、小さな先生が弾丸《だんがん》のようにルティーヤに両腕《りょううで》を広げて突っこんできた。受け止められるわけがなく、少々吹き飛ぶ形になって尻餅《しりもち》をつく。

「ちょっジル先生、な、なんだよまだ……」

「勝った、勝った、勝ったあぁぁぁぁ!」

「ゴゲエェェ――――!!」

「きゅうきゅうきゅうきゅう!」

ジルだけかと思ったらソテーとローまで飛びこんできた。そこら辺にいる蒼竜学級の生徒に抱《だ》きつきまくり、ソテーに至っては興奮してくまのぬいぐるみを振り回し始める。あまりの危険に、勝利の興奮も忘れて生徒たちが口々に叫《さけ》んだ。

「待てってソテー先生! くま先生は置いてくれよ、頼《たの》む!」

「ロー君も泣きやんで!! ロー君が泣くと竜がこっちにくるでしょ、なんでか!」

「ジル先生、ソテー先生止めてよ、勝っても死ぬとか御免《ごめん》――」

「よくやった、ルティーヤ!」

小さな先生の顔は、涙《なみだ》と鼻水でぐちゃぐちゃだった。お世辞にも綺麗《きれい》とは言えないのに、ルティーヤは視線を奪《うば》われてしまう。

「ほんと、よく……よくやった、指揮、ちゃんと……っ勝ったぁ、よかった……！」

顔をしわくちゃにして、小さな先生が首に抱きつく。息苦しいのは、腕《うで》にこめられた力が強いからだろうか。それとも。

「――何、その言い方。僕たちが勝つって信じてなかったってわけ？」

憎まれ口を叩きながら、今更《いまさら》気づく。この先生はずっと不安だったのだ。

それはそうだ、自分たちなんかに勝敗を託《たく》して――でもルティーヤが腕を回せばすっぽり抱きしめてしまえる、こんな小さくて細い背中を、決してまげなかった。

「信じてた！　信じてたけど、でも……っ」

背中に腕を回すか迷っていたら、頭を押さえられて、額に口づけられていた。

「よくやった！　お前はわたしの誇《ほこ》りだ」

弾《はじ》けるような笑顔に、ルティーヤの呼吸が、心臓が、一瞬だけ止まった。

本人は満足したようで、別の近くにいる生徒に飛びつきにいく。ルティーヤが呼吸を思い出したときには、男女かまわず生徒たちに勝利の口づけを降らせていた。

ただの社交辞令みたいなものだ。額に手を当てて落ち着けと深呼吸を繰《く》り返す。そこに人影《ひとかげ》がかかった。ノインだ。

「――いい先生だな。うらやましいよ」

嫌《いや》みかと思ったが、穏《おだ》やかな口調とは裏腹のノインの震《ふる》える口元に、口を閉《と》ざす。

「悔《くや》しい。負けると思わなかった。……自分の馬鹿《ばか》さ加減に笑いたくなる。金竜学級は、どうなるんだろう」

そんなこと知るか。散々、こっちを馬鹿にしておいて——そう言ってやりたい。でも、ルティーヤは知っている。ノインは決して自分たちを溝鼠《どぶねずみ》と呼ばなかったこと。少なからず、そういう生徒が金竜学級にも紫竜学級にもいたこと。

でも、自分たちはあまりに無力だ。

『——今の試合は無効である！　蒼竜学級は不正をした！』

高みの見物を決めている観客席の拡声器から、校長の声が響いた。ざわめきが広がるが、これだけ観客がいては無理な主張だ。怒《いか》りでついにヤキが回ったかと、ルティーヤは笑おうとして、顔色を変えたノインに突然《とつぜん》引っ張り上げられる。文句を言おうとしたら、その背後を乗り手をなくした緑竜の爪《つめ》が切り裂《さ》いていった。

「なっ……なんで竜が……」

まさか。ルティーヤは、観客席にいる大人たちを見あげた。逆転勝利の熱気に押されて聞こえなかったかすかな音が、ようやく聞こえてきた。この音を、ルティーヤは知っている。

(まさか……黒竜の鳴き声がないと未完成だから使わないって、マイナード兄上は)

疑問は竜たちの咆哮《ほうこう》に、羽ばたきに、かき消された。ゆらりと立ち上がった正面の竜にあとずさりながら、隣《となり》のノインが生徒たちを振り向く。

「——逃《に》げろ、竜が襲《おそ》ってくる！」

「なん、なんでだ!?　どうして」

『ルティーヤ殿下《でんか》の仕業《しわざ》だ!!　勝つために竜を操《あやつ》り、今、我《われ》らを襲おうとしている！』

一瞬足が止まった。どさくさに紛《まぎ》れて言い放つ校長に反論する前に、竜の気配もかすむような恐《おそ》ろしい魔力《まりよく》の気配に、思考より先に体がこわばった。

恐怖《きようふ》が具現化したように、会場の一部が魔力で吹《ふ》き飛んだ。

竜たちが一斉《いつせい》に飛び上がり、観客席を攻撃《こうげき》し出す。炎を吐き、客席を踏《ふ》み潰《つぶ》す。生徒に襲いかかる竜もいた。悲鳴と怒号があがり、ラーヴェ帝国《ていこく》軍たちがなだれ込んできた。観客に、生徒たちに刃《やいば》が向けられる。

「ラーヴェ帝国軍!?　なんで俺たちを！」

「ルティーヤ殿下の指示か!?　正体を現したな、本国め！」

『ここはライカ大公国が誇る士官学校！　子どもたちに刃を向ける本国の横暴など、断じて許さない！　たとえ竜相手でもだ！』

大きな声を張り上げ、校長がとどめとばかりに叫んだ。

『蜂起《ほうき》せよ、ライカの民《たみ》たち！　首謀者《しゆぼうしや》のルティーヤを捕《と》らえ、子どもたちを守るのだ！』

士官学校の警備兵たちが、校長に心酔《しんすい》している生徒たちが、剣《けん》を抜《ぬ》いた。攻《せ》めこんでくるラーヴェ帝国軍たちに斬《き》りかかっていき、取り残された生徒たちが立ち尽《つ》くす。ノインが、ルティーヤを振り返った。

「ど、どういうことなんだこれは。ほんとに、君が……!?」

答えず、ルティーヤは口元だけで笑う。

(そういう、ことかよ)

わかっていたじゃないか。大人たちは簡単に踏み潰す。自分たちのささやかな抵抗《ていこう》も、矜持《きょうじ》も、お前たちのためだ、大人になればわかると、平気でなかったことにして。

崖《がけ》の一部が大きく爆発《ばくはつ》し、崩れ落ちた。一番大きな出口がふさがれる。

標的が学生だからだなと冷静に観察した。ラーヴェ皇族の指示でラーヴェ帝国軍と竜が学生たちを襲撃《しゅうげき》したとなれば、穏健《おんけん》派だったライカ人も義憤《ぎふん》に駆《か》られ、蜂起するだろう。自分たちは、お涙頂戴《なみだちょうだい》の犠牲《ぎせい》だ。

竜の暴走はグンターが操竜笛を使ったせいだ。だが禁忌《きんき》の研究を本国は闇《やみ》に葬《ほうむ》ろうとするだろう。それを逆手に取ったのだ。襲ってきているラーヴェ帝国軍だって、本物かどうかわからない。

(全部踊《おど》らされてるとも知らずに、馬鹿じゃないの。全員死ねよ。ざまあみろ)

そんなふうに思う自分もきっと、ろくでもない大人に片足を突《つ》っこみかけている。

「──蒼竜学級、立て！　ルティーヤがそんなことするわけがないだろう！」

そんなルティーヤを叱咤《しった》するような強い声があがった。

会場が爆発する音にもひるまず兵士を蹴《け》り飛ばし、小さな先生が叫ぶ。

「これは罠《わな》だ、ルティーヤを始末したい誰かの！」

「ふ、ふざけるな、ルティーヤの奴《やつ》が首謀《しゅぼう》だって校長先生が今、言ったじゃないか！」

「こっちを妬《ねた》んだ溝鼠どもの仕業だろ！　わ、わかってるんだからな！」

「ルティーヤに竜を動かす力があったら、あんな策も指揮もいらなかっただろう！」

はっと金竜学級の生徒の何人かが顔をあげた。

「ラーヴェ軍を動かせる権力があるなら、そもそもここにいない――違《ちが》うか!?」

誰かが、立ち上がる。蒼竜学級の生徒たちが、武器をかまえた。

「おかしいんだ、何かが！　それを自分の頭で考えろ！　ソテー、行け！」

高らかに鳴いた鶏《にわとり》が、呆然としている生徒の尻《しり》を蹴り飛ばして集め出した。ついでになだれ込んできた兵士たちの一団にくまのぬいぐるみを放《ほう》り投げる。

だが別方向からさらに兵士が駆け込んでくる。上にはまるで獲物《えもの》を狙《ねら》うように竜がぐるぐる飛び交《か》っている。疑心暗鬼《ぎしんあんき》に駆られた一部の生徒は、こちらに剣を向けたままだ。

「そ、そんなこと言われたって――っどうしたらいいんだよ、いったい！」

戦えない生徒を代弁するような誰かの叫びを、迷いを、すべて晴らす魔力の光が空に弾ける。正しさはここにあると示すように、小さな背中が上空で剣を掲《かか》げる。

「なら、わたしを信じろ。わたしはお前たちの先生だ！」

誰《だれ》もが目を奪われる強い光が、空に輝《かがや》いて道を示す。

「ラーヴェ帝国？　ライカ大公国？　そんなもの関係あるか！　ここはお前たちの学校だ、大人たちにいいように利用されるな！」

その叫びは、わけのわからないこの状況《じょうきょう》だからこそ、生徒たちに希望を与《あた》えた。どちらに向けるべきかわからない剣の矛先《ほこさき》を、きちんとさだめてくれる。

震える足で、もう一度、立ち上がらせてくれる。

「蒼竜、金竜、紫竜、全員わたしに続け！　わたしはお前たちを死なせない！」

誰ともなく、雄叫《おたけ》びがあがった。それが、自分たちの答えだ。

「ルティーヤ、ノイン。撤退《てったい》の指揮をとれ、お前たちならできる」

ジルが振《ふ》り向かずそう言った。泣き出しそうな顔をしていたノインが、喉《のど》を鳴らす。ルティーヤは拳《こぶし》を握《にぎ》り、声を張り上げた。泣いている暇《ひま》なんてない。

「逃げるのは得意だよ。蒼竜学級、僕たちが先導だ！　エリート様に逃げ道を教えてやれ！」

「金竜学級、紫竜学級をまとめろ！　撤退するぞ、蒼竜学級に後《おく》れを取るな！」


ローが突然耳をふさいだと思ったら、竜たちが豹変《ひょうへん》して人間に襲いかかり始めた。ラーヴェ帝国軍の、ルティーヤの仕業だという。わけがわからない。

だが、こんな馬鹿な話があるか。ジルは拳を振るいながら周囲を見回す。

(対抗戦《たいこうせん》が終わって、これからってときになんだ！)

幸いなのは、一部とはいえ、生徒たちが動いてくれたことだ。特にノイン——金竜学級の学級長が協力してくれているのは有り難《がた》い。迷っていた生徒が、流されてついてくる。

だが、襲撃の手際《てぎわ》がよすぎる。前々から仕組まれていたと考えたほうがいい。となると、長期戦は不利だ。

「ジル先生、観客席下の控《ひか》えの間、あきました！」

「敵の気配、ありません！」

「よし、いったんそこに避難《ひなん》しろ！　負傷者からだ、戦える者は布陣《ふじん》を崩《くず》すな！」

目の前の恐怖から逃げるためだろう、前に出てしまう生徒たちが多い。初めての実戦で気が昂《たか》ぶっているのだ。こちらに滑空《かっくう》してきた竜を一頭投げ飛ばし、ジルは叫《さけ》ぶ。

「いいか、絶対にわたしより前に出るな！　防衛に専念しろ！」

「で、でも、案外、楽勝っぽくない？　竜も、なんか、統率《とうそつ》とれてないし」

興奮で声をうわずらせながら、蒼竜学級の生徒が進言する。

確かに、竜の動きは手当たり次第《しだい》暴れているという感じだ。だが、そもそもローがいるのにこちらを攻撃してくるという異常事態だ。ローも、ジルが背負った鞄《かばん》の中から出てこない。

それに、最初の爆発が起こる一瞬《いっしゅん》前に感知した、あの巨大《きょだい》な魔力の気配。

「油断するな。大物がいる。感じなかったか？　ものすごい魔力」

「――っで、でも、ジル先生なら」

「あれは、わたしでも勝てるか自信がない」

ぎょっと生徒たちが顔色を変えた。ジルは冷静に言い聞かせる。

「今はなりを潜《ひそ》めているみたいだが、お前たちは絶対に手を出すなよ」

「そ、そりゃもちろん……！　で、でもジル先生がかなわないなんて……」

「ほんとに……？　そ、そいつ、人間なのか……？」

「失礼だな。案外いるぞ、わたしより強い人間は。世界は広いんだ」

そういえば、ハディスはどうしているだろう。この混乱、正体がばれたら大事だ。ラーヴェがついているし、逃げ足は速いから大丈夫《だいじょうぶ》だと思うが、それでも不安はある。今のローに連絡《れんらく》を頼《たの》むわけにもいかないのが、もどかしい。

生徒たちの安全を早々に確保したら、すぐさがしに行かねばならない。ハディスの判断が必要だ。敵はルティーヤに濡《ぬ》れ衣《ぎぬ》を着せ、ライカ大公国を蜂起させようとしている。

要は、反乱をたくらんでいるのだ。

グンターの叫びをいったいどれだけの人間が信じるかはわからない。だが、ラーヴェ帝国に対する不満の火種がくすぶっている現状だ。竜《りゅう》に襲われ学生が犠牲になったという状況だけで、一気に爆発してもおかしくない。

それだけではない。いったい竜はどうなっているのか。件《くだん》の笛の効果だとしたら、誰がどれくらいの規模でやったことなのか。グンターの近くにはマイナードもいたはずだ。彼もどうなったのか――情報がたりない。

だが今は、生徒たちを守るのが最優先だ。特にルティーヤは、絶対に敵の手に渡《わた》すわけにはいかない。ラーヴェ皇族が殺されれば、ハディスはライカを攻める判断を迫《せま》られる。

「先生、敵が引き始めた！」

「罠の可能性がある、深追いするな！　まずは撤退――！」

生徒たちの浮《う》かれ具合を、一閃《いっせん》が吹《ふ》き飛ばした。

竜の攻撃《こうげき》も何も、比較《ひかく》にならない勢いだ。線引きをするように地面が一直線にえぐれ、土煙《つちけむり》があがる。衝撃波《しょうげきは》を結界でふせいだジルは、煙の中にあるひとつの影《かげ》に息を止めた。

(こいつだ)

兵士たちがさがったのは、こいつの攻撃に巻きこまれないためだ。

「な、なん、なんだ、今の……っ魔力《まりょく》……!?」

「じ、地面が、われて」

脅《おび》えた生徒たちが声をあげる。腰《こし》を抜かしている者もいた。今ので一気に士気を挫《くじ》かれたのだ。ジルは舌打ちする。

「わたしが相手をする。その間に全員、避難しろ」

「へえ？　僕の相手を、君がね」

その声に、ジルの背が凍《こお》り付いた。

あがった煙が少しずつ晴れていく。竜が上空からおりてこない。暴走が止まったからではない。おそらく本能的な恐怖《きょうふ》からだ。かなわない、さからってはいけないという本能。

それは正しい。

「ここは僕が引き受けるよ。――全員、さがれ」

何か肩書《かたが》きを持っているわけでもなかろうに、当然のように命令する。そして敵でさえ、これ幸いとばかりに逃《に》げていく、その強さ。

とんでもない大物がいると警戒《けいかい》していた。その答えが、大きく吹いた風であらわになる。

「驚《おどろ》きで声も出ないかな？　でも僕には予感があったよ。解放軍に入ると決めたときから。敵同士になるかもって……こんな悲しい再会はしたくなかったな」

艶《つや》やかな黒髪《くろかみ》をゆらし、金の瞳《ひとみ》を長い睫《まつげ》でけぶらせる。物憂《ものう》げな様子が大変美しく様になっていた。すらりと引き抜《ぬ》かれた剣先《けんさき》が、青空にきらめく。

「さあ、お相手願おう。紫水晶《むらさきずいしょう》の目をした先生」

二ヶ月ぶりに再会した夫が、無駄《むだ》にかっこよく笑う。ぶちっと血管が切れる音がした。

「お前かぁぁぁぁぁぁ――――――――――――――――!!」

世界は広い。だが、世間は狭《せま》かった。

第五章 ⚜ 若き竜たちの反抗

ハディス・テオス・ラーヴェは強い。それをジルは疑ったことがない。かつての未来で十分に思い知ったことだ。何度、戦場でからかうように弄《もてあそ》ばれたことか。

だがまさか、今世でも思い知るとは思わなかった。

上から落ちてきた一撃《いちげき》を受け止めきれず、そのまま地面まで落ちて着地で衝撃《しょうげき》を流す。すぐさま顔をあげたが、そのときには横からの一閃が飛んできていた。ぎりぎり長剣《ちょうけん》でふせぐのは間に合ったが、そのまま横に吹っ飛ばされてしまった。

(くそ、天剣でもないのにこの威力《いりょく》！　微妙《びみょう》に手加減されてるのにも腹が立つ！)

「ジ……っジル先生！」

「ま、魔術部隊、照準合わせろ！　足止めだけでもするんだ！」

「駄目《だめ》だ、手を出すな！」

ハディスが生徒たちを一瞥《いちべつ》したのを見て、叫ぶ。ハディスが片頬《かたほお》をゆがませた。

「慕《した》われてるね、ジル先生」

含《ふく》みのある声と一緒《いっしょ》に落ちてきた一撃は、受け止められた。やっぱり手加減されている。

「なんの、つもりですか、陛下……！　っ説明、してください！」

打ち返したジルの剣を軽く受け流して、ハディスがわざとらしく目を大きく見開いた。

「説明？　どうして？　僕は君なんか知らないよ」

「はあ⁉　妻の顔を知らないなんて、それでも夫か！」

「妻？　妹といったいどうやって結婚《けっこん》するのかな？」

冷ややかに言われ、はっとした。いつだったか、ハディスを兄扱《あつか》いした覚えがある。

「――まさかそれが原因⁉　馬鹿《ばか》ですか⁉」

「ああそう、開き直るんだ。じゃあやっぱり他人じゃないかな？」

しまったと思ったら、もう一度、上からの一撃がきていた。両手で長剣を支え、魔力を全開まであげる。足場が円形に沈《しず》み、周囲に魔力が奔《はし》った。

だが、片手で剣を振《ふ》り下ろしたハディスはすまし顔だ。

「強いね、さすがジル先生」

いちいち癇《かん》に障《さわ》る言い方だ。おとなしく待ってくれていると思っていたが、ずっとすねていたというわけか。だから、弁当を渡しにもこなかった。そして妻の知らぬ間にあやしげな連中と付き合うようになった。なるほど、理解したくない。

「しっ……嫉妬《しっと》も、ここまでくると、可愛《かわい》くないですよ……！」

ふんとハディスが鼻を鳴らす音が聞こえた。両足を踏《ふ》ん張って、怒鳴《どな》り返す。

「また踏まれたいか、馬鹿夫！　わたしは絶対、お前と離婚《りこん》なんかしないからな！」

「――君たちが逃げようとしてる控《ひか》えの間の下に、隠《かく》し通路がある。片づけはすんでるよ」

ばちばち奔る魔力の火花に照らされてハディスの表情はよく見えなかった。

「通路は校舎までつながってる。籠城《ろうじょう》か逃亡《とうぼう》かはまかせるよ。僕は竜をおかしくしてる原因をさぐる。さすがに学生が全員殺されると寝覚《ねざ》めも悪いしね。というわけでせいぜい、僕じゃなく生徒たちを守ってあげれば？」

「まだ言うか、ほんと、嫉妬すると可愛くない男だな……っ！」

「知ってた？　僕は意外とできる男なんだよ」

ふっと両手にかかる重さがなくなったと思ったら、魔力の衝撃波がきた。

「僕の心配はいらないからね、ジル先生」

上空に吹っ飛ばされたジルとは真逆の方向に、ハディスが踵《きびす》を返す。空中で回転して地面に着地したときには、もう目の前には誰《だれ》もいなかった。ハディスと戦っている間に、敵も自主撤《てっ》退《たい》している。

一時的にだが、助かったということになる。少しも嬉《うれ》しくないし、安心もできないが。

「ジル先生！　よかった、なんだったんだよ、あいつ……」

「どこも怪我《けが》してない⁉　大丈夫《だいじょうぶ》⁉」

「……ああ、大丈夫だ。今のうちにわたしたちも撤退しよう……」

「先生？　どうしたの、なんか様子がいつもと違《ちが》うんだけど……」

「……その部屋の下に、校舎につながる隠し通路があるらしい。さがしてくれ」

えっと生徒たちが顔を見合わせる。すぐさまノインが中に入り、皆《みな》で床《ゆか》を調べてみれば、すぐに見つかった。魔力に反応する隠し扉《とびら》だ。

そして地下に続いている階段には、気絶した兵士たちが縛《しば》りあげられていた。

「な、なんだこれ。こいつら、さっきの奴《やつ》らの仲間だよな？　仲間割れでもしたのか？」

「ジル先生じゃないよな？　なんかさっきから様子があやしいんだけど」

疑《うたぐ》り深いルティーヤの眼差《まなざ》しに、ジルは力なく笑《え》んだ。

「……お前は素直《すなお》ないい子だよ、ルティーヤ……」

「はあ？　なんだよ、いったい僕のどこを見れば素直ないい子になるわけ？」

「本当にひねくれてる奴は、自分は素直ないい子だって顔で好き放題する。そして結果の帳尻《ちょうじり》だけ合わせて、勝ち誇《ほこ》って鼻で笑うんだ……！」

思い出したら殴《なぐ》りたくなってきた。だが今はハディスの誘導《ゆうどう》にのるしかない。

「全員、今のうちに校舎に移動するぞ。何をするにも態勢を整えてからだ」

「でも先生。追っ手とか、この先だって待ち伏《ぶ》せとか……」

「いや、ない。あってもわたしが対処できる範囲《はんい》だ」

できる男とやらの仕事ぶりをみせてもらおうじゃないか。

できてなかったらまた力一杯《ちからいっぱい》踏《ふ》んでやると、ジルは足を踏み出した。


今回、ロジャーからハディスに内偵《ないてい》として与《あた》えられた役割は『ラーヴェ帝国《ていこく》軍に扮《ふん》した解放軍の中にまざって様子見』だ。まだ仲間になったばかりの人物に重要な役割を与えないのは当たり前だが、正直、意外だった。ロジャーはハディスの強さを見抜《みぬ》いている節があるのに、ただ眺《なが》めていろとは。

（おかげで自由に動けるけど……違和感《いわかん》だらけだな）

避難《ひなん》する人混《ひとご》みに紛《まぎ》れて、周囲をうかがう。無残に壊《こわ》された校舎や竜《りゅう》が飛び交《か》う空に脅《おび》える観客や住民たちを、士官学校の教官たちが「我々《われわれ》は解放軍」「ルティーヤ殿下《でんか》の命令でラーヴェ帝国軍が攻《せ》めてきた」と喧伝《けんでん》しながら避難誘導《ゆうどう》していた。

今回、前座の金竜学級の勝利に勢いをつけ、ラーヴェ帝国軍に扮して士官学校に潜《もぐ》り込んだ仲間たちと共に、ラーヴェ帝国への蜂起《ほうき》を表明するのが解放軍の計画だと聞いた。マイナード宰相《さいしょう》を捕《と》らえる過激派もいるかもしれないと、ロジャーはずいぶん警戒していた。

それがふたをあけてみれば、狙《ねら》われているのはルティーヤで、この騒《さわ》ぎだ。

蒼竜学級の勝利で段取りが崩《くず》れたとしても、こんなに都合よく『突然《とつぜん》学生たちを襲撃《しゅうげき》するラーヴェ帝国軍』と『学生と観客を守るため蜂起する解放軍』が現れるわけがない。

（最初からラーヴェ軍に扮して学生を襲《おそ》い、それを大義名分にして蜂起する計画だった。つまり内偵たちは、偽《にせ》情報をつかまされた）

おそらく内偵は、グンター側に露見《ろけん》している。

何より、さっきから耳障りなこの音。この音のせいで、ローはおろかラーヴェの声さえ竜に届かない。その加護を一身に受けているハディスも、肌《はだ》がちりちりして不快だ。離《はな》れすぎるとラーヴェともうまく意思疎通《いしそつう》ができなくなる。

あの忌々《いまいま》しい女神《めがみ》が耳元で歌っているような、この感覚。

(ひょっとしてクレイトスが噛《か》んでるのか？　気持ち悪い)

「ハディス、こい！　やっと見つかったっぽいぞ、操竜笛」

ロジャーにつかせていたラーヴェが、上空からこちらを見つけるなり滑空《かっくう》してきて、ハディスの肩《かた》に乗る。

「ただ、グンターに潜入《せんにゅう》が読まれてたみたいで、戦闘《せんとう》になってる」

まあ、そうなるだろう。嘆息《たんそく》したハディスはラーヴェが示す先に転移する。わかりやすく権《けん》威《い》を示す、士官学校の最上階だ。

赤い絨毯《じゅうたん》が敷《し》き詰《つ》められた廊下《ろうか》は、まるでどこかの貴族の屋敷《やしき》のようだった。

「静かだな」

つぶやいてから、稲妻《いなずま》のように奔った魔力《まりょく》に顔をあげた。ラーヴェがするりとハディスの体の中に入る。

校長室の扉が内側から爆発《ばくはつ》した。煙《けむり》と一緒に、酒場で見知った顔の男が吹《ふ》き飛ばされて廊下に転がる。

「なぜ理解しない、ロジャー！」

「操竜笛はこんなことのために始まった研究じゃないからだよ！」

剣戟《けんげき》の音と、鋭《するど》く的確な魔力の爆発。腰《こし》に佩《は》いた剣の柄《つか》に手をそえたまま、ハディスは廊下に充満《じゅうまん》した煙の中で目を細める。勝てないと判断したのか、舌打ちしてハディスのそばを駆《か》け抜《ぬ》けていった男も、酒場で見た顔だ。

姿勢を低くしたロジャーが廊下を蹴《け》り、逃《に》げ出した男の背を斬《き》り伏《ふ》せる。それが最後のひとりだったらしい。静かになった。

「なんだ、きてたのかハディス。そりゃあそうか、、、」

飄々《ひょうひょう》とロジャーが振り向いた。だがあちこちが赤くにじんでいる。他人の血か自分の血かわからないものを頬から汗《あせ》のように落として、ロジャーが笑った。

「いやあまいったよ。内偵全員、操竜笛の独占《どくせん》が狙いだったとは。グンターとも一部、つながってたらしい」

半壊《はんかい》した扉の中をちらと見ると、数名が倒《たお》れている。酒場で見かけた顔ばかりだ。

「全員、裏切ってたってこと？」

「みたいだ。その兆候はあったけどな。俺の悪い癖《くせ》だ。できるだけ他人を信じてたくてな」

「なら結局、操竜笛とかいうのは？　手に入ったの？」

「……。お前さんもラーヴェ帝国を滅《ほろ》ぼしたい反乱賛成派か、ハディス」

血のついた剣先を、ためすように突《つ》きつけられた。ハディスは問い返す。

「そうだ、と言ったら？」

問いかけておきながら、ロジャーは目を丸くした。

「……いやぁ、冗談《じょうだん》で聞いたつもりだったんだが」

「ラーヴェ帝国を滅ぼしたい。ラーヴェ皇族なんて間違《まちが》ってる——僕が、そう言ったら？」

笑ってごまかそうとしていたロジャーが、きつく唇《くちびる》を引き結んだ。いつも穏《おだ》やかな瞳《ひとみ》のその奥に、不信と疑惑《ぎわく》の光が宿る。それを冷ややかにハディスは見返した。

「僕にそう問うお前こそ、何者だ」

剣先がさがった。剣と手の血を振《ふ》り払《はら》い、鞘《さや》におさめてロジャーが苦笑いを浮《う》かべる。

「……言っただろ。冗談だよ。操竜笛はちゃんと見つかった。こっちだ」

ロジャーが踵を返し、校長室に戻《もど》る。そして、窓際《まどぎわ》にある豪華《ごうか》な机に手を突いた。瞬間《しゅんかん》、飴《あめ》色《いろ》の机が魔力を帯びて輝《かがや》き出し、そこから部屋全体を魔力の線が走っていく。

「ちょうど部屋の真上にある鐘楼《しょうろう》につながってる。予鈴《よれい》が鳴るところだな。この机は起動装置ってわけだ。魔力を送って、起動する。——これで音はやんだはずだ」

手を離して、ロジャーがこんと机を指で叩《たた》く。

「なかなか見つからないわけだよ。校長室が笛になってるだなんてな」

「魔力で奏《かな》でる、巨大《きょだい》なオルゴールみたいなものか。持ち運びはできなそうだけど」

「ところがどっこい、ほれ。グンターが燃やそうとしてた資料だ」

机や床に散らばっている書類の束を差し出された。そこには校舎の最上階と鐘楼の図と、簡単な説明が書かれていた。書類をいくつか受け取り、ハディスは説明を読み上げる。

「士官学校のものは試作品……小型化と魔術による効果増幅《ぞうふく》のため、研究は引き渡《わた》し済み。士官学校では今後、完成に向け大量の竜の鳴き声を採集すること……特に黒竜の鳴き声は必須《ひっす》」

士官学校は学生育成のため、ラーヴェ帝国からの竜の支給がある。竜には困らない。

「研究そのものは、もう他《ほか》に渡ってるな」

「ああ。で、これが最悪のやつだ」

ロジャーが半分燃えてしまっている羊皮紙の書簡を広げる。残っているのは、上半分だけだ。日付は、四ヶ月ほど前。差出人はわからないが、宛先《あてさき》はわかる。

「……マイナード宰相《さいしょう》宛か。竜のオルゴールの納品について」

婉曲《えんきょく》な言い回しをしているが、何を示しているかはあきらかだ。ハディスは即断《そくだん》した。

「だまされたな。マイナードはもう手に入れている。操竜笛《オルゴール》を」

ロジャーは士官学校にある操竜笛を、ラーヴェ帝国に提出する証拠《しょうこ》品としてマイナードに届けるために動いていた。だがこの手紙によれば、半年も前にマイナードは実物かそれに近いものを受け取っている。なのに証拠はないとさがさせた――あからさまな時間稼《かせ》ぎだ。

「マイナードは黒だ。なんならグンターともつながってる可能性が高い」

マイナードはなんだかんだ理由をつけて、グンターの動きを止めようとはしなかった。本国に報告がこないのも、マイナード本人に叛意《はんい》があるなら当然だ。

「……そうとは限らない。マイナードは怪我《けが》をして市庁舎に運びこまれたってさっき聞いた」

「それはさっき裏切った奴《やつ》らの情報だろう。それを信じるのか？　内偵がばれていたことも、マイナードの命令で作った内偵部隊がこのざまでお前ひとりしか残らなかったことも、マイナードが黒というだけで説明がつくじゃないか」

床《ゆか》にしゃがんで額に拳《こぶし》を当てているロジャーが、立ち上がって、笑った。

「すまんな。マイナードに会ってからだ。俺は信じたくないんだ。……よりによってあいつがこの研究を、そんなふうに使うなんて信じたくない」

「ひょっとしてこの研究の関係者なのか、お前は」

少しもそうは見えないが、研究者なのかもしれない。だがロジャーはなぜか目を細め、視線を落としてから、明るく笑った。

「違《ちが》う。俺は、竜《りゅう》と意思疎通を図《はか》る研究を最初に推進した奴から、頼《たの》まれたんだ。悪用されないようにって……だから、止めたいんだよ。もう遅《おそ》いかもしれんが」

「ふうん。それって恋人《こいびと》？　それとも友人？　あるいは家族か」

「俺に興味津々《きょうみしんしん》だねえ。でもないしょー」

「ふざけるな殺されたいか」

「アルノルト」

聞き覚えのある名前に、瞠目《どうもく》した。ハディスと目を合わさず、ロジャーは続ける。

「アルノルト・テオス・ラーヴェ。竜と人間が互《たが》いを尊重できるよう、竜との意思疎通を図る研究を提案したお人だよ。十年も前の話だけどな。できた皇子でなあ。知ってるか？」

「……名前は、知ってる」

「なら話が早い。人間が信じなくても竜が証明してくれれば、竜帝《りゅうてい》を迎《むか》えられるんじゃないかって政治的意図から始まった研究だ。でも不都合な奴らもいたんだろう。ラーヴェでは結局研究できず、巡《めぐ》り巡って、今、こんな形になっちまった。あんまりじゃないか」

そう言ってロジャーは迷いのない足取りで部屋を出ていった。ひとりで市庁舎に行くつもりだろう。取り残されたハディスに、ラーヴェが慎重《しんちょう》な声をかける。

『どうする。ラーヴェ帝国に戻ってお前が動かないと、そろそろ手遅《ておく》れになるぞ』

「でも竜が使える状況《じょうきょう》じゃない。手遅れというならもう手遅れだ。ここで終わらせる努力をしたほうがいい。それに……」

――止めたいんだよ。

諦《あきら》めたように、でも希望を捨てようとしない横顔が妙《みょう》に引っかかる。しかもアルノルトという名前を出すとは。

大股《おおまた》歩きでロジャーの背中を追おうと廊下に出て、耳を覆《おお》った。笛の音だ、とわかったのはラーヴェが叫《さけ》んだからだ。

『止めたんじゃなかったのか、どこからだよ!?　さっきとは段違《だんち》い――っ！』

答えるように校舎の壁《かべ》が竜の羽ばたきで吹き飛ばされた。校長室の操竜笛は壊《こわ》れただろうが、竜は攻撃《こうげき》をやめない。赤竜を先頭とした複数の竜はあきらかにロジャーを見据《みす》えている。

ロジャーは身構えたが、赤竜を含め複《ふく》数をこんな狭《せま》い足場で相手にするのは無茶だ。事実、咄嗟《とっさ》にロジャーが放った魔力《まりょく》込みの一閃《いっせん》は竜の炎《ほのお》に霧散《むさん》して、足場を崩《くず》しにかかられた。

廊下《ろうか》を蹴ったハディスは、ロジャーの腕《うで》を取って隅《すみ》まで逃げた。かすった竜の爪《つめ》が、服の裾《すそ》を破る。ロジャーが目を見開いた。

「放せ！　俺は大丈夫《だいじょうぶ》だ、お前は——」

「黙《だま》れ」

この竜たちは正気ではない。ハディスを竜帝だと認識《にんしき》しない。命令はきかない。

だが、わかるはずだ——どちらが強者なのかくらいは、本能で。

「引け」

金色の瞳に見据《みす》えられ、竜たちがたじろぐ。それで少し気を抜いたからだろう。糸のように合間を縫《ぬ》って正確に向かってくる、並の結界ではふせげない魔力の感知が遅《おく》れた。

(狙撃《そげき》!?　まさかこの竜の襲撃《しゅうげき》は囮《おとり》——)

だが、致命傷《ちめいしょう》はさけられる。かするだけですむはずだった。

ロジャーが、飛び出してきたりしなければ。

ハディスの頰《ほお》を、赤い粒《つぶ》がかすめていく。少しでも威力《いりょく》を落とすために張った結界が貫《つらぬ》かれた音に、竜たちが驚《おどろ》いて羽ばたき逃げていった。

「……無事、だな」

見開いた瞳の中で、ロジャーが所在なさそうに笑う。頽《くずお》れた体を抱《だ》いて、ハディスは舌打ちした。ロジャーを背負い、崩れた壁から校舎の外へと一気に飛び降りる。限界ぎりぎりまでハディスに気づかせなかったような狙撃手だ。まだ狙《ねら》っていないとも限らない。

「お前、馬鹿《ばか》か。僕ならよけられたし、平気だった！」

「……だろうなあ……はは……でも、かばっちゃった……」

ロジャーの声が弱々しいことに焦《あせ》りが浮かぶ。

地面に着地したところで周囲を見回したが、狙撃がくる気配はない。居場所が見破られるのを警戒《けいかい》してだろう。とりあえず茂《しげ》みにロジャーの体を突っ込んで、傷口を見る。脇腹《わきばら》のあたりだ。綺麗《きれい》に弾《たま》は貫通《かんつう》しているようだが、魔力の込められた弾丸《だんがん》だった。ロジャーなら内臓を攻撃されないよう自分の魔力で防げるはずだが、その分体力が削《けず》られる。血も失い続けている。

「おい、しっかりしろ。お前、僕が竜帝だって気づいてるんだろう！」

「……ああ、うん……途中《とちゅう》から、そうかなあ、とは……」

「どうしてだ。アルノルトやマイナードと、お前はどういう関係なんだ。ちゃんと説明もせずに戦線離脱《りだつ》とか、ふざけるな！」

血を止めるため、ロジャーの上着を取りあげた。呼吸が浅い。

「もし、グンターとマイナードが、手を、組んでたら……このまま、ラーヴェに攻《せ》めこんでもおかしく、ない……お前さんに、気づかれたのかもなぁ……」

ありえる。さっきの狙撃手は、あきらかにハディスを狙っていた。

「……マイナードには、黙ってたんだが……逆に、中途半端《ちゅうとはんぱ》で疑われたか、な……」

自嘲《じちょう》気味につぶやいたあとで、ロジャーがハディスの肩を握《にぎ》った。

「ハディス……いいか、よく聞け。もし……もしマイナードが手遅れだったら……止められそうにないとなったら……俺の首を、持っていけ。反乱の証拠くらいには、使える……」

上着を包帯代わりに傷口を縛《しば》っていたハディスは、つい手を止めた。

「エリンツィアなら……きっと顔を覚えてる……ヴィッセルや、リステアードは……はは、どうかなあ……七年は、長いからなぁ……」

「お前……」

「……大きくなったな、ハディス」

両目を見開いたハディスに微笑《ほほえ》んで、ロジャーが目を閉じる。ラーヴェが慌《あわ》てだした。

『ハディス！　こいつ、大丈夫なのか』

「心臓は動いてるよ。気絶しただけだ……けど……」

唇《くちびる》を嚙《か》んだハディスの頭上を、竜たちが並んで羽ばたいていった。校舎を見張るようにぐるぐる回っている。見つかればまた攻撃してくるかもしれない。

ライカ大公国の反乱をつぶすのは簡単だ。だが、竜の研究を出回らせるわけにはいかない。一歩間《ま》違《ちが》えれば、理《ことわり》をまげる研究だ。それがクレイトスの手に渡《わた》りでもしたら。

(そうなれば、ラーヴェがどうなるか……神格を落とすようなことになったら)

気分を落ち着かせるために額に手を置いて、深呼吸をする。

(マイナードは表向き穏健《おんけん》派だ。それが強硬《きょうこう》派に変わるから、説得力が増して他の穏健派やどちらでもない民《たみ》がついてくる。士官学校の学生の犠牲《ぎせい》は方針変えに最適な理由だ。なら学生たちが犠牲にならないと、マイナードは尻尾《しっぽ》を出さない可能性が……どうする)

ロジャーを放置するわけにもいかない。ああもう、と八つ当たりしたくなった。

「やっぱり生徒たちなんて全滅《ぜんめつ》させておけばよかった……ジルはすぐ僕以外の人間を守ろうと

するから……妻帯者ってつらい……」

『またそれか』

ラーヴェのつっこみを無視して、ハディスは気絶したロジャーを背負って立ち上がる。

重い。めんどくさい。うんざりだ。いっそ更地《さらち》にするほうが楽だ。けれど、幸せ家族計画を遂行《すいこう》しないとお嫁《よめ》さんが怒《おこ》るから、しかたない。

ハディスは妻には跪《ひざまず》くと決めているのだ。


できる男という主張はまんざら嘘《うそ》でもないらしい。隠《かく》し通路に敵の姿はなく、最後に行き着いたのは、巨大《きょだい》な地下室だった。倉庫がわりにでも造ったのか、壁棚《かべだな》があり燭台《しょくだい》らしきものも隅に見えるが、どれも埃《ほこり》を被《かぶ》っている。いくつか小さな部屋も併設《へいせつ》されていた。奥に階段があり、頭上に取っ手が見えた。

「ジル先生、この上、あかない。何かでふさがれてるのかも」

ここから兵士たちが入ってこないよう、ハディスが塞いだのだろう。前に出たジルがそっと手を触《ふ》れると、それらしい魔力の反応が返ってきた。

「魔力圧を同じにしないと動かないやつだな。おそらく出口だ。わたしがあける」

「ジル先生、その前にここをひとまずの拠点《きょてん》にするのはどうでしょうか。今のところ追跡《ついせき》されている気配はないですし、ここの出入り口は、先生があけようとしている頭上のと、あの扉《とびら》だけです。数名交替《こうたい》で見張りを立てて、まず休みましょう」

負傷した生徒たちを気にするノインに、ジルは頷《うなず》く。ルティーヤが声をあげた。

「なら少数で斥候《せっこう》を出そうよ。この上が校舎なら保健室と食堂で物を調達したい。でなきゃろくに休めもしないでしょ。先生、扉をあけるなら僕も行く。蒼竜学級、ついてこい」

「それなら俺が行く。校舎の構造は金竜学級のほうがよくわかってる」

「忍《しの》び込むのはうちのほうが得意だよ。それにもしここが攻められたとき、僕がいないほうがいいでしょ。奴《やつ》らの狙いは僕だ。怪我《けが》人だっているんだから」

むっとノインが口をへの字に曲げた。だが反論はできないらしい。ふんとルティーヤが勝ち誇《ほこ》ったように笑ってから、ジルを見て、たじろいだ。

「……な、何だよ、先生。その顔」

「いやあ、青春だなって……若いって素晴《すば》らしいな」

「先生、僕らより年下でしょ。いいからあけて、さっさと行く」

ふてくされたルティーヤにせかされた。それも成長を感じられて嬉《うれ》しい。

(なのに兄のほうはな……)

ちらりと脳裏《のうり》をかすめるだけでも腹が立つなと思いながら、魔力圧を調整する。すうっと頭上の出口が浮《う》かび上がり、自動的に開いた。

顔を出したジルがまず誰《だれ》もいないことを確認し、ルティーヤを含む数名の生徒たちと外に出る。運のいいことに、食堂厨房《ちゅうぼう》の床《ゆか》だった。元は食料庫か何かだったのかもしれない。すぐさまルティーヤがノインに声をかけ、見張りを立てて食堂から地下に水やら食料やらを運ぶ作業に取りかかる。

疲労困憊《ひろうこんぱい》した生徒たちは喜んでいたが、窓の外に見える空は、定期的に竜《りゅう》が飛び回っていた。敵の姿がこうもないのは、竜の攻撃《こうげき》に巻きこまれないためだろう。だが、ジルたちも見つかればどうなるかわからない。

ジルはそっと食堂の出口から廊下をうかがう。するとルティーヤに肩をつかまれた。

「斥候にいくなら僕も行くから」

「俺も行きます、食料の運び込みは終わりました」

「いや、でもお前たちのどっちかは残らないと生徒たちが不安がるんじゃ――」

「「行く」」

そう言われても困る。そんなジルに、生徒たちが声をかけた。

「平気だよジル先生、さっきの魔術《まじゅつ》で出入り口を閉じといてくれたら、ソテー先生もくま先生もいるし」

「コケッ」

ソテーにまで元気よく返事をされて、しぶしぶジルは頷いた。

「わかった、なら三人で行く。いいか、わたしの命令は絶対だからな」

「わかってるよ。保健室こっち」

「そっちは渡り廊下《ろうか》を通ることになる。二階にあがっておりるほうが人目につきません」

「は？　遠回りだろ、そっちは。時間をかけるほうが危険だってこともわかんないわけ？」

「喧嘩《けんか》は禁止だ！」

　ジルに言われてふたりともようやく黙《だま》った。

　幸いにも敵には見つかることなく、保健室に辿《たど》り着いた。とりあえず持てるものすべてを持って、引き返す。ついでに周囲を確認《かくにん》することも忘れない。崩落《ほうらく》して埋《う》まってしまった廊下を横目に、ノインがつぶやく。

「あちこち壊《こわ》れてる……竜が壊して回ったんでしょうか。学校がこんな……」

「ざまあみろだよ。そうだ僕、ここ退学してジル先生の作る学校に入ろうかな」

「えっジル先生。学校を作られるんですか？」

　校舎の有り様に暗い顔をしていたノインが、目をぱちくりさせた。

「ああ。今のわたしの目標なんだ。まだ先の話になるけどな」

「なあ。僕、手伝ってあげようか。そうしたらすぐ叶《かな》うよ。次期ライカ大公が生徒になるなら媚《こ》びる奴は出てくるし。金も人脈も権力もおまかせあれってね」

　ルティーヤの申し出に、医療《いりょう》品の類《たぐ》いを背負い込んだジルは笑う。

「申し出はありがたいがやめておく。生徒に借りを作るのはよくないしな」

「……じゃあ、生徒と先生じゃなくなれば、いいわけ？」

「そうだな。お前が大人になって助けてくれるっていうなら、ありがたい」

「……。あのさー先生、彼氏がいるってほんと？」

「なんだ、唐突《とうとつ》に。女子から何か聞いたのか」

足を止めて振《ふ》り返る。ルティーヤは斜《なな》めに視線を落として目を合わせない。ノインはなぜかおろおろとルティーヤとジルを交互《こうご》に見ていた。

「そういえば勝ったら教える約束をしてたな。でも説明、難しいんだよなぁ……あまり言いふらしたいものでもないし、しかも現在進行形で相手とこじれてる……」

「……ひょっとして、政略的な関係？　なら僕」

『あーあーあーあー、生徒諸君にお知らせでーす！』

遠い目になっていた背中に、現在進行形でこじれている相手の声が浴びせられた。ジルが振り返るのより早く、すぐ近くにあった渡り廊下の庇《ひさし》の陰《かげ》に、ノインとルティーヤがしゃがみ込み、向かいの校舎の屋上を目で示す。

『学校は完全に包囲されているー抵抗《ていこう》はやめて今すぐ投降しなさーい』

ものすごい棒読みだ。やる気がなさすぎる。だがノインとルティーヤは大真面目《おおまじめ》だ。

「あの男、会場でジル先生が戦ってた相手ですよね。……あと、あれは――」

『この先生は、君たちを助けようと我々《われわれ》の情報を抜《ぬ》こうとした悪いやつでーす』

「は!?　ロジャー先生じゃん、つかまってたのか」

声の主はともかくロジャーは想定外だ。急いでジルも陰に身を潜《ひそ》め、向かいの校舎を見あげる。何人かの兵士をつれたハディスは拡声器を片手に持ち、片手で口をふさがれ縄《なわ》で縛《しば》られたロジャーを拘束《こうそく》している。――それと、ジルの目にはもうひとつ。

「お、嬢《じょう》ちゃんいたいた、やっほー！　はーいこっから俺が副音声やりまーす」

『投降しないとこの先生をここから落としまーす。では十秒数えたら落としまーす』

「嬢ちゃん、この先生受け止めて逃《に》げてくれーできるよなー？」

『じゅー、きゅー、はーち、なーな、ろーく、ごー、よーん、さーん』

平坦《へいたん》なハディスの声とラーヴェの大雑把《おおざっぱ》な説明に頭がおかしくなりそうだが、とりあえず身を乗り出そうとしたルティーヤとノインのふたりを押さえた。

「ロジャー先生はわたしが助ける。お前たちはここにいろ。荷物を頼《たの》む」

「この先生に今後の作戦の説明とか伝言してるから、あとで確認してくれー！」

『にー、いーち。残念ですが誰も投降してくれませんでした。悲しいなーはいさよならー』

「あとはよろしくなー、嬢ちゃん」

無茶《むちゃ》振《ぶ》りがすぎる。だが床を蹴《け》った。

屋上から突《つ》き落とされたロジャーを受け止め、そのまま校舎の壁《かべ》を蹴って屋上まで飛び上がる。ジルの姿に動転した兵士たちは動きが遅《おそ》い。顔をあげたハディスと目を合わせる余裕《よゆう》があった。てっきり、嫌《いや》みっぽい笑顔《えがお》だとばかり思っていたのに、すねた顔をしているので拍子抜《ひょうしぬ》けした。薄《うす》い唇《くちびる》がジルに向けて動く。伝言かと目を凝《こ》らした。

（ぼ、く、が、す――）

――僕が好き？

「はぁ!?　な、なんで今、そんなこと……っ！」

うろたえたジルに、ハディスの一撃《いちげき》が飛んできた。魔力《まりょく》をこめられた一閃《いっせん》がジルのぎりぎり頭上をかすめて、ぼろぼろの校舎にぶつかり煙《けむり》をあげる。その煙の中に姿を隠《かく》して、ジルはノインとルティーヤの元に戻《もど》った。そこにハディスの声がかかる。

『やはり隠れていたか、残党めー。よく聞け、今から三時間後、総攻撃を開始するからなー覚《かく》悟《ご》しろー。はいお集まりの皆《みな》さんいったん解散、総攻撃まで休憩《きゅうけい》休憩』

「ジル先生、ロジャー先生は⁉」

「大丈夫《だいじょうぶ》だ、生きてる。先生、ちょっと待っててください、話は安全な場所に戻ってから」

ハディスはああ言っているが、追撃がきたら厄介《やっかい》だ。申し訳ないがロジャーは縛られたまま、足を引きずる形で背負って走る。ノインもルティーヤも荷物を抱《かか》えてついてきた。

「あ、ジル先生たち帰ってきた！　どうだった――ってロジャー先生⁉」

「場所をあけてくれ、入り口を閉めるのを忘れるな」

まずロジャーの両手を縛っている縄と、猿轡《さるぐつわ》を解く。ぷはっとロジャーが息を吐《は》き出した。

「――っあいつ、ほんとに俺のこと突き落としたな⁉　あいつをかばって怪我した俺を⁉」

「は？　どういうことだよ」

「ルティーヤ、待て。ロジャー先生、何か聞いてませんか。総攻撃について」

生徒たちのざわめきにロジャーは我に返ったように、声の調子を落とす。

「あ、ああ。まずそっちが先か……いやでもジル先生に言えってどういう……」

「いいから、時間がありません。そのまま伝えてください、わたしはわかります」

断言したジルに、ロジャーは周囲をうかがいつつ、意を決したように口を開いた。

「じゃあ、そのまま伝えるぞ。『僕が総攻撃する。そこで全滅《ぜんめつ》してくれ』」

「全滅って……！」

「全員、静かにしろ。続きがありますね」

ジルのうながしに、ロジャーが頷《うなず》く。

「ああ。『そうしたらライカがラーヴェに戦争をしかけてくれる』」

「んだよそれ、戦争になるってことかよ！」

「まだある。『あとは市庁舎でも制圧しといて、まかせた』――ってことなんだが……」

最後の一言に、全員が静まり返った。何を言われているのかわからない、という顔だ。ロジャーもそんなふうに思っている。ジルは両肩《りょうかた》を落とした。

「わかりました。つまり、士官学校の生徒の全滅は、ラーヴェ帝国《ていこく》に戦争をしかけるプロパガンダ。だからわたしたちが全滅して犠牲《ぎせい》にならないと、敵は尻尾《しっぽ》を出さない。けれど尻尾さえ出してくれればあとはこっちのものです。しかも全滅したはずの生徒たちが市庁舎を制圧すれば、とても話がわかりやすい」

「意味がわかりません！　そもそも、俺たちが全滅するっていうのはどういうことですか」

「全滅したように見せかけるんだ。三時間後の総攻撃で」

「……士官学校を更地《さらち》にするってあいつ、言ってたが……」

さぐるようなロジャーの問いかけに、頷く。

「ここは地下ですからね。わたしが結界を張って持ちこたえさせます。幸い、二、三日分の食料も医療品も確保できてます。少々手狭《てぜま》ですが、やり過ごせるでしょう。むかつきますが、陛下も手加減してくれるでしょうし」

「……これを、預かった。街全体の地図だ」

ロジャーが胸元《むなもと》から地図を取り出す。そして目を細めた。

「やっと合点がいった。あいつを陛下と呼び、対応をまかされる。――君は、竜妃《りゅうひ》だな」

生徒が全員ぎょっとする。ジルは苦笑いを浮《う》かべて、立ち上がった。

「時間がない、ノイン、ルティーヤ。わたしが防いでいる間に市庁舎を制圧する作戦の叩《たた》き台を作ってくれ。他《ほか》の生徒は、ロジャー先生の手当てを頼む」

「……で、でも先生、竜は魔力を焼きます。いくらなんでも、ひとりでは無理です」

うろたえつつもきちんと意見を具申してくるノインに、ジルはわざと憤慨《ふんがい》してみせた。

「失礼だな。竜妃が負けるっていうのか、竜に」

「……ほんとに、竜妃なのか」

ルティーヤに静かに問いかけられた。そういえばこの子は義弟《ぎてい》になるのだ。

「今はお前たちの先生だよ」

でもそれは、今を乗り越《こ》えた先の話だと、ジルは笑って答えた。

──竜の襲撃《しゅうげき》、士官学校の学生たちが全滅、校舎は廃墟《はいきょ》に。帰らぬ子どもたち
──士官学校校長、生徒救出に向かったまま戻らず、行方《ゆくえ》不明に。宰相《さいしょう》も怪我《けが》
──本国はマイナード宰相の抗議《こうぎ》を無視か、港を監視《かんし》する軍の影

たった二日の変化をわかりやすく伝える新聞の見出しが、生徒たちの隠れ家になっている地下室の壁に貼《は》り付けられている。

先生たちいわく、プロパガンダの授業がわりだそうだ。ルティーヤはひとりごちた。

「どいつもこいつも馬鹿《ばか》ばっかり……」

つまらない。誰《だれ》も彼も、踊《おど》らされているとも知らずに。でもそう嘲《あざけ》る度《たび》に、叫《さけ》び出したくなる。なら、自分は何をやっているのかと。

「おいルティーヤ、見張りの時間だぞ。ほら、ランタン」

ぼんやりしていると横からノインにランタンを突きつけられた。まるで長年の友だちみたいな顔をするようになったノインの手から、乱雑にルティーヤはランタンを奪《うば》う。

「わかってるよ。お前最近、ほんっとうるさい」

「だったら時間を守れ。それに準備を怠《おこた》るなってジル先生に言われてるだろう」

ジル先生。その名前に、一瞬《いっしゅん》動きが止まった。それに気づいたノインが、口をつぐむ。その反応にも苛立《いらだ》つが、唇を引き結び、黙《だま》って見張りへ向かった。

階段を登り、魔力圧を調整して、外への扉《とびら》を開く。かつて食堂の厨房《ちゅうぼう》だったそこは、夜空が見えるようになっていた。一昨日《おととい》の、すべてを一掃《いっそう》する魔力のせいだ。竜ももういない。

「……すっかり、見違《みちが》えたな。たった二日で……」

瓦礫《がれき》を踏《ふ》みしめて、ノインがつぶやく。かろうじて壁や天井《てんじょう》が残っている部分もあるが、新聞の見出し通り、廃墟のようだ。

「何、感傷に浸《ひた》ってんだよ。ずっと兆候はあっただろ」

「兆候……そうだな。──ルティーヤ、君、ジル先生をさけてるだろう」

唐突《とうとつ》に切り出されて、瓦礫につまずいて転びそうになった。

「……正直、俺も微妙《びみょう》な気持ちではある。竜妃とか……何よりジル先生が人妻だなんて」

「ひ、人妻とか生々しい言い方するなよ！　変な想像するだろこのむっつり野郎《やろう》！」

「なっ、そういう君こそ──いや、そうじゃない。君は、ひょっとして……」

視界の端《はし》に灯《あか》りが見えた。ノインの腕《うで》を引いて、崩落《ほうらく》しかかった壁際《かべぎわ》に身を潜《ひそ》める。ノインも心得たもので、すぐ灯りを消した。壁のすぐ向こうを、人影《ひとかげ》と足音が通りすぎる。

「ロジャー先生、ここにいたんですね。見回りですか。珍《めずら》しいですね」

「おー、ジル先生は相変わらず棘《とげ》があるな。生徒たちに頼《たよ》りっぱなしもあれなんでね」

「そうですか。実は、先生にお聞きしたいことがあるんです」

明るい教官たちの声に、安堵《あんど》したノインが腰《こし》をあげようとする。それをルティーヤは腕をつかんで止めた。

「話せることはもう話したぞ。どうしてハディスと知り合ったか、とか」

「おかげで陛下が妹だとか言い出した原因がわかりましたよ……」

ノインが盗《ぬす》み聞きと小さく批難する。それをにらんで黙らせた。

「で？　聞きたいことって、俺の正体とか？」

「いえ違《ちが》います、陛下のことです」

陛下――ラーヴェ皇帝《こうてい》ハディス・テオス・ラーヴェ。血のつながらない、名目上の兄。彼が辺境に送られたあとに生まれたルティーヤにとっては、顔も知らなかった他人だ。

「私の兄っていう紹介《しょうかい》にいじけたところまでは想像つくんです。解放軍――いえ、反乱軍に入った流れもわかりました。でも、ロジャー先生を突《つ》き落とす前に、何かあったんじゃないですか。なんだか様子がおかしかったんです」

「……と言われてもなぁ。てきぱき動いてたぜ。ずーっと不機嫌《ふきげん》そうだったが」

「陛下は基本、にこにこしてるひとですよ。……やっぱりおかしいです。ただすねてるだけだと思ってたのに……でなきゃ、あ、あん……あんな……」

何か思い出したのか、ジルが両手を頬《ほお》に当てる。その赤らんだ頬に、潤《うる》んだ目に、唇《くちびる》を噛《か》みしめる。知らない顔だ。ロジャーも戸惑《とまど》った顔で凝視《ぎょうし》している。

本人は気づいているのかいないのか、視線を落としてぼそぼそと続けた。

「――あ、あんな甘え方は、初めてで！　ほんと厄介だな陛下は素直《すなお》に言え！」

「お、おう……えー、なんにせよ、お前さんじゃなきゃわからんってことじゃないか」

一拍《いっぱく》おいてから、わかりやすく頭のてっぺんまで一気にジルが茹《ゆ》であがった。普通《ふつう》の女の子みたいだ。ルティーヤの手の爪《つめ》が、壁《かべ》をひっかく。かさぶたを無意識ではがすみたいに。

「そ、そう……ですね。わかりました、すみません変な質問──なんで笑うんですか!?」

「い、いやあ。竜妃が竜帝《りゅうてい》を尻《しり》に敷《し》いてるって噂《うわさ》は、本当だったんだなと」

「敷いてませんよ！　陛下はわたしの言うことなんかちっとも聞かないんですから！　今回だってちょっと目を離《はな》したら好き勝手して、もう！　ローに連絡《れんらく》お願いしても答えないし、しつこく頼《たの》むとローまでむくれるし、そんなだから放《ほう》っておけな……笑うのやめてください！」

「すまんすまん。いやぁ、ほんとに仲がいいんだな。その、恋《こい》しちゃってる感じ」

「悪いですか！　……でなきゃ、全然経験ないのに、先生なんて頑張《がんば》れませんよ」

驚《おどろ》くほどぐっさりと、胸に言葉が突き刺《さ》さった。たまらず立ち上がったルティーヤは、その場から逃《に》げるように息も気配も殺して、早足で歩き出した。

(当然じゃないか。僕のためなんかじゃない)

──ルティーヤ、また皇太子が死んだぞ。お前がラーヴェ皇帝になる日も近いな！

──素晴らしいですなルティーヤ様は、さすが次期ラーヴェ皇帝です！

──天剣《てんけん》を持った竜帝が現れた？　ただの噂でしょう、どうせまた死にますよ。

──まさか本当に竜帝なのか。このままルティーヤは皇帝になれないなんてことには。

──ラーヴェ皇族の血筋が竜帝と違うじゃと!?　そんな馬鹿な……なら娘《むすめ》はなんのために。

──ルティーヤ様は三公の血も引いておりません。竜帝に頭をさげて処遇《しょぐう》を請《こ》うしか。

──此奴《こやつ》を認めてもらうために本国の顔色をうかがうなんぞ、本末転倒《ほんまつてんとう》じゃ！

──今となっちゃ完全にお荷物だ。誰だよ、次のラーヴェ皇帝だとか持ち上げたの。

勝手に期待して持ち上げ、手のひらを返した大人たち。知ったことかと、とうの昔に割り切ったはずだ。でも、いつの間にか自分はまた、他人に期待してしまったのか。

このひとなら、そのままの自分でも、助けてくれるんじゃないかと。

――わかるよ、私もそうだ。ライカもラーヴェも、どうでもいい。

共感を示してくれた異母兄《いぼけい》の言葉を、今になって思い出してしまう。

そう、許せないのは自分たちを一方的に踏みにじっていった連中。

その頂点に立っているのは、竜帝だ。

「おい、ルティーヤ！　どうして逃げるんだ」

ノインに腕をつかまれて、我《われ》に返った。だが顔はあげられない。

「逃げてなんかない、見回りだろ。――そうだお前、ジル先生をずいぶん信頼《しんらい》してるみたいだけど、気をつけろよ。さっき聞いただろ、ジル先生は僕らのために僕らを守ってるわけじゃない。竜帝のためだ」

「待つんだ、なんで突然《とつぜん》そんな話になる」

「今は利害関係が一致《いっち》してるだけなんだよ。いつ切り捨てられるかわからない。覚悟《かくご》しとけ」

「ルティーヤ、こっちを見ろ。ジル先生がそんなことするわけないだろう」

「わからないじゃないか！」

そうだ、わからない。いつだってお前はすごいとほめてくれた祖父。優《やさ》しくしてくれた周囲の大人たち。少し大袈裟《おおげさ》で、期待がすぎるとは思っていたけれど、まさか最初からルティーヤに非があったような顔をして、切り捨て、そして濡《ぬ》れ衣《ぎぬ》を着せてくるなんて。

　ふらつくようにあとずさったそのときだ。ぐいと首を引っ張られ体が拘束《こうそく》される。

　そして驚いた顔のノインが、茂《しげ》みから飛び出してきた新手に背後から斬《き》り付けられた。

「ノイン！」

「お静かに、ルティーヤ殿下《でんか》。殺してはいません」

　倒《たお》れたノインの首筋に、剣先《けんさき》が突きつけられる。ノインは地面に伏《ふ》せっているが、浅く呼吸を繰《く》り返していた。確かに生きているが、血がゆっくり広がりだしている。

「念のため遺体を捜《さが》しておりましたが、ご無事で何より。――例の物はお持ちですか？」

「……なんの、話だ」

「学生生活に夢中で、ご自身の役割をお忘れになったと？　あの蜥蜴《とかげ》の魔獣《まじゅう》はあやしいと既《すで》にお伝えしているはず。そして我々は今、あれは黒竜だという確信を得ています。どこかに竜帝が潜んでいるらしくてね。さあ、黒竜の鳴き声を録音した集音器はどこですか？」

「な、んのことか……やめろ、隠《かく》してある！　ここじゃない場所に」

　ノインに向けて振《ふ》り下ろされた剣が、寸前で止められた。

「それはよかった。お兄様ががっかりされるところでしたよ。お人好《ひとよ》しなもうひとりと違い、あなたは同志だと思っていたのに、と」

「……僕を、どうする気だ。殺すのか」

「ライカ大公国もラーヴェ帝国も潰《つぶ》せるなら、ご自身などどうなってもいいと仰《おっしゃ》っておられたのでは？　とはいえ、あなたはラーヴェ帝国軍を動かし、士官学校を襲《おそ》った首謀者《しゅぼうしゃ》だ。使い道はまだある。生きているならつれてくるよう、マイナード様から命じられています」

ノインの意識がないことを、この話を聞いていないことを願う自分は、卑怯者《ひきょうもの》だ。だから罰《ばち》が当たったのだろう。娘を亡《な》くした哀《かな》しみのすり替《か》えに孫の皇帝姿を夢見て、絶望して、臥《ふ》せるだけになった祖父と同じだ。

誰《だれ》も助けてなどくれない。ずっと裏切っていた自分など、誰も。それでいいのだ——そう思ったら、急に、楽になった。

「……わかった、僕をつれていけ。ただ、そいつは殺すな。今の会話を聞いて、僕が本当に裏切り者——士官学校襲撃《しゅうげき》の首謀者一味だったとわかったはずだ。証言者になってくれるよ」

「ふむ、確かにそうですな」

「離せ、自分で歩ける。お前らがほしがってる物も、どこにあるか案内してやるよ」

「……ルティー、ヤ……」

ノインのかすかな声に、背中が震《ふる》えて、笑ってしまった。

「なんだよ、僕はこういう奴《やつ》だよ。知ってただろ。みんなとジル先生と……なんなら竜帝にも伝えなよ。もう竜は止められない。市庁舎制圧の作戦も全部、僕がばらす。ライカもラーヴェも終わりだ。ざまあみろってね」

「おま……最初、から……」

「そうだよ、知ってた。僕は知ってたんだよ。ライカもラーヴェもめちゃくちゃにしようってマイナード兄上に誘《さそ》われて、その対立を煽《あお》るために士官学校にきた」

ははは、と晴れやかな気持ちで笑いながら、友達になれたかもしれない敵に告げる。

「僕はお前らの敵だったんだよ。最初からね」

わかっていた。自分は誰にも助けてもらえない——それを、再確認《さいかくにん》しただけだ。


だんと壁を殴《なぐ》ったジルの拳《こぶし》に、騒《さわ》いでいた生徒たち全員が、静まり返った。壁を通じて地下室全体がびりびりと震える。ルティーヤが姿を消した経緯《けいい》を説明したノインも、包帯を巻いてもらう格好のまま固まっていた。

「……あー、つまり俺らが生きてることも制圧作戦も、ここにきて全部ばれた、と」

ロジャーはやはり大人だ。ノインも、すぐさま対応する。

「はい。正直、いつここが攻《せ》められてもおかしくありません」

「とりあえず逃げる準備したほうがよさそうだな。作戦も延期、いいかジル先生」

「——いいえ」

壁に打ち付けた拳をおろし、ジルは周囲を見回した。

「逆です、攻めるべきです。ルティーヤがすべて喋《しゃべ》ったとしても、相手がすぐ対応できるとは限りません。竜を操《あやつ》る笛とやらの完成を優先させるでしょう。対して、こちらの準備は整ってるんです。なら、攻められる前に攻めたほうがいい。もちろん、目標や経路などいくつか作戦は変更《へんこう》しますが」

「そりゃそういう考え方もあるが……ルティーヤは本当に裏切ってたのか」

「わたしの失態です。わたしがもっと、ちゃんとしてれば……なんにも気づかなかった」

うつむくジルに、周囲が戸惑《とまど》っているのがわかる。いけない。しっかりしなければと、ジルは顔をあげた。こういうときは補給だ。

「――ロー、陛下を呼べ。非常事態だ」

「うぎゅ」

ソテーと並んで壁際《かべぎわ》にいたローが否定とわかる一声を残し、鞄《かばん》の中に隠れようとする。その尻をむんずとつかまえて、机の上に置いた。

「非常事態だ！　とにかく呼び出せ、できるだろう！」

「うー……うきゅうきゅきゅきゅぅ……」

「ジ、ジル先生。無理強《むりじ》いはよくないんじゃないかな、嫌《いや》がってるよロー君」

「でないとわたしが泣くぞ！」

ローが、周囲が、子どもめいた脅《おど》しに固まった。かまわず、ジルはローに訴《うった》える。

「いいのか、わたしが泣いてるのに放置して。それでも夫か！　すぐこい今すぐこい転移してこい、妻が落ち込んでるんだぞ！　おいこら聞いてるのかこの馬鹿《ばか》夫――」

「僕、竜帝だよ。そう簡単にほいほい呼び出されると、権威《けんい》に関《かか》わるんだけど」

背後から聞こえた声に、今度はジルもぎょっとする。こんなに早くくるとは思わなかった。

振り向くと、億劫《おっくう》そうな顔でハディスが立っていた。

「合宿だって言ってる間は、一度も僕を呼び出さなかったくせに。で、何？　生徒を助けろとかそういう話？　ジル先生」

呼びかけに、ぐっと詰《つ》まった。ハディスは素っ気なく続けた。

「その子の居所はラーヴェに今、さがさせてる。必要なら話も聞くよ。でもそれだけだ」

「それだけって、ハディス。ルティーヤは一応、お前の弟ってことに……」

じろりとハディスがロジャーをにらむ。

「きょうだいだから何？　そんな状況《じょうきょう》じゃないよ。僕の足を引っ張る気ならなおさらだ」

「わかってます。ただ、わたしは時間がほしいんです。陛下に手を出してほしくない。これはわたしの失態です、自分で責任を取りたい」

ジルはぎゅっと拳を握《にぎ》って叫《さけ》ぶ。

「ルティーヤはわたしがきちんと教育します！　先生として、この拳で！」

「えっいやジル先生、それは鉄拳《てっけん》制裁……」

「あと陛下！　ぎゅってしてあげるので、ぎゅってしてください」

波が割れるように周囲がざっと引いた。空気を読んでいない発言だという自覚はあるが、ハディスまで驚《おどろ》いているのは失礼だ。なんのために呼んだと思っているのだ。まさか本当にルティーヤの対処を相談するだけだと思っていたのか。落ち込んでると言ったのに。

だが両腕《りょううで》を広げて待っていると、跪《ひざまず》いて腕を伸《の》ばしてくれた。だから背伸《せの》びをして、抱《だ》きついた。首筋から、さらさらの黒髪《くろかみ》から、いつものいい匂《にお》いがする。

「……こういうときに甘えるの、ずるくない？」

「ずるくないです、補給です。陛下だって実は弱ってるでしょう。また隠し事ですか」

「別に隠してないよ。……竜がこれ以上おかしくなったら、ちょっと面倒《めんどう》だなって思ってるだけ。竜は竜神の神使、人間よりも理《ことわり》の影響《えいきょう》が大きい生き物だから……まだ一時的なものですんでるけど、竜を従えて僕らから竜を離反《りはん》させるのは、理に抵触《ていしょく》しかねない」

両目を瞠《みは》ったあと、ジルは慎重《しんちょう》に口を動かす。

「……ラーヴェ様は、なんて」

「大丈夫《だいじょうぶ》だって言ってる。僕らが対処してもそれは理を正す行為《こうい》だし。でも……」

何か間違《まちが》えばラーヴェが神格を落としかねない。ハディスはそれが心配なのだろう。ジルはぎゅっと抱きつく腕に力をこめた。

「わかりました。大丈夫ですよ、わたしもいます。一緒《いっしょ》に竜たちを止めましょう」

「……止めるって言ってもさすがに数が多すぎるよ」

「おまかせください、何頭でも殴り落とします！　竜退治は得意な家から嫁《とつ》いできたので！」

少し、ハディスが笑ってくれた。

「君は、生徒……ルティーヤだっけ。その子の事情に気づけなくて、落ち込んでる？」

「ちょっとだけですよ。でも平気です、取り返しがまだつきますし、今やる気をこうして充電《じゅうでん》してますから。陛下は、他《ほか》には何かないですか？」

「うーん。……なんか知らないおじさんが僕のこと勝手にかばって気持ち悪かった」

目をぱちくりさせていると、うしろからロジャーが声をあげた。

「それって俺のこと⁉　ひどくない⁉」

「……。かばわれてバツが悪くなっただけでしょう、それ。ちゃんとお礼言いました？」

「……あとで言う」

「そうしてください。ほんとしかたないですね、陛下は。……可愛《かわい》いですけど」

「可愛くなんかないよ。まだ怒《おこ》ってるから、仕事で僕を放置したのも兄って紹介《しょうかい》したのも」

「……仕事と家庭の割合については、はい。今後、話し合いましょう」

「わかった。このあとでね。……いってらっしゃいのキスは？」

「だめです。生徒の前ですよ」

つんと人差し指でハディスの薄《うす》い唇《くちびる》を突《つ》いてたしなめる。きょとんとしたあとで、ハディスが唇をほころばせた。

「もう色々、遅《おそ》いと思うけど。でもいいか、あとでのお楽しみも」

そう言って立ち上がったハディスは、いつもどおりだ。ほっとしてジルは離《はな》れる。

「何かわかればすぐ知らせるよ。頑張《がんば》って、ジル先生」

まだ皮肉っぽいが、ハディスの目も口調も優《やさ》しい。ジルの方針を認めてくれたのだ。

それだけでジルはいくらでも頑張れる。

「おまかせを、陛下」

ハディスが微苦笑《びくしょう》を浮《う》かべたあと、踵《きびす》を返すように転移した。一度伏《ふ》せたあとの金色の瞳《ひとみ》が魔力《まりょく》を帯びて輝《かがや》くのも、その横顔も、相変わらず目を奪《うば》うほど美しい。

ついゆるみそうになる頰《ほお》を、引き締《し》め直して、ジルも振《ふ》り向く。

「よし、じゃあこっちも作戦開始――なんですか」

そろいもそろって引いている生徒たちに押し出されたロジャーが声をあげた。

「い、や……本当に夫婦《ふうふ》なんだなあって……びっくりしちゃって、ねえ……」

「言ってるじゃないですか、竜妃《りゅうひ》ですって。でも、今のわたしは先生でもありますから」

ルティーヤが何を考えて、どうしてマイナードに手を貸したのかはわからない。だがなんの不正もせず、圧倒《あっとう》的不利な試合に挑《いど》んで、あの子は勝利をつかんだのだ。

そんな子を、くだらない大人のたくらみによくも引きずり込んでくれた。

「――取り返すぞ、ルティーヤを。あの子はわたしの生徒だ」

翌朝、街中に速報の新聞がばらまかれた。

士官学校を壊滅《かいめつ》させた首謀者《しゅぼうしゃ》ルティーヤ・テオス・ラーヴェの捕縛《ほばく》。その尋問《じんもん》が、港で公開され、返答如何《いかん》によっては、ラーヴェ帝国《ていこく》へ反撃《はんげき》の狼煙《のろし》をあげることになる。

反撃を望む者も、望まぬ者も、港につどえ。

真実をその目で、確かめるために。

第六章　神が描いた空の理

綺麗《きれい》な空だな。こんな日に限って、そんなふうに思った。

（つまんない人生だった）

子どものくせに生意気だ。大人はすぐそう馬鹿にするが、ルティーヤは逆に問うてみたい。ただ年齢《ねんれい》を重ねて生きていくだけで、そんなに人生が変わるのか。そんなに簡単に、自分を変えられるのか。何かを変えられる力を、持てるのか。

誰《だれ》かが強い意志で書いた筋書きに、負けずにいられるのか――今、この瞬間《しゅんかん》でさえ。

窓から強い日差しが差し込んでくるのにやたら暗い廊下《ろうか》に、音もなく警備の兵が倒《たお》れていった。手を鎖《くさり》でつながれたルティーヤは、息を殺してその様子を眺《なが》めていた。

助けだとは思えないのは、その男の姿が日差しの奥の暗闇《くらやみ》に紛《まぎ》れて、見えないからだ。

ただ金色の瞳だけが、光っている。

「こんにちは。君が、ルティーヤ・テオス・ラーヴェだね」

ルティーヤを尋問会場という名の処刑場《しょけいじょう》に連行する兵士たちをたったひとりで片づけても、平然としている。そのことに恐《おそ》ろしさは感じるが、表には出したくなかった。

「初めましてかな。僕はハディス。君に聞きたいことがあってきたんだ」

「あんたに話すことなんて何もないよ」

ルティーヤに真っ向からにらまれた竜帝《りゅうてい》は、まばたいたようだった。

「一応、助けにきたと思うんだけど……え、まさか状況わかってない？　君もまだマイナードとかいう奴《やつ》のこと信じたい系？　尋問とか表向きだよ。君、このままだと処刑されるよ」

「だからなんだよ。織り込み済みだ。ライカもラーヴェも、めちゃくちゃになればいい。ずっとそう思ってきたんだから」

「君を助けようとしてるひとたちがいるのに？　友達や、先生だって」

不思議そうに男が問いかけた。かっと腹の底に火がつく。

「先生だなんて言って、竜妃だったんじゃないか――僕を助けたいわけじゃない!!」

そうだ、これまでの奴らと同じだった。だから自分はここにいる。

力一杯《ちからいっぱい》叫《さけ》んだせいか、心臓の音がうるさい。他の警備兵がこないのがもどかしい。会場にくるはずのルティーヤがこないのだから、そろそろ異変に気づくはずだ。早くこんな茶番、終わらせてしまいたい。

なぜだかわからないけれど、目の前のこの男にだけは、今の自分を見られたくない。

「――ああ、なんだ。君、ジルの気を引きたいのか」

合点《がてん》がいったというように、あっさりそう指摘《してき》された。見開いたルティーヤの両目の中で、男が可笑《おか》しそうに笑う。

「ちゃんとみんなに助けてもらえるくせに、助かりたくないなんて贅沢《ぜいたく》なこと言うと思ってたけど、そういうことか。君、ジルに甘えてるんだ。子どもだなあ」

かあっと頰に熱がこもった。羞恥《しゅうち》か怒《いか》りかわからないまま、怒鳴《どな》り返す。

「──っ、そんなわけないだろ！　僕が、そんなわけ」

「ならどうして自分でライカもラーヴェも滅《ほろ》ぼさない。どうして助けを待ってる」

「待ってない！　制圧計画だって全部ばらした、いくらジル先生だって……っもう僕を助けてくれるわけ、ないだろ！」

「本当にそう思ってるのか？」

言い返そうとして顔をあげたのに、その男の笑顔《えがお》を見た瞬間、喉《のど》が干上《ひあ》がった。

「ジルは君を助けてくれない？　本当に？　──嘘《うそ》だろう、わかってるはずだ。ジルは君を助けにきてくれる。だから自分の気が済むまで駄々《だだ》をこねようって寸法だ。それが許される、助けにきてもらえる子どもの態度だ。うらやましいな。助けてもらえるからできることだ」

頭を大人の男の大きな手のひらで押さえ込まれた。しゃがんだ竜帝が薄笑《うすわら》いで尋《たず》ねる。

「ねえ、君を見捨てたら、ジルは僕を怒ると思う？　嫌《きら》われるかな」

「──は……？　そ、そりゃ……ジル先生なら……」

きっと怒る。悲しむ。いずれにせよ竜帝に対して不信を覚えるだろう。そう考えると、胸がすく気がした。でもすぐに、優越《ゆうえつ》感めいたその感情は消え去る。

この男が、楽しそうに笑うからだ。

「だよね、今度こそ僕を見捨てるかな？　所詮《しょせん》その程度か！　それとも許してくれる？　さすが僕のお嫁《よめ》さん！　君はどっちだと思う？　ああうん、僕の悪い癖《くせ》だよ。直そうとは思ってるんだ、ジルは怒るし。でも――ちょっと、ためしてみようか」

　金色の両眼《りょうめ》に横から覗《のぞ》きこまれて、背筋が粟立《あわだ》った。自分が死ぬ可能性にではない。そう、自分は死ぬだなんて思っていない。助けてもらえると思っている。それを痛感する。

　ルティーヤの顔色からすべてを見透《みす》かしたように、竜帝が目を細めた。

「幼稚《ようち》なんだよ、やり方が」

　ただ今は、誰の助けも期待していない、何も信じないこの男の目が怖《こわ》い。

「黒竜の鳴き声はどうした？　操竜笛は完成したのか？　マイナードの狙《ねら》いは？　答えろ」

「……」

「優しいジル先生以外には、答えたくない？　よく教えてくれたって、よしよしされたいか」

　どこまでも嘲《あざけ》る声に、恐怖《きょうふ》が吹き飛《と》んだ。

「鳴き声を収録した魔具《まぐ》はもう渡《わた》したよ！　でも、音は簡単に取り出せない。魔具の見た目はそのままだけど、集音のために施《ほどこ》された魔術を壊《こわ》しておいたから、時間も手間もかかってるはずだ。だから竜が先生たちを襲撃しに向かわなかっただろ」

　竜帝が驚《おどろ》いたような顔をした。ほんの少しだけ小気味よくなって、ルティーヤはこわばった表情で笑う。

「僕だって、馬鹿《ばか》じゃない。……蒼竜学級の奴らは、ほんとに、僕を仲間だと思ってくれてたんだ。ノインもきっと……戦争が始まってしまえば、マイナード兄上は生徒の全滅《ぜんめつ》にはこだわらない。僕が首謀者だって僕が認めて死ぬんだから、生きててよかったねってだけだ。みんなが何を訴《うった》えても陰謀論《いんぼうろん》で流される。僕を見捨てれば、それでみんな助かるんだよ。……それくらいは、僕だって、保険を、かけるよ……」

　こうして口にすると幼稚極《きわ》まりない、その場しのぎの策だ。羞恥で赤い頬を隠《かく》すためにうつむいたら、突然《とつぜん》頭をわしゃわしゃ撫《な》でられた。

「な、なんだよいきなり」

「……なんだろう？　うんでも、今のは悪くなかったから――」

　ハディスが思案の途中《とちゅう》で立ち上がった。かすかに複数の足音が聞こえてくる。

　ルティーヤが現れないことにしびれを切らして、他《ほか》の兵が様子を見にきたのだろう。

「一緒《いっしょ》に逃《に》げる？」

　問いかけに首を横に振った。

「……少しは、責任を取るよ。あんたは早く逃げれば？　あんたまで捕《つか》まったら、さすがにジル先生も困るだろ」

「うーん、わかった。いいよ、好きにやっておいで。僕が助けてあげてもいいし」

「……なんだよ、いきなり。不気味なんだけど」

「だって僕、お兄さんっぽいこと一度してみたかったんだ」

　顔をあげる。初めて日の光の下で見た兄は微笑《ほほえ》んで、幻《まぼろし》のようにその場から消えた。

　でも幻でないことは、わかっている。

（——助けてもらえるなら。僕はせめて、助けるに値《あたい》する人間でありたい）

今更《いまさら》だけど、ちっぽけだけれど、やれることをやろう。

身なりが悪いと同情を引くと思われたのだろう、服装がきちんとしているのは幸いだ。立てと言われる前に、立って、背筋を伸《の》ばす。まっすぐに歩く。手錠《てじょう》をかけられていてもだ。

それだけのことでも、やろうと思えばできるだけ、自分は恵《めぐ》まれていた。

「——出てきたぞ、ルティーヤ・テオス・ラーヴェだ！」

公開尋問《じんもん》なんてどうするつもりかと思っていたが、港にいくつも浮《う》かぶ軍艦《ぐんかん》のひとつに乗せられた。艦首《かんしゅ》に立たされると、桟橋《さんばし》に、岸壁《がんぺき》に、埠頭《ふとう》に詰《つ》めかけた人々が見えた。批難《ひなん》と戸惑《とまど》いと好奇《こうき》と、いくつもの視線が自分に突《つ》き刺《さ》さる。さすがにこの人混《ひとご》みでは、自分を助けるなんて無理ではないのか。警備の数も多い。

でも妙《みよう》に清々《すがすが》しい気持ちだった。罵声《ばせい》も、耳に入らない。

「静かに！　ルティーヤ・テオス・ラーヴェの罪状を述べる。異議は、その後に」

これから尋問なのに、既《すで》に罪状なのかと苦笑いが浮かんだ。しかし、マイナードの姿が見えないのはどういうことだろうか。そういえば怪我《けが》をしたと報道されていた。それもマイナードとグンターがつながっていたことを考えれば、おかしな話なのだが。

「——以上！　異議があるならば述べよ」

物思いに耽《ふけ》っている間に罪状の読み上げが終わってしまった。ルティーヤは、自分に向けられた人々の目に、改めて向き直る。何を言おうがもうこのあとの流れは決まっている。

だからマイナードはここに自分を放置しているのだ。

ゆるりと、現実に視線をさだめた。この国が嫌いだ。本国の混乱に乗じてルティーヤが皇帝《こうてい》になるなんて勝手に舞《ま》い上がって、ラーヴェ皇族の血統があやしいとなった瞬間に手のひらを返し、あげくこんなふうに利用しようとする大人たち。それに乗せられる馬鹿な連中。

みんな、大嫌いだ。

「——親愛なる、ライカの民《たみ》よ」

でも、どいつもこいつも馬鹿で、ちっぽけで——自分と同じ、人間なのだ。

微笑むルティーヤに、周囲が静まり返った。

「僕が今回の騒動《そうどう》に関《かか》わっているのは事実だ。でも、それはライカを見下し本国におもねったからじゃない。僕はいずれラーヴェ皇帝にと持ち上げられて育った。でも天剣《てんけん》を持った竜帝《りゅうてい》が現れ、叶《かな》わなくなった瞬間《しゅんかん》、見捨てられた。大人は誰《だれ》も助けてくれなかった。だからラーヴェもライカも、どっちもめちゃくちゃになればいいと思って、今回のたくらみに加担した」

「責任逃《のが》れをする気はない。ここまできて今更止まれと言っても、止まれないだろう。僕だってそうだった。いくらでも機会はあったはずなのに、自分でその選択肢《せんたくし》を捨ててきた。間違《まちが》いを認めるのは、とても怖いことだから」

「でももし僕を愚《おろ》かだと思うなら、一瞬《いっしゅん》でいい。立ち止まって考えてみてくれないか」

「ラーヴェ帝国軍の横暴は事実だ。でもそれは、戦争でないと解決できないことなのか」

「士官学校の襲撃は事実だ。でもそれは、誰がなんのためにやったことなのか」

潮風にのせられた心地《ここち》よく響《ひび》く声を、ハディスは両腕《りょううで》を組んで聞いていた。帆《ほ》のうしろから見えるルティーヤの背中は、しゃんと伸びている。

「悪くないじゃんか、お前の新しい弟」

「うん。使えそうだ。……さすが僕のお嫁さんは、見る目があるなあ」

見守りたくなってしまうのが不思議だった。これが兄の気持ちだろうか。

だがこうなると問題は、新しい兄のほうだ。ルティーヤを見おろせるこの檣楼《しょうろう》に出てくる予定のはずだが、一向に姿を現さないのはどういうことか。いちいち警備兵に紛《まぎ》れて動向を探《さぐ》る作業にもそろそろハディスは飽《あ》きてきた。

「――責任逃れだろうが！　お前が襲撃に加担したのは事実だ！」

「そうだ、うちの子どもは帰ってこない！　お前に殺されたんだ！」

あがった野次に、ハディスは視線を戻《もど》す。ルティーヤの背が震《ふる》えた気がした。助けてやるのは簡単だ。だが、あの子は責任を取ると言った。

「……そうだ、僕の責任だ。いくらでもなじればいい、許さなくていい。でも、その怒《いか》りの矛《ほこ》先《さき》を何もしてない相手にぶつけて、戦禍《せんか》を広げるのは違《ちが》う！」

頑張《がんば》れ、と我知《われし》らず胸中でつぶやいた。

「僕がやったことだ、でもラーヴェ帝国が仕組んだことじゃない！　士官学校の襲撃は、ラーヴェ帝国の仕業《しわざ》に見せかけられたものだ！　仕組んだのは校長のグンターと――」

「校長は生徒を助けるために死んだかもしれないんだぞ！」

「もういいしゃべらせるな、猿轡《さるぐつわ》を持ってこい！」

「言い訳はそこまでだ、ルティーヤ」

船尾《せんび》に上等な長衣がひるがえる。マイナード様、というどよめきが聴衆《ちょうしゅう》からあがった。

帆の陰《かげ》からハディスは目を凝《こ》らすが、日差しよけにフードをかぶっているせいか、見えたのは眼帯と包帯だけだった。怪我というのは、顔だったようだ。

「ルティーヤ・テオス・ラーヴェを処刑《しょけい》しろ！」

「そうだ、亡《な》くなった人間に責任を押しつけてまで命乞《いのちご》いするなんて！」

マイナードの姿に勢いづいた周囲から再び声があがる。群衆には煽《あお》り役もまざっているだろう。警備兵に押さえ込まれ、猿轡を噛《か》まされたルティーヤが悔《くや》しげに表情をゆがませる。

そうだろうな、と思った。世の中そんなものだ。努力なんて大抵《たいてい》報《むく》われない。

「これがラーヴェ帝国のやり口だ、皆《みな》、だまされるな！」

「証拠《しょうこ》を出せよ！　出せないだろうが！　亡くなった学生たちも、もう帰ってこな――」

「証拠ならここにあるぞ！」

でも、報われることだってあるだろう。

その声は、空から飛んできた。港に激突《げきとつ》した木造の客船からあがった水しぶきが埠頭にかかり、港に居並ぶ軍艦をゆらす。ずぶ濡《ぬ》れになった観客たちから悲鳴があがり、兵士たちがゆれる軍艦にしがみつく。ハディスも帆柱《ほばしら》で体を支えて、苦笑《くしょう》した。

「うーん、どこから侵入《しんにゅう》するのかと思ったら、まさかの空から」

ベイルブルグに辿《たど》り着いたときと同じやり方だ。あのときよりは飛距離《ひきょり》は短いだろうが、船に乗って飛ぶという状況《じょうきょう》につきあわされた生徒たちは無事だろうか。

だがここで姿を見せてくれなくては、証拠にならない。それはわかっているのだろう。いくぶんかふらついた足で、客船の甲板《かんぱん》にぼろぼろの学生服を着た生徒たちが出てきた。あれ、と誰かが指さし、ざわめきと動揺《どうよう》が広がっていく。金竜学級の級長が最前線に出て叫《さけ》ぶ。

「俺たちは生きています！　ルティーヤ殿下《でんか》と蒼竜学級の先生たちに助けられました！　俺たちを襲《おそ》ったのはラーヴェ帝国軍じゃない――っルティーヤは、嘘《うそ》を言ってない‼」

動揺とざわめきが走る中で、我《われ》に返った兵が叫ぶ。

「……っあの学生たちはラーヴェ帝国に与《くみ》する裏切り者だ！　撃《う》ち殺せぇ！」

客船に向けて兵士たちが銃《じゅう》を構える。銃声が鳴った。だがジルに鍛《きた》えられた生徒たちはひるまず隊列を組み隙間《すきま》のない結界で銃弾《じゅうだん》を撥《は》ね返し、上ってこようとする兵士たちを別働隊で叩《たた》く。指示を出しているのは金竜学級の級長だ。

もはや港は大混乱だった。悲鳴と怒号《どごう》、争いに巻きこまれまいと一斉《いっせい》に港から観客が逃げ出そうとして、兵の一部はそれに押し流されている。これでは客船から生徒たちがルティーヤを助けに向かうのは、不可能だ。

だがたったひとり、客船の甲板を蹴《け》り、軍艦を足場にしながらこちらに向かってくる小さな少女を、誰も止められない。

「撃ち落とせ！」

対空魔術《まじゅつ》が一斉に向けられた。だが彼女はそれを黄金の一閃《いっせん》で叩き落とす。青い空で舞う姿は、戦女神《いくさめがみ》のように美しい。あーあ、とラーヴェがつぶやいた。

「背中の鞄《かばん》に入ってるロー、酔《よ》いそうになってるぞ」

「もうちょっと僕の心、大事に扱《あつか》ってほしいなあ……」

「ルティーヤ！」

ジルに名前を呼ばれたルティーヤが、振《ふ》り向く。ところどころで起きる衝撃《しょうげき》に艦が傾《かし》ぐその隙を狙《ねら》って、拘束《こうそく》する手を振り切った。そんなルティーヤ目がけて、ジルが飛ぶ。

少し妬《や》けるけれど、見逃《みのが》そうと思った。その左手に、金の指輪が輝《かがや》いているからだ。魔法陣《まほうじん》を打ち砕《くだ》く竜妃《りゅうひ》の神器が水しぶきを浴びて、真昼の空に太陽のようにきらめく。

「わたしにつかまれ！」

ルティーヤを抱《だ》き寄せ、ジルが拳《こぶし》を甲板に叩き込む。艦首が大きく傾《かたむ》き、人が甲板から流されて、海に落ちていく。咄嗟《とっさ》に船が真っ二つにわれないよう魔力で守った自分は、やっぱりできる男じゃないかな、と自画自賛した。

手応《てごた》えのわりに、軍艦は大きく傾いただけでまた元に戻った。怪訝《けげん》に思ったが、垂直近くまで傾いだ船に敵の影《かげ》はほとんどない。海に落ちているか、うまく船に残っていてもどこかに引っかかっているか、気絶している。だからまずルティーヤの猿轡をはずしてやった。

「大丈夫《だいじょうぶ》か、ルティーヤ」

「……っせん、せ……僕……」

「いい。あの演説で今は十分だ」

突撃《とつげき》の機会をうかがい客船の中に生徒たちと潜《ひそ》んでいる間、泣きそうになった。分断を煽る悪態をついてもよかったのに、この子は最後の最後で、踏《ふ》みとどまったのだ。

尻餅《しりもち》をついているルティーヤの頭を抱《だ》く。

「だからお説教はあとだ。みんなとここを離《はな》れろ。あとはわたしが――」

「さっきの奴《やつ》、マイナード兄上じゃなかった！」

ルティーヤがジルの腕《うで》を強くつかんで、訴《うった》えた。

「包帯と眼帯で顔を隠《かく》して、遠目にはわからないよううまく化けてたけど、あれは」

「……っおい、放せ、放さないか無礼者が！」

「おいジル先生、ハディスは呼べるか！」

いつの間にか軍艦《ぐんかん》に移動してきたロジャーがやってきて、男を放《ほう》り投げた。包帯が巻かれた顔は一瞬、誰だか判別がつかない。だがロジャーに投げられた反動で取れた眼帯の下からわかる面影《おもかげ》に、ジルはめんくらう。

「グンター校長――行方《ゆくえ》不明っていうのはブラフか！　まさかマイナードと入れ替《か》わった⁉」

「今頃《いまごろ》気づいたところでもう遅《おそ》い！　マイナード殿下はとっくにここを出て、本島から軍を動かす準備をしている！　それに――」

グンターの叫びをかき消すように、鐘《かね》が鳴った。はっと皆が同じ方角を見る。

市庁舎からだ。正午を告げる鐘。ロジャーがグンターの胸倉《むなぐら》をつかんで持ち上げる。

「まさか市庁舎も校長室と同じ仕組みか!?」

「同じじゃない。きちんと組み込んださ、黒竜の鳴き声を」

「あの魔術は僕が壊《こわ》した！　こんなに早く完成するはずがない」

「はっ、これだから教師を馬鹿《ばか》にするような学生は考えが浅い！　操竜笛研究の第一人者は私なのだ！　集音の魔具も魔術も私が開発したものだ。修復など、朝飯前だよ」

目を瞠《みは》ったジルたちに、グンターが勝ち誇《ほこ》った顔で笑う。

「竜が街を燃やせば、ラーヴェ帝国《ていこく》に対する敵意は膨《ふく》れ上がる。学生が生きていようが生きていまいが、もう関係ない！　私の長年の研究が、ようやく証明されるのだ！」

「まさか竜に街を襲わせる気なのか!?」

「これが最後の仕上げ、操竜笛の完成だ！　さあ、すべての竜が暴走するぞ！」

最後の鐘の音と一緒《いっしょ》に、ざっと雑音のように魔力がまじった。鐘の続きのように、広がるその声は、竜の王の声。

『うっきゅう』

ひょっとして使えないのではと一瞬《いっしゅん》期待した。「うっきゅう」だ。もう少し緊迫感《きんぱくかん》のある声でないと効力がないのではないか――だが淡《あわ》いその期待を裏切るように、島のほうから集団で竜たちが一斉に飛び上がった。

「……ローって、本当に竜の王なんだな……」

「うきゅ!?」

心外だとばかりにローが背中の鞄から顔を出す。だが音が嫌《いや》なのか、すぐに頭を抱《かか》えてしまった。慌《あわ》てるジルの前で、ローの頭がつかまれ、鞄の中から持ち上げられる。

「何を被害者《ひがいしゃ》みたいな顔をしてるんだ、なんとかしろお前。それでも竜の王か」

「陛下！」

「うぎゅ！　うっきゅうぎゅ、うきゅううきゅきゅううきゅきゅきゅきゅー……」

ローが頭をつかまれたままハディスにばたばた何か訴えている。ハディスは嘆息《たんそく》した。

「役立たずが……ラーヴェの呼びかけに答えない時点で無理なのはわかってはいたが」

「ラーヴェだと？　竜神ラーヴェ？　じゃあお前がマイナード殿下が仰《おつしや》っていた、竜帝《りゆうてい》か」

ロジャーに拘束されたまま、グンターが嬉《うれ》しそうに声をあげる。

「どうだ、自分たちが禁じた研究にしてやられた気分は！　私は何も間違《まちが》っていなかった、何が竜神だ、何がラーヴェ帝国だ！　頼《たの》みの竜はもうお前の命令などきかない、お前の代でラーヴェは終わる！　呪《のろ》われた皇帝の名にふさわしい結末――がッ」

鈍《にぶ》い音と一緒に、ロジャーがグンターの顔面を甲板に沈《しず》めた。そしてにこやかに笑う。

「あーすまんな、ハディス。こいつの言うことは気にするな。大丈夫だよ」

「……別に、気にしてないよ」

ロジャーに先をこされたなと思いながら、ジルはハディスの前に立つ。

「どうしますか、陛下。わたし、半分くらいは余裕《よゆう》で落とせますよ！」

「待って、ジル先生。……おかしいよ、竜たち。街を攻《せ》めてない」

ルティーヤに言われて、ジルも周囲を見回す。確かに飛び上がった竜たちは高度を維持《いじ》したまま、街におりようとせず、悲鳴にも争う音にも目をくれない。こちらにくるかと思えば、ジルたちの頭上も飛び越《こ》えていく。

「……海を越えて、ラーヴェを目指してるのか？」

「そんな馬鹿な。目標は住宅街になるようにした、私の研究に間違いなど」

「どうでもいい、お前のくだらない承認欲求《しょうにんよっきゅう》なんて。――ラーヴェ、どうだ」

他《ほか》でもないグンターの狼狽《ろうばい》を、ハディスが切り捨てた。その肩《かた》にはラーヴェが乗っている。

「……駄目《だめ》だ、聞く耳持たない。ここまでくると、人間の知恵《ちえ》として放置はできないな」

「――理《ことわり》の許容範囲《はんい》をこえるか」

「放置すればな。だが笛だの研究だのをこの世から消せない限りは、何をしても一時しのぎにしかならない。――竜の生態情報を変更《へんこう》して、研究を全部駄目にする。俺が理を書き換《か》える」

「お前はどうなる。理の書き換えなんて、それこそ理に抵触《ていしょく》するんじゃないのか」

ハディスの硬《かた》い声に、ラーヴェは呑気《のんき》に笑った。

「心配するなって。ただ、今の俺じゃ理の書き換えはちょっと不安だな。大がかりな力を使うためには無茶する必要があるが、今回のは理を正す行為《こうい》だ。反則技も使える」

「それはお前が、理をまげる——神格を落とすって意味じゃないのか」

何も見落とさないよう、ハディスはラーヴェから視線を動かさない。声も張り詰《つ》めている。

「普通《ふつう》ならそうなる。理を書き換えられる力を持った俺、つまり神格を落とす前に戻《もど》る——時間を巻き戻すなんて許されることじゃない」

ジルは息を呑《の》んで、ハディスの服の裾《すそ》をつかんだ。

「でも今回は理を正すためだから、許される。心配なのはお前のほうだよ。さすがに器《うつわ》なしじゃきついからな。お前の体をちょっと使わせてもらうことになる」

「……反則技って、脅《おど》かすな。僕はもともとお前の器なんだから問題ないよ」

「でも一時的とはいえ、前の竜帝に戻ることになる。おそらく、お前よりひとつ前、三百年前の竜帝で十分なはずだけどな、実際どこまで遡《さかのぼ》るかはやってみないと……嬢《じょう》ちゃん」

くるりと身をひるがえしたラーヴェが、ジルの目の前におりてきた。

「反則技には違《ちが》いない。何かあったら頼むぞ。せいぜい数分、すぐハディスに戻るはずだが」

「は、はい……でも、あの、ほんとに陛下は大丈夫なんですか。なんともない？」

「それだけ力を使うなら、倒《たお》れるのは間違いなさそうだね」

ハディスが跪《ひざまず》いて、ジルの手を握《にぎ》った。

「だからあとは、君に頼んでいい？」

それは竜帝が竜妃に託《たく》す言葉だ。

びっくりしたあとに、じわじわと胸にあたたかいものが広がる。不安なのはハディスも、それこそラーヴェも同じだろう。なのに自分まで取り乱してどうする。

ぎゅっとハディスの手を握り返した。

「もちろんです、おまかせください！」

「じゃあ行こう、ラーヴェ。あとお前もだ」

「きゅ」

ローを肩に乗せ、ハディスが甲板《かんぱん》を蹴《け》り、浮《う》かび上がった。ジルもせめてと、国旗を掲《かか》げる帆《ほ》のてっぺんに飛び上がって、空に浮かぶハディスを見つめる。

日の光に消えてしまったみたいに、ハディスと、ローと、ラーヴェの輪郭《りんかく》が淡くとけた。優《やさ》しい、銀色の光と金の粒《つぶ》。光柱があがり、空一面が黄金に輝《かがや》いた。魔法陣《まほうじん》だ。

真昼の空に、星が降《ふ》っている。何も知らない人間が見れば、そう思うだろう。突然《とつぜん》のことに、港では皆《みな》が争う手も逃げ出す足も止めて、空を見あげている。

日が昇《のぼ》って沈むこと。雨が空から降ること。潤《うるお》った大地が花を咲《さ》かせること。季節が実りをもたらすこと。落ちて枯《か》れて土に還《かえ》ること。生まれること、死ぬこと。

竜神《りゅうじん》ラーヴェが空に描《えが》く、この世界の美しい理だ。

空を飛ぶ竜の動きが止まった。まっすぐどこかを目指していた一頭が旋回《せんかい》し、ジルの頭上を飛び去ろうとしていた竜も急制動をかけ、滞空《たいくう》姿勢になる。どこからか、鳴き声が響《ひび》いた。それが歌のように響き渡《わた》り、竜たちが一斉《いっせい》に引き返してくる。

背後で破壊音《はかい》が響いた。市庁舎の鐘楼《しょうろう》を赤竜が踏み潰《つぶ》し、高らかに咆哮《ほうこう》する。竜たちが竜神の、竜帝の、竜の王の声を聞き届けて、自分たちを操《あやつ》る音源を絶ったのだ。

「やりました、へい、か……？」

淡い輪郭だったハディスの姿が形を取り戻していく。見たことがある姿だ。近くにいこうと帆柱《ほばしら》を蹴り、そして途中《とちゅう》で気づく。

見覚えがある姿だ。でも違う。髪《かみ》の長さも、ほんの少し大人びた顔立ちも、何より身にまとう空気と、怪訝《けげん》そうに細められた金の目の冷たさが。

「……軍神令嬢《れいじょう》、か？」

それはかつてジルの故郷を火の海に沈めるためにやってきた、敵国の皇帝。

空ではまだ、竜神が新たな理を描き続けている。

「……ここは……いや、どうでもいい。どうせ全員、殺すんだ」

ハディスが眼下にある港と、武器を持つ人々を見て、鼻で笑った。だが笑《え》みに反して、金の瞳《ひとみ》の奥は昏《くら》く濁《にご》っている。

「……お前らのせいだ」

ばりっと音を立てて、天剣《てんけん》に魔力が奔《はし》った。直感的にジルは叫《さけ》ぶ。

「全員退避《たいひ》しろ、今すぐに！」

「お前らのせいでラーヴェが消えた！」

振《ふ》りかぶられた天剣を、持っていた長剣で受け止める。だが一秒と持たず叩《たた》き折られた。衝《しょう》撃波《げきは》を受け止めた海面がへこみ、水しぶきを立てる。下が海だったのが不幸中の幸いだ。

あんな一撃、叩き込まれたら人ごと街が蒸発する。

「邪魔《じゃま》をするな軍神令嬢！」

ハディスの目が自分に向いたのはありがたかった。体を真っ二つにしそうな威力《いりょく》のある一撃を間一髪《かんいっぱつ》でよけ、ジルはできるだけ港から海へ離《はな》れる。ふと見れば、上空に輝く魔法陣が薄《うす》くなり始めていた。

ハディスが戻るまで、せいぜい数分。だがその数分が命取りだ。あっという間にジルを追い越し、ハディスが立ちはだかる。

「死ね」

澱《よど》みもない、純粋《じゅんすい》な殺意だ。奥歯を噛《か》みしめて、ジルは竜妃《りゅうひ》の神器を剣に変化させた。

竜妃は、竜帝を守る存在。ならば竜妃の神器を竜帝に向けることは、おそらく理に反する。

(でも更生《こうせい》させるためならアリだろう、アリにしろ！)

「わたしはあなたの竜妃です、陛下！」

竜妃の神器が、天剣を受け止めてくれた。ばりばりと魔力がぶつかり合う向こうでハディスが哄笑《こうしょう》する。

「俺の竜妃!?　なんの冗談《じょうだん》だ、軍神令嬢！」

「あいにく現実です、目の前の武器が見えませんか！　竜妃の神器です！」

「ふざけるな！　そんなものがいれば、俺は……ラーヴェは……っ」

天剣の向こうでゆがんだハディスの唇《くちびる》が、喘《あえ》ぐようにわななく。

「……戻ってきてくれ。俺は、もう、いいから……愛なんて求めない、誰《だれ》もいなくていい。竜妃も家族もいらない。ラーヴェ、お前がいてくれれば、それで……」

焦点《しょうてん》の合っていないうつろな瞳が、ゆれている。ジルを上から押しこむ力が徐々《じょじょ》に弱くなってきた。空に描かれた魔法陣が収縮し始めている。理の書き換えが終わるのだ。

「……女神《めがみ》の、せいだ。女神を斃《たお》せば、きっと……世界を正しく、導けば」

ぐっとジルは竜妃の神器で天剣を押しとどめたまま、奥歯を噛みしめる。これはもういないハディス、もうすぐ消えるハディスだ。まともに相手をする必要はない。なのに。

「滅《ほろ》ぼしてやる、全部だ！　そうしたらラーヴェは、帰ってきてくれる――!!」

輝きを増した天剣を前に、竜妃の神器を解いた。

突然武器を手放した相手に驚《おどろ》いて目を瞠《みは》り、体勢を崩《くず》したハディスの頭を、両腕《りょううで》を広げて受け止める。天剣が肩に食い込んだが、構わなかった。それよりも、心臓が痛い。

(馬鹿《ばか》だな、わたし)

放《ほう》っておけばいいのに。自分で笑ってしまう。

「大丈夫《だいじょうぶ》ですよ、陛下。あなたは、わたしより強い男です」

「……なぜ、軍神令嬢……俺……僕、は……」

「わたしが一生かけて、しあわせにしてあげますね。約束です。――だから、お願い」

もう届かない。わかっていても祈《いの》らずにいられない。どうか、かみさま。

「諦《あきら》めないで」

空の輝きが消えた。同時に、眠《ねむ》りに落ちたようにハディスの全身から力が抜《ぬ》け、ジルに抱《だ》かれたまま海に落下する。

沈《しず》む海の中で、ジルはハディスを抱きしめたまま、水面を見あげる。光は見えている、ちゃんと届く。泣くのはまだだ。

だって、頼《たの》むと言われた。

「――ジル先生！　無事か⁉　ハディスは⁉」

「わたしも陛下も大丈夫です、港のほうはどうなってますか⁉」

海面に顔を出したジルに、小舟《こぶね》でやってきたロジャーとルティーヤが手を伸《の》ばした。

「竜はおとなしく住み処《か》に戻《もど》ってる。人間のほうも、武器を置いて投降し始めてる。グンターは縛《しば》りあげてソテー先生に見張ってもらってる」

まずは気絶しているローを小舟に乗せ、ハディスをロジャーに引っ張り上げてもらう。ルティーヤの手を有り難《がた》く貸りて、ジルも小舟に乗った。

「でも、あとに引けなくなった過激派がまだ暴れてる。生徒たちが街に出ないよう、なんとか押さえてるが、軍艦《ぐんかん》に武器を積み込んで逃げようとする奴《やつ》らもいて、手がたりない」

「わかりました。じゃあ、わたしが行きます。陛下をお願いします」

驚いたルティーヤを止《と》めて、ロジャーが低く確認《かくにん》する。

「大丈夫なのか。結構、消耗《しょうもう》してるんじゃないのか、肩《かた》も、血が」

「でもここからは、竜妃の仕事なので」

スカートを絞《しぼ》り、上を見あげると、見計らったように赤竜が降りてきた。合宿でお世話になっていた赤竜だ。驚いてジルは尋《たず》ねる。

「わたしを乗せてくれるのか？」

こくり、と金目が頷《うなず》く。ローは気絶――もとい、ぷうぷう音を立てて寝《ね》ている。髪の長さは元に戻っているが、ハディスもぴくりとも動かない。ラーヴェはハディスの中だろう。

ということは、この竜の意志できてくれたのだ。頰《ほお》がゆるみそうになったが、まずはこの事態をなんとかしなければいけない。

ジルは小舟に衝撃を与《あた》えないようにして、自分を選んでくれた赤竜に飛び乗る。ジルの意志を汲《く》み取ったように、赤竜が港へ向かって飛んだ。上空から目をこらすと、ノインの指示で生徒たちが港から街へ乗りこもうとする暴徒たちを押さえ込んでいた。一方で、武器を軍艦に積み込んでいる輩《やから》が見える。逃げる気なのだろう。

目を細め、ジルは竜の上に立ち上がる。そして叫んだ。

「わたしは竜妃！　ハディス・テオス・ラーヴェの妻だ！」

剣に変えた竜妃の神器を、空に掲《かか》げた。黄金の輝きが、太陽のように見えるように。

「わたしは竜帝《りゅうてい》より今回の反乱につき一切《いっさい》の指揮を委譲《いじょう》されている！　反乱軍、今すぐ武器を置けば悪いようにはしない。おとなしく降伏《こうふく》しろ！」

「はっ、あんな子どもが竜妃だと!?　ふざけるな！」

「撃《う》ち落とせ！」

「――なら、しかたない」

砲撃《ほうげき》が飛んできた。ジルは剣を横に振るう。砲弾《ほうだん》が爆発《ばくはつ》し、逃げ出した軍艦が真っ二つにわれた。

「掃討《そうとう》戦だ」

さっさと片づけよう。夫が目覚めたとき、そばにいられるように。


波の音が聞こえる。なんだか優《やさ》しいものにくるまれているような心地《ここち》だ。寝返《ねがえ》りを打とうとして、ハディスは目をさました。だが突《つ》き刺《さ》すような夕日の光に目をつぶって縮こまる。その動作で、頭をなでていた小さな手が止まった。

「気づきましたか、陛下」

「……ジル……」

どうも船の甲板《かんぱん》に寝かされているようだ。けれど、頭は柔《やわ》らかい。ジルが膝枕《ひざまくら》をしてくれているからだ。だからこんなに安心して、しあわせなのだろう。夢みたいだ。だが、海面を赤く照らす西日が現実と時間の経過を認識させる。

「……僕……ラーヴェ、は……？」

「おー、いるぞ。ローは……まだ爆睡《ばくすい》してるなぁ」

目の前にラーヴェが顔を出した。逆光で見えにくいけれど、変わらない。幼い頃《ころ》から見知っている、いつものラーヴェだ――神格を、落としてなんかいない。そばにいる。

「さっきエリンツィア殿下《でんか》が、竜騎士団と一緒《いっしょ》にきてくれました。今、対応に当たってくれてます。ヴィッセル殿下に言われて、すぐにライカに飛べるようずっと海の向こうで待機しててくれたみたいで。陛下、覚えてますか？　空の魔法陣《まほうじん》。あれが見えたそうです」

「……覚えてないけど……そっか、あれだけやれば竜から事情も伝わるよね……」

きっと驚いて、まさに飛んできてくれたのだろう。政治面には疎《うと》いエリンツィアだが、復興作業など現場には慣れている。それに、そうだ、あのロジャーという男はたぶん――。

「まだ寝てて大丈夫ですよ。みんながちゃんとしてくれてますから」

強い日差しから守るように、ジルが目に手をかぶせてくれた。確かにまだ休んだほうがいいかもしれない。とても、疲《つか》れている。涙《なみだ》が涸《か》れるまで泣いたあとのように。

「あ、でも体勢はそろそろ足がしびれてきそうなので――」

「……嫌《いや》な、夢だった……みんな、いない……」

腰《こし》をあげようとしたジルの動きが止まった。その腰に抱きついて、目を閉じる。

「夢で、よかった……」

「――そうですよ、陛下。だって幸せ家族計画ですからね。おじいさんとおばあさんになるまでわたしたちは一緒です」

「おー、どんどん壮大《そうだい》になってくなー嬢《じょう》ちゃんのそれ」

ラーヴェが笑っている。

よかった。どうしてだか何度もそれを嚙みしめる。

だからきっと、頰に落ちてきた水滴《すいてき》が塩辛《しおから》いのも、気のせいだろう。


「……嬢ちゃん？　なんで泣いてるんだ」

「陛下には内緒《ないしょ》にしてください、ラーヴェ様。……ただの感傷なので」

「やっぱり何か、あったのか？　さっき」

神妙《しんみょう》な顔で尋ねるラーヴェもやはり、理《ことわり》を書き換《か》えたときの記憶《きおく》はないらしい。なんだかおかしくなってジルは笑って、洟《はな》をすすった。

そう、あれは幻《まぼろし》だったのだ。だから肩に受けたはずの傷もすぐ消えた。

正しくない理が見せた、幻だ。

「前に、嬢ちゃんは未来を知ってるって言ったな。……それか？」

「いいえ。あれはもう、過去の話です」

きっぱり言い切って、ジルは寝入ってしまったハディスの頭をなでる。

あのハディスが、ラーヴェが神格をひとつ落とす前の竜帝。それが意味するところを、ちゃんと考えねばならないのかもしれない。

（陛下がおかしくなった本当の理由は、きょうだいたちの裏切りじゃなくて……）

――でも今は、空を仰《あお》いだ。

「わたしが、二回分の人生をかけて、陛下をしあわせにしますから」

そうか、とつぶやいてラーヴェも一緒に空を仰ぐ。空の色が変わっていく。闇《やみ》を抱《かか》えた夜がやってくる。当然のことだ。

時間は前にしか進まない――そういう理なのだから。


からんからんからんとお粗末《そまつ》な鐘《かね》の音が鳴る。昼の合図だ。瞬間《しゅんかん》に、見晴らしのよくなった訓練場で組み手をしていた生徒たちが、一斉《いっせい》に駆《か》け出した。

「昼飯だ――――！　今日こそカツサンドは俺たち蒼竜学級のものだ！」

「はあ!?　金竜学級が負けるか！　って紫竜の奴らはやっ！」

「今日は竜帝の炊《た》き出しだぞ急げ――――！」

「おいお前ら、まだ授業は終わりだとは言ってな……聞いてないな」

あとでまた説教だ。だが、気持ちはわからないでもない。午前中、たっぷり訓練してジルだっておなかがすいている。

プラティ大陸の空に不可思議な魔法陣が輝《かがや》いてから半月、エリンツィア率いるノイトラール竜騎士団の尽力《じんりょく》もあり、問題なくライカ大公国の復興は進んでいる。逃《に》げ出した反乱分子たちも摘発《てきはつ》されている最中だ。同時に、ライカの住民からの情報で、駐在《ちゅうざい》していたラーヴェ軍の汚《お》職《しょく》などの調査と取り締《し》まりが進められている。エリンツィアの人柄《ひとがら》とノイトラール竜騎士団の手際《てぎわ》のよさもあり、少しずつだがライカの住民たちの警戒《けいかい》はとけ始めていた。

とはいえ、怪我《けが》人も死者も出た。士官学校に至っては崩壊《ほうかい》している。今回の反乱の中心人物とされたマイナードは行方《ゆくえ》不明だ。長年の研究を一瞬で駄目《だめ》にされ、一晩で老《ふ》け込んだグンターが吐《は》いた逃亡《とうぼう》先には、ライカ大公の死体があるだけだった。マイナードが持ち出した小型の操竜笛はもう使えなくなっているはずだが、このまま逃がすわけにはいかない。

だが、油断できない状況《じょうきょう》でも生徒たちは元気だ。住民の反発が控《ひか》えめなのも、一番の被害者《ひがいしゃ》である生徒たちが竜妃《りゅうひ》になついているからだろうとエリンツィアに言われて、照れくさい。

「並んで、押さなーい。順番だよ、今日はカレーだからね。カツサンドはひとり二個まで」

あとは、なぜか炊き出しに参加している竜帝のおかげだろうとも。

(もうこのひとエプロン皇帝でいいな、一生)

使えそうな机を並べただけの簡易食堂に、ハディスや竜騎士団の人間が大きな鍋《なべ》を運びこんでくる。学生はもちろん、街の住民の姿もあった。青空の下で我先《われさき》にと取り合うカレーは、さぞおいしいだろう。

「ジル先生は並ばなくていいんですか」

「大丈夫《だいじょうぶ》だ、わたしはお弁当がある」

皆《みな》が押しかける列には加わらず、のんびり歩いてきたノインに、ジルは五段のお弁当箱を見せる。ややノインは引いたようだった。

「きょ、今日もその量なんですね……」

「お前、いまだにジル先生に夢みすぎだろ。ほら、さっき負けた分はこれでチャラ」

逆に列のほうから早々に戻《もど》ってきたルティーヤが、紙に包まれたカツサンドをひとつ、ノインに投げて渡《わた》す。ジルはむっと眉《まゆ》をよせた。

「負けた分ってなんだ。まさかさっきの組み手で賭《か》けとかしてたんじゃないだろうな？」

「まさか。ちゃんと真面目《まじめ》に僕たちは授業受けてました－」

「そうですね。ここを離《はな》れる以上、ジル先生の授業を受けられるのもあと少しですし」

さらっとノインが話題を変えた。確実にルティーヤからよくない影響《えいきょう》を受けている。

「ここを建て直すには時間がかかりすぎるからな。お前たちの時間を無駄にするわけにもいかない。でも、きっとばらばらになっても友達は友達だから、さみしくないぞ」

「え……俺たちみんな、ジル先生の学校に通うんですけど」

「え？」

紙包みをあけたルティーヤが舌打ちした。

「バラすなよ、せっかくジル先生を驚《おどろ》かそうってみんなで黙《だま》ってたのに」

「――いや待て、まだわたしの学校はできてないんだが」

「計画書の草案、見せておいたんだよ。ヴィッセル兄上がもう予算つけてくれたみたい」

ひょいっと上から顔を出したのは、エプロン姿のハディスだった。配膳《はいぜん》は他《ほか》にまかせたらしい。生徒の前で抱《だ》き上げられてしまったが、驚きのほうが先に立ってなすがままだ。間近で見た顔を今日も綺麗《きれい》だな、などと観察してしまう。

「廃校《はいこう》したラーデアの学校を改装すれば使えそうなんだよ。まだまだ決めなきゃいけないことは山積みだけど、もうハコがあるから来年の開校、ぎりぎり間に合うよ。それにみんな、君になついてるからね。全員転校するならそこがいいって、このふたりが代表で直訴《じきそ》しにきた」

ぱっと視線を向けると、ルティーヤはそっぽを向く。ノインは苦笑いだ。

「こっちを建て直したら、ラーデアの姉妹校にするって話も進んでるしね」

「で、でも……わたしの学校ができるまでの間はどうするんだ、お前たち」

「みんな実家に帰ったり、色々です。俺は皇帝《こうてい》陛下のご厚意《こうい》で、帝都の学校に留学することにしました。一回、本国をちゃんと見ておきたくて。他にも何人か一緒です。ルティーヤも帝城にいるし、会いにいきますね。あ、でも竜妃やラーヴェ皇族への面会は難しいか……」

「何がラーヴェ皇族だよ、僕はライカに対する人質《ひとじち》だっての」

ライカ大公が亡《な》くなった今、現ライカ大公はルティーヤになる。だが今回の反乱を理由にルティーヤに後見をつけ、本人も帝城で預かることになった。保護のためだが、ライカ大公国に対する人質なのも本当だ。ライカ大公国はルティーヤが戻らない限り、ラーヴェ帝国が選んだ後見に統治されることになる。かといってルティーヤを見捨てれば、反乱としてラーヴェ帝国に処理されるだろう。

「またそんなこと言って。お前にはちゃんとライカに戻ってもらうからな」

「はー？　お前さあ、それ、何目線で言ってるわけ？」

でもノインとルティーヤのじゃれ合いを見ていると、未来は明るい気がした。つい笑いそうになったがルティーヤに先ににらまれ、顔を引き締め、咳払《せきばら》いをする。

「ということは……本当にわたしの学校、できるんですか」

「うん。結婚《けっこん》式の準備と合わせてちょっと忙《いそが》しくなっちゃうけど」

なぜかハディスはルティーヤに意味深な視線を投げたあと、にっこり笑った。

「僕も手伝うから、頑張《がんば》ろうね」

「――っはい、頑張ります！　しかもこの子たちがラーデアにくるなんて……わたし、またこの子たちに授業してもいいってことですよね!?」

「……たまにならね。先生としてならね」

「そーだよね。僕だって、ジル先生のこと義姉上《あねうえ》とか呼びたくないし！」

突然《とつぜん》声を張り上げたルティーヤに、ジルはまばたいた。

「そうか。陛下とわたしが結婚したら、ルティーヤは義弟《ぎてい》になるんだな」

「やめてよ、今更《いまさら》。僕はジル先生には先生でいてほしい」

「そ、そうか？　なんかちょっと、照れるな。でもあまりいい先生じゃなかっただろう、わたし。座学は教えられないし、年下だし……」

「何言ってるんだよ、人生変えてもらった」

じっと見つめてくる瞳《ひとみ》は真剣《しんけん》で、ついつい魅入《みい》ってしまった。

「だから義姉《あね》だなんて言わないでずっと僕の先生でいてよ。でないと僕、不良になるから」

つんとした言い方がどこかハディスに似ている。ジルは噴《ふ》き出してしまった。どうも自分はこの手の甘え方に弱いようだ。

「わかった、ならわたしは今のまま、お前の先生だ。陛下、おろしてくださ――」

生徒に示しがつかないとハディスから離れようとしたが、びくともしない。逆に絶対離さないとばかりにぎりぎりと手に力をこめられている。

「――このクソガキ」

「にらまないでよ、ハディス兄上。大人げない」

「ジル！　こいつ殊勝《しゅしょう》に見せかけてるだけだよ、絶対、性格悪いよ！」

「え？　そりゃそうでしょうけど、陛下よりはましですよ」

びしっとハディスが固まった。何をこじらせているのか知らないが、その頭を抱いてぽんぽんとなでる。

「陛下がいちばんめんどくさくて厄介《やっかい》で手間がかかります。ご自分でそう言ってたじゃないですか、知ってますよ。でもそこが可愛《かわい》いんだからしょうがないです」

突然ばっとハディスがジルから手を放した。ジルがひらりと地面におりると、ハディスが真っ赤になった顔を下半分、両手で覆《おお》ってあとずさる。

「ぼ……っ僕はまだ、君が僕を放置したこと、怒《おこ》ってるんだからね……っ！」

「いつまですねてるんですか、謝ったでしょう」

「いつまでだってすねてやる！　今日の晩ご飯は鶏肉《とりにく》のステーキなんだから！」

謎《なぞ》の捨て台詞《ぜりふ》を残して、ハディスが踵《きびす》を返し駆《か》け出した。ジルは両腕《りょううで》を組む。

「本当に甘えたなんだから、陛下は」

「……なあ、ノイン。僕、今、勝った？　それとも負けた？」

「……たぶん負けたと思うけど、勝っちゃいけない勝負だった気がする」

「お、ジル先生ちょうどいい！　弁当わけてくれ」

ひょいっとうしろから顔を出したロジャーに、ルティーヤとノインがぎょっとする。相変わらず気配を殺すのがうまい男だと感心しながら、ジルはお弁当箱を抱《かか》え込んだ。

「嫌《いや》ですよ。炊き出しに並んできたらいいじゃないですか」

「今日の炊き出し、竜騎士団だろ。俺、エリンツィアに追われてるんだよ、知ってるだろ」

「帝城に顔を出すのを了承《りょうしょう》すれば追われませんよ。諦《あきら》めたらどうです？」

「だからそれは筋が通らないって。俺、縁《えん》切ったの。もうラーヴェ皇族じゃないの！」

つかみどころのない男だと思っていたら、ロジャーは偽名《ぎめい》で元ラーヴェ皇族だった。

本名はルドガー・テオス・ラーヴェ。七年前、まだ皇太子の死が呪《のろ》いだとは言われていなかった頃《ころ》、皇太子位争いに乗じて実母が他兄弟を殺そうとしていたことを知り、自ら廃嫡《はいちゃく》を申し出た皇子――要はハディスたちの異母兄《いぼけい》だ。

「ラーヴェ皇族があんなことになるとも思わず、継承《けいしょう》権争いなんかごめんだってさっさと逃《に》げちまった馬鹿《ばか》兄貴なんだよ、俺は。それが、アルノルトまで死んで……リステアードには、本当に合わせる顔がない。しかも結局マイナードを止められなかったし……」

リステアードは気にしないと思うが、ジルが言っても無駄だろう。

「だったら先生、わたしの学校の校長、やりません？」

「は？　あー……ラーデアの学校か。え、本気で言ってる？」

「はい。先生、強いし、顔も広いですよね。ちゃんと生徒のことも見てたし。それに居場所がわかればエリンツィア殿下《でんか》も無理に今すぐ帝城に戻そうとはしませんよ、きっと」

エリンツィアが追い回すのは、せっかく見つかった行方《ゆくえ》不明の兄がまた姿をくらまさないか心配しているからだ。ふむ、とロジャーが両腕を組んで考える。

「それはありだな……いやでも、マイナードのことは放《ほ》っとけないしなあ」

「ラーヴェ帝国も行方を追ってますし、情報を待つほうが効率がいいですよ。それにわたしの学校、竜《りゅう》の研究も引き継《つ》ぐつもりなんです。向こうから接触《せっしょく》してくるかもしれません」

「うーん……よし、わかった。ラーデアなら地理的に便利だし」

「ルドガー兄上！　そこにいらしたのですか！　そろそろ帝都に――ってこら！」

今度は上空から声が降ってきた。愛竜に乗ったエリンツィアだ。そちらを見あげもせず、ロジャーが駆け出す。素早《すばや》い。エリンツィアが竜の上で舌打ちした。

「逃げ足が速い……！　ジル、今度見かけたら縛《しば》りあげてくれ！　ルティーヤも頼《たの》むぞ」

「いや僕には無理だって……ロジャー先生が兄とか、まだ実感ないし……」

まだエリンツィアにも慣れていないルティーヤがぼそぼそ言う。かわりにジルが応じた。

「わかりました。わたしの学校の校長になってもらえることになったので、手続き上、一度は帝都にきてもらわないといけませんから、必ず捕《つか》まえます」

「おおそうか、ならまかせた！」

「……まさかジル先生、最初からそのつもりでさっきの提案を？」

ノインの疑問に、ジルは肩《かた》をすくめた。

「ロジャー先生だって本当はきょうだいの顔を見たいんだよ。でなきゃとっくに行方をくらましてる。わたしはきっかけを作るだけだ」

「ジル先生、意外と侮《あなど》れないですよね。ルティーヤ、早く大人になったほうがいいぞ」

「うるさいな、なんでそうなるんだよ。──みんな呼んでるから行くぞ」

ぷいっと顔をそむけてルティーヤが場所とカレーを確保した級友たちのほうへ歩き出す。ノインも軽く礼をしてルティーヤに続いた。金竜学級と紫竜学級と蒼竜学級、ごちゃまぜになった生徒たちがやってきたふたりに席をあける。何がおかしいのか、笑い声が絶えない。

いい学校を作ろう。あの子たちがこんなふうに笑い合いながら大人になれる、そんな時間と場所を作るのだ。そう思ってから、自分の新しい視点に気づいた。

(いい国を作るって、こういう気持ちの先にあるのかな。陛下も同じかな)

だとしたら、今、自分はハディスの目線と同じ高さに、近づいたのかもしれない。

抱《だ》き上げられるのではなく、隣《となり》に立ったままで。

「ジル」

「うわっ陛下！　戻《もど》ってきたんですか」

「戻ってきたら悪い？　思い出したんだよ。僕、君の先生姿を見にきたんだって」

びっくりしたジルに、すねた表情のままハディスがつけたす。

「君が見てるものを、僕もちゃんと見たい」

それは自分が願っていることと同じだ。感極《かんきわ》まってジルはハディスに抱きついた。

「陛下、好き……！」

「まっ……またそういうこと突然言うの、やめてくれる!?」

真っ赤になったハディスがあとずさったが逃がさない。しがみついたままジルは笑う。

そして自慢《じまん》の夫を改めて教え子たちに紹介《しょうかい》しようと、その手を引いて歩き出した。


ソファで身じろぎした幼い王女から、毛布が滑《すべ》り落ちる。ロレンスが毛布を拾い上げソファに近づくと、王女はもう目を開いていた。天使のようと言われる愛らしい顔を曇《くも》らせ、首を巡《めぐ》らせる。何かをさがしているのだ、とぴんときた。

「先ほど、廊下《ろうか》をぴょんぴょんはねて移動する黒い槍《やり》を見かけました」

ロレンスの報告に、少女は端整《たんせい》な眉《まゆ》をよせてつぶやく。

「また空を見にいったのですか。飽《あ》きもせず……」

「城内を勝手に動き回る黒い槍については見ない振《ふ》りをしろというお達しでしたので、放置しましたが……さがさせましょうか？」

「いいえ、あとでわたくしが回収します。移動するなら本来の姿で移動すればいいものを、なぜ聖槍《せいそう》で毎回……今度から女神《めがみ》ヤドカリに改名してやりましょうか」

笑ってはいけないところだ。処世術を駆使《くし》して、笑《え》みを浮《う》かべる。

「女神クレイトスは、奥ゆかしい方なんでしょう」

「優《やさ》しいのですね。頭にお花畑を詰《つ》めこんだ駄女神をそんなふうに評価するだなんて」

「……そのように評価できるのは、女神の器《うつわ》たるあなただけかと、女王陛下」

「まだ女王ではありませんよ、あいにく」

だが年を越《こ》し、春を告げる頃にはもう彼女は女王になっているだろう。

幼い王は、大半が傀儡《かいらい》だ。ロレンスも最初は、ジェラルドの不在をいいことに実権を取り戻した国王ルーファスの謀略《ぼうりゃく》を疑った。彼女の近習《きんじゅ》を命じられたときも、左遷《させん》だと思った。

だが、こうして話していると彼女が国王や誰《だれ》かの傀儡だとは思えない。事実、譲位《じょうい》の根回しをしているルーファスは、戸惑《とまど》う周囲そっちのけで彼女に傅《かしず》いている。そしてフェイリスも周囲を優しく説き伏《ふ》せ、順調に協力をあおいでいった。

女王即位《そくい》については混乱と妨害《ぼうがい》を警戒《けいかい》し、まだ公《おおやけ》にされていない。そこにロレンスはつけ込み、いつでも後戻《あともど》りができるよう、徹底《てってい》的にフェイリスの即位を伏せていた。それがラーヴェに囚《とら》われたジェラルドの意に沿う行動だ。彼が妹の即位なんて許すとは思えない。しかもフェイリスはジェラルドが反対するとわかっているから、兄のいない今のうちにと、父の助力まで仰《あお》ぎ急いでいる節がある。

初めてジェラルドから紹介されたときは王女らしい振る舞《ま》いと頭のよさは持ち合わせていたものの、まだまだ年の離《はな》れた兄に甘えるところも残っている、可愛《かわい》い少女だった。そんな少女が今、兄を出し抜《ぬ》こうとしている。

（いつからだ？　いつから彼女は、こうなることを計画していた？）

思えば、ロレンスがフェイリスについてラーヴェ帝国《ていこく》を訪問したときから、変化の兆《きざ》しはあった気がする。兄にまかせず聖槍を自ら探索《たんさく》しにラーヴェ帝国を訪《おとず》れ、竜妃《りゅうひ》たちと接触したその行動力に、ジェラルドも驚《おどろ》いていた。妹が珍《めずら》しい、と。

この王女と初めてまともに会話したのがそのラーヴェ帝国訪問だったせいで、王女だっていつまでも子どもではないだろうとジェラルドの過保護な思考に呆《あき》れる程度だった。だが、今から思えば何かの兆候だったのではないか。そうすると、すべてがあやしく思えてきた。

この一年、ジェラルドの蒔《ま》いた火種はあまりうまく芽吹《めぶ》かなかった。それもこれもすべて竜妃が現れたからだと分析《ぶんせき》している。竜妃がジェラルドとの婚約《こんやく》を拒《こば》んだところからおかしくなったのだ。でも——もし同時期にこの少女も変わったのだとしたら、それは偶然《ぐうぜん》だろうか。

「それで、マイナード・テオス・ラーヴェはどうでしたか。お父さまとの謁見《えっけん》に、あなたもつきあったのでしょう？」

穏《おだ》やかに尋《たず》ねられ、ロレンスは手癖《てくせ》のように笑顔を作り直した。

「はい。王女の予想どおり、操竜笛を手土産《てみやげ》に今後の相談にこられました。ですがあの笛はもう使えません。……一瞬《いっしゅん》で人間の知恵《ちえ》を台無しにするなんて、神は残酷《ざんこく》ですね」

「でも、彼はあることを証明してくれました。竜神ラーヴェは人間の知恵を許さない。しかも彼にはまだ皇位継承権がある。どうですか。あの方は使えませんか？」

こちらを見る少女の瞳《ひとみ》も声色《こわいろ》も、とても澄《す》んでいて残酷だ。女神の器という眉唾《まゆつば》な話を、本当に信じてしまいそうになる。ぴょんぴょん跳《と》んで移動する黒い槍を城内で見かけるようになった今、信じないほうが愚《おろ》かだとわかっていても、ロレンスは考えることをやめたくない。

「……使っていいのならば。ですが、ラーヴェ帝国にはジェラルド王子がいます」

「なら人質交換《ひとじちこうかん》に使いましょう。身代金《みのしろきん》ごときでお兄さまが戻ってくるとは思えません」

兄のいないうちに即位しようとするこの妹は、それでも兄を救おうとしている。

「……わかりました。彼はラーヴェ帝国を攻める大義名分に使《せ》えますからね」

「頼《たよ》りにしています、ロレンス。あなたのお姉さまのお加減はいかがですか？」

脅《おど》しかと警戒したが、フェイリスの穏やかな眼差《まなざ》しにそういった影《かげ》は見当たらない。戸惑いながら頷《うなず》く。

「……おかげさまで。王都の生活にも慣れてきたようです」

「そう、よかった。少しでも、あなたがむくわれて」

まるで、むくわれなかったことがあるような言い方だ。

こん、と扉《とびら》が叩《たた》かれ、フェイリスが静かに立ち上がった。すぐさま使用人たちが入ってきて、王女の最後の身支度《みじたく》を調《ととの》える。黙《だま》ってロレンスはその様子を見つめていた。

今夜はこれから、フェイリス王女誕生パーティーが開催《かいさい》される。今年はジェラルドの誕生パーティーが本人不在で開催されなかった分、盛大《せいだい》なものになっている。王太子はラーヴェ帝国に留学中と公表されているが、本当のところ皆《みな》が不安がっているのだ。

それらをすべてこの小さな王女が払拭《ふっしょく》する――ここが最大の根回しどころだ。

「さあ、ロレンス。わたくしの初の社交です。まいりましょうか」

「俺が、竜妃の騎士《きし》と顔見知りなのはご存じですよね。竜妃とも共闘《きょうとう》したことがあります」

ついてくるよううながされたロレンスは、反抗的《はんこう》に口を動かした。

「そんな俺を、なぜ重用しようと？　もちろん、それだけの能力は自負していますが」

「あなたは神に挑《いど》みたい、否定したいと思ったことはありませんか？」

両目を開いたロレンスに、小さな女神が微笑《ほほえ》む。

思ったことは――ある。たとえばこの国では魔力《まりょく》が強い者が優遇《ゆうぐう》される。その常識を撥《は》ね返してやりたいと願うのは、女神に対する挑戦《ちょうせん》だろう。愛だとか理《ことわり》だとか、そんなものを根拠《こんきょ》にして策を立てたくないというのも、同じことだ。

「勘違《かんちが》いならごめんなさい。でも、あなたは竜妃や竜妃の騎士たちを裏切る味方より、敵でいるほうが性《しょう》に合うと思いますよ。同じ裏切るにしても、竜妃たちより、わたくしを裏切るほうが気が楽でしょう」

「……俺を裏切りの達人か何かみたいに仰《おっしゃ》いますね。ですが、俺は竜妃たちの味方になったことはありませんよ」

「ふふ。わたくしはね、今ならあなたの気持ちがわかるのです。たとえ大切なひとを裏切るような真似《まね》をしてでも、救いたいと願う気持ちが。だから気にかけただけのこと。――わたくしに仕えるのがつらければいつでもやめてくださってかまいません。ご自由にどうぞ」

少女はひとりで軽《かろ》やかに歩き出す。誰の知恵も借りないと言わんばかりだ。

唇《くちびる》を引き結んで、ロレンスは一歩踏《ふ》み出した。歩幅《ほはば》の小さい少女には、すぐに追いつける。

「自由だなんて、いちばん難しいことを簡単に要求しないでください。姉を養うにも金が必要です。ジェラルド王子にだって恩がある。……あなたの行動がジェラルド王子の意に沿っているとは思いませんが、放置して責任を負わされるのもごめんです」

「確かに、お兄さまならやりかねませんね。ごめんなさい、苦労をかけます」

「本気で女王を目指すのであれば、最後は聖槍のお披露目《ひろめ》を。あれは権威《けんい》になります」

ちらとよこされた王女の視線は、自分をためしているようだった。

「サーヴェル家当主もきているので、最優先で挨拶《あいさつ》してください。娘《むすめ》が竜妃になったことも策のうちだと周囲に思わせ、恩を売るんです。かの家の忠誠は必須《ひっす》ですから」

「そうですね。ラキア山脈越《ご》えも考えるならば、サーヴェル家以上の適任者はいません」

「開戦の初手については、俺に一任してもらいます。それが俺の、協力条件です」

そこまでまかせられるのか。ロレンスが挑んだ女神は、微笑を深めた。

「よろしいでしょう。あなたにおまかせします。お父さまにも邪魔《じゃま》はさせません」

「本当にそんなことができますか？　あなたは、俺を信じられますか」

「信じるのは得意なんですよ。だって、愛とはそこから始まるものなのです。――どこまでも正しい理と違《ちが》って、愚かでしょう？」

そう、神に挑む人間の愚行《ぐこう》を理は許さない。許してくれるとすれば、愛だけだ。つまるところ、この少女は神を信じている。愛の女神だというのだから当然だ。だのに神に挑むと言う。とんでもない自己否定だ。

だがロレンスは、この少女が作ろうとしている世界を、見てみたくなっている。

「……ほんとうに、愚かですね」

ロレンスの出した答えに満足げに笑んで、フェイリスはたおやかに裾《すそ》をひるがえす。

「さあ、理の神様に愛を教えにまいりましょう」

滅《ほろ》びを告げる声色で、少女はさえずる。

そうしてまばゆいシャンデリアが照らす舞台《ぶたい》に、優雅《ゆうが》に躍《おど》り出た。

終章

できた、とジルは書類の束を掲《かか》げた。『ラーデア士官学校・最終案』——数字も何もかもばっちり、何度も計算したから合っている。これで年内の会議にぎりぎり間に合うはずだ。

「陛下、できました！　見てください、へい……」

椅子《いす》から飛び降りたジルは、窓際《まどぎわ》のソファで横になっているハディスの姿に、きょとんとする。近づいてみてもハディスは目を開かず、静かに寝息《ねいき》を立てていた。

（どうりでやけに静かだと思った）

君は最近仕事ばっかりとか、もう寝る時間だとか言っているうちに、待ちくたびれて眠《ねむ》ってしまったのだろう。時計を見ると、記憶《きおく》から長針が一回りしていた。普段《ふだん》ならとっくにジルも寝ている時間だ。

ライカから帝都《ていと》に戻《もど》ってきたあと、ハディスもひたすら仕事に追われていた。ライカの後始末に始まり、結婚《けっこん》式の準備もある。何よりリステアードがベイルブルグへ行ってしまったのが大きい。ハディスの部屋にジルが仕事を持ちこんだのも、目の回るようなハディスの忙《いそが》しさに合わせてのことだ。そうでもしなければ、顔を合わせることもなく、あっという間に一日が終わってしまう。

「疲《つか》れてるんだな……陛下がわたしより先に寝ちゃうなんて、珍《めずら》しい」

ジルは寝付きがよくハディスは寝起きがいい。だから夫の寝顔は貴重だ。魘《うな》されるのでもなくこんな健《すこ》やかな寝顔を拝めるなんて、滅多《めった》にない。

（ちょっとくらい見てていいかな）

まず、床《ゆか》に落ちていた膝掛《ひざか》けをかけ直した。奥さんっぽくて嬉《うれ》しくなった。せっかくなのでしゃがんで、夫の寝顔をまじまじ見つめる。

こうして改めて観察すると睫《まつげ》は長いし、頰《ほお》にかかっている髪《かみ》もさらさらだし、鼻の形も薄《うす》い唇の色づきも、どこの角度から見ても美しい。この男が来年の今頃《いまごろ》には、名実ともに自分の夫になっている。そう思うと頰がゆるんできた。

つん、と頰を突《つつ》いてみても、ハディスは目をさまさない。思い切って手を取ってみた。手のひらを合わせて大きな手を観察していると、以前より差が縮んでいることに気づいた。

（背が伸《の》びてきてるんだよな、わたし）

先日採寸したウェディングドレスも、余裕《よゆう》をもたせて仮縫《かりぬ》いすると聞いた。

ためしに指の間、隙間《すきま》を埋《う》めるようにひとつずつ指をからませて、もう一度寝顔を見た。まだ起きない。よほど疲れているのか。無防備な寝顔に、悪戯《いたずら》心がむくむく湧《わ》き出た。

「襲《おそ》っちゃいますよ、陛下」

両膝を床にそろえて立てて、上から男を覗《のぞ》きこむ。髪の隙間から見える耳の形に、首筋のなめらかさに、こくりと喉《のど》が鳴った。食欲《しょくよく》のような衝動《しょうどう》だ。

頭からばりばり食べて、全部自分の中に取りこんでやりたい。そういう凶暴《きょうぼう》な独占欲《どくせんよく》。

「……破廉恥《はれんち》」

間近で響《ひび》いた低音に、慌《あわ》てふためいて距離《きょり》を取る。だがばっちり開いた金色の瞳《ひとみ》は、しっかりジルを映していた。

「お、起きてるなら言ってくださいよ……！」

「君がどう僕を襲うのか興味があって。ラーヴェもいるのに、積極的だなあ」

笑いを含《ふく》む声に、ジルはむくれる。あー、と気まずそうにラーヴェがハディスの肩《かた》のあたりに現れた。

「バラすなよお前、気まずいだろ」

「何を今更《いまさら》。ラーヴェ様の目なんか気にしませんよ、わたしは」

「いやそこは気にしてくれよ、嬢《じょう》ちゃん」

ふあ、とハディスが大きくあくびをした。まだ眠いらしい。

「寝不足ですか、陛下。いつも規則正しいのに」

「んー……最近眠りが浅いんだよ。夢でも見てるのかなあ、内容覚えてないんだけど」

「ああ、夢。疲れますよね。わたしも目の前いっぱいにご馳走《ちそう》が並んでたのに、起きて消えたときの絶望といったら……！」

「そ、そこまでは絶望してないけど。……なんかお兄さまってずっと呼ばれてるんだよね」

ジルは首をかしげた。

「フリーダ殿下《でんか》とナターリエ殿下の夢ですか？　もしくはルティーヤ」

「あのクソガキはお兄さまなんて可愛《かわい》い呼び方しない、僕のこと」

途端《とたん》に顔をしかめるハディスに、苦笑《くしょう》した。非常に大人げないが、こんな悪態をつく程度には仲よくやっているのだ。

「夢ですし、あまり気にしない方がいいですよ。──ラーヴェ様？　どこ行くんですか」

「んー、散歩」

「え、もう深夜で……あ、雪も降ってきてますよ」

「だって今からいちゃいちゃするんだろー俺はお邪魔じゃん」

からから笑って、ラーヴェはソファのすぐそばの窓から出て行ってしまった。ソファに腰《こし》かけたままのハディスと目を合わせる。少し顔を赤らめて、ハディスが両腕《りょううで》を広げた。

「い、いちゃいちゃする？」

「もう寝ましょう、明日《あした》も仕事ですよね陛下」

「温度差で風邪《かぜ》ひきそう！　さっきは僕を襲おうとしたくせに！　──あれ、これ何」

「あ、だめです陛下！」

ハディスが机の上に置きっぱなしの企画書《きかくしょ》を取ろうとしたので、急いで取りあげた。

「確認《かくにん》は明日でいいです。今日はもう休んでください。こんなところで寝ちゃうくらい疲れてるんだから。仕事を頑張《がんば》るのはいいですけど、頑張りすぎるのはだめです！」

「僕も仕事なんて頑張りたくないけど、でもなんか目がさえちゃって……」

はっと、ジルはあることを思い出した。

「じゃあホットミルク！　作ってあげます、はちみつ入りの！　よく眠れますよ」

「君が？」

目をまん丸にしたハディスに、ジルは胸を張った。

「生徒たちと合宿してる間にマスターしました！　待っててくださいね、すぐできます」

改造されたハディスの居間には立派な台所がある。どこに何があるかはジルも把握《はあく》済みだ。

張り切って台所に向かうジルのうしろから、不安そうにハディスがついてきた。

「待って、僕がやったほうがよくない？」

「だめですよ、陛下は座って待っててください」

「いやでも、絶対僕がやったほうが安全だし……そうだ、ココアにしない？」

鍋《なべ》を取り出して、ジルはハディスに突きつける。

「だめですってば！　陛下は疲れてるんだからわたしが作ります」

ハディスは小さく嘆息《たんそく》して、ジルの横に立った。見張るつもりらしい。

「使うならそっちの、もう一回り小さい鍋使って。強火はだめだよ、弱火でゆっくり、ほらこの木べらでまぜればいいから」

「もう、わたしが作るって言ってるじゃないですか！」

「手伝うならいいでしょ？　台所のことは僕のほうがわかってる」

マグカップを出しながら言われ、しぶしぶジルは頷《うなず》いた。鍋に牛乳を注ぎ、ハディスから渡《わた》されたはちみつの瓶《びん》を取る。

「陛下はあんまり甘すぎるの、好きじゃないですよね」

「え？　でも君は好きでしょ、甘いの。気にしなくていいよ、それより爆発《ばくはつ》させないで」

「させませんよ！　作ってあげてるのに、もう。これくらい……かな？」

はちみつを慎重《しんちょう》に混ぜ合わせ、弱火で混ぜながらあたためる。難しいことではない。最初は強火で吹《ふ》きこぼしたり量を大幅《おおはば》に間違《まちが》ったりしたが、生徒に見張られて加減を覚えたのだ。

「これで甘かったら、言ってください。陛下の好みを覚えますから――なんですか、その顔」

ジルの手元と顔を交互《こうご》に見て、ハディスがつぶやく。

「……ほんとに合宿で作り方、覚えたんだ……どうして？」

「最初は生徒たちが夜、用意してたんです。寒くなってきた時季だったんで、あったまろうって。その流れでわたしも作るようになりました！　毎晩、頑張ったんですよ」

「いったい何人が犠牲《ぎせい》に……爆発とかさせなかった？」

「な、なんで爆発するんですか。しないでしょう、ホットミルクが爆発なんて、普通《ふつう》」

「でも君のことだから、何か余計なことして爆発させたでしょ、絶対」

「……。させてません」

「ルティーヤに聞いたらわかるよ」

「火の上にバターを落としちゃったから慌てて拾おうとしたら魔力《まりょく》に引火しただけです！」

白状したジルに、ハディスが笑う。

「そっかあ。でもすごい。ちゃんと作れてる」

「で、でしょう？　わたしだってやればできるんです」

「そういえばまだちゃんと合宿の話、聞いてなかったね」

「陛下がすぐ恨《うら》みがましく難癖《なんくせ》つけるせいですよ。わたし、別に陛下のこと忘れてたわけじゃないのに、勝手にいじけて。そのせいで作れるようになったこと、すっかり忘れてたじゃないですか。びっくりさせてやろうって思ってたのに」

　このホットミルクがその証拠《しょうこ》だ。ふつふつ煮立《にた》ってきた鍋を火からおろす。

「シナモン入れる？　おいしいよ」

「そうなんですか？　ならお願いします」

「うん。……なんかいいね、こういうの」

　鍋からマグカップに移したホットミルクに、ハディスが目元をやわらげる。そしてマグカップを取り、ふうふうさましていたと思ったら、その場でひとくち飲んだ。

　まだ心の準備ができていなかったジルは、息を止めてその様子を見つめる。

「……おいしい」

　吐息《といき》のような、甘いひとことだった。

　まだマグカップを持っていなくてよかった。持っていたら、絶対に落としていた。

「そ、そう……ですか」

　照れ隠《かく》しに、自分もその場で飲んでみる。でも甘いのか甘くないのか、熱いのかそうでないのかでさえ、全然わからない。こくりと嚥下《えんげ》するたび動く、ハディスの喉仏《のどぼとけ》の形とか、そっちのほうが気になってしかたない。

「……甘さはもうちょっとあってもいいかな。寝《ね》る前はあんまり量を飲まないから、濃《こ》くて甘いほうがいいのかも」

「わ、わかりました！　じゃあ次は、もうちょっとはちみつ、足します」

「明日は僕が作るね。君の大好きな、マシュマロ入りで」

「な、なら明後日《あさって》はまた、わたしが作りますね」

「じゃあこれから夜更《よふ》かしするときは、交互に、作り合いっこしようか」

ふわっと微笑《ほほえ》んだハディスが、マグカップを持ったまま、あいた手でジルの指先をつまんで引く。暖炉《だんろ》の前に座って飲もう、という誘《さそ》いだ。

なんでもない、ありふれた夜の光景だ。でも自分の淹《い》れたホットミルクを眠《ねむ》る前にハディスが飲んでくれるというだけで、舌にまで甘いしびれが走る。

（うわ、うわ、うわあ……）

合宿、頑張ってよかった。仕事も頑張ってよかった。この時間があって、よかった。

恋《こい》って怖《こわ》い。こんなたった一瞬《いっしゅん》で、すべてがむくわれてしまう。

一瞬で、すべてを壊《こわ》していくくせに。

扉《とびら》を叩《たた》く音と開く音が同時に聞こえて、ジルは身構えた。こんな時間だ。だがすぐに警戒《けいかい》は解ける。暖炉の前に座ろうとしていたハディスが振《ふ》り向いた。

「ヴィッセル兄上。どうしたの、もう僕は仕事しないからね」

「急ぎの報告だ。リステアードと、腹立たしい私の婚約者《こんやく》から。まず確定情報だ」

護衛もつれずひとりでやってきたヴィッセルは、あからさまに人目をさけている。ジルが夜更けにハディスの部屋にいることに対するお小言もなしだ。

悪い予感がした。ハディスが目を細め、床《ゆか》にマグカップを置く。ジルも居住まいを正した。

「フェイリス王女が即位《そくい》する」

ハディスから表情が消えた。ジルも一呼吸遅《おく》れて、意味を理解する。

「来月には公《おおやけ》に情報が流れる。──クレイトス至上初、九歳の女王の誕生だ」

まずはジェラルドに知られないように。対応も考えねば。難しい話の中で、控《ひか》えめな柱時計の鐘《かね》の音が、耳に飛びこんでくる。現実逃避《とうひ》だったかもしれない。でも唐突《とうとつ》に、気づいた。

(今夜だ)

雪の降る夜。フェイリス王女十四歳の誕生日のあと──今から五年後が、軍神令嬢《れいじょう》ジル・サーヴェルが、女神《めがみ》の聖槍《せいそう》に殺された日だ。

外ではあの日のように、雪が吹雪《ふぶ》き始めている。

──お兄さま。そう呼ぶ声が聞こえる。

「……理《ことわり》をまげた影響《えいきょう》だな」

器《うつわ》のハディスが夢という形で、竜神《りゅうじん》の記憶《きおく》を視《み》ているのだろう。だが、すぐにおさまるはずだ。神の記憶など人間は持てない。

帝都《ていと》ラーエルムは、夜でも灯《あか》りの多い街だ。でもその灯りも黒い空も、雪に埋《う》めつくされていく。花吹雪《はなふぶき》のようだ。白い花冠《かかん》から舞《ま》う、花びら。神域の花畑。十四歳の少女。

世界を見るその目を、伏《ふ》せた。

——お兄さま、私、お兄さまのお嫁《よめ》さんになるのよね。

明日には降り積もった雪が、世界を白く塗《ぬ》り替《か》えるだろう。さながら新しい世界を始めるかのように。

——私、お兄さまのことが好きよ。愛しているわ。だからなんでもする。

だが世界は簡単にやり直せない。白紙になった記憶の下にも、必ず何かが埋もれている。

それは因果という、この世界の理だ。

——お兄さまは？

ラーヴェは目を開いた。

罪を覚えていられない。何が間違いだったかわからない。覚えていられない愛なき理を、決して違《たが》えてはならない。それが自分の背負った罪だ。

だから何が理に触《ふ》れるかわからぬまま同じ過《あやま》ちを繰《く》り返す。ハディスの予想は正しい。竜帝は竜妃《りゅうひ》を愛しては、同じ理を違える。

それが、愛を解さなかった罰《ばつ》だ。


――お兄さまは、私を愛しているから、妻にしてくれるのよね？


「役割をはき違えるな、虫酸《むしず》が走る。兄妹《きょうだい》だぞ」

それでも答えを間違えてはならない。何度でも繰り返し、同じ言葉を返す。

「お前の愛は間違っている、クレイトス」


ならばお前は愛なき理を生きていけ。

白く埋もれゆく大地に爪《つめ》を立て、妹が泣き叫《さけ》ぶ。

ならばお前は理なき愛を生きていけ。

白い花びらが散り舞う空から、兄は吐《は》き捨てた。